读

王蒙　莫言　余华　张炜
麦家　叶兆言　孙甘露　阎晶明
东西　范稳　葛亮　笛安
……

直言

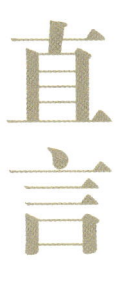

Mince No Words

潘凯雄 著

上海文艺出版社

图书在版编目（CIP）数据

直言 / 潘凯雄著. -- 上海：上海文艺出版社,2023
ISBN 978-7-5321-8689-1
Ⅰ.①直… Ⅱ.①潘… Ⅲ.①中国文学－文学评论－文集
Ⅳ.①I206-53
中国版本图书馆CIP数据核字(2023)第032026号

发 行 人：毕　胜
责任编辑：胡曦露
营销编辑：张怡宁
装帧设计：刘　静

书　　名：直　言
作　　者：潘凯雄
出　　版：上海世纪出版集团　上海文艺出版社
地　　址：上海市闵行区号景路159弄A座2楼　201101
发　　行：上海文艺出版社发行中心
　　　　　上海市闵行区号景路159弄A座2楼206室　201101　www.ewen.co
印　　刷：凸版艺彩（东莞）印刷有限公司
开　　本：889×1194　1/32
印　　张：12.5
字　　数：208,000
印　　次：2023年4月第1版　2023年4月第1次印刷
ＩＳＢＮ：978-7-5321-8689-1/I.6841
定　　价：89.00元
告 读 者：如发现本书有质量问题请与印刷厂质量科联系　T:0769-88916888

目 录

001 ____ 这,就是厚实
   • 看冯骥才的《俗世奇人全本》

007 ____ 这样的新人与这般的温暖
   • 看毛建军的《美顺与长生》

013 ____ 于无声处说"无价"
   • 看程虹的《宁静无价》

019 ____ 究竟该怎样呈现刚刚过去的时代
   • 看王强的《我们的时代》

025 ____ "海海"人生中的五味杂陈
   • 看麦家的《人生海海》

031 ____ 谁又不是秘密中人?
   • 看迟子建的《烟火漫卷》

037 ____ 从阿尔巴特街出发的浪漫与现实……
   • 看钟求是的《等待呼吸》

044 ____ 撕裂、撕裂、再撕裂……
　　　　·看冯骥才的《艺术家们》

049 ____ 人间至味真善美
　　　　·看王洁的《花开有声》

055 ____ "抖落思想的尘埃"
　　　　·看阎晶明的《箭正离弦——〈野草〉全景观》

061 ____ 拉开距离说"晚熟"
　　　　·看莫言的《晚熟的人》

068 ____ 作家笔下的"城市传"
　　　　·看孔见的《海南岛传》

074 ____ 遗洒在"民谣"中的那些往事
　　　　·看王尧的《民谣》

080 ____ 大视野·小切口·实佐证
　　　　·看刘统的《火种——寻找中国复兴之路》

087 ____ 爱情可浪漫　婚姻需"经营"
　　　　·看周大新的《洛城花落》

093 ____ 假如余华写出的是又一部"活着",那该如何?
　　　　·看余华的《文城》

100 ____ 一首"人鸟共生"的协奏曲
　　　　·看张庆国的《犀鸟启示录》

107 —— 写作与阅读：张炜的两个关键词
- 看张炜的《文学：八个关键词》

114 —— 快乐并忧伤着……
- 看须一瓜的《致新年快乐》

120 —— 且修行，方能达此境
- 看池莉的《从容穿过喧嚣》

126 —— "别以为你破了几个案件就能勘破人性"
- 看东西的《回响》

132 —— "主打"与"跨界"
- 看孙甘露、梁鸿鹰、赵丽兰的散文

141 —— 云青出走后又会怎样？
- 看杜阳林的《惊蛰》

149 —— 愿这方"野"地芳香四溢
- 看李兰妮的《野地灵光——我住精神病院的日子》

156 —— 他们活得咋就那么拧巴？
- 看文珍的《找钥匙》

163 —— 一个人的"山海"经
- 看黄怒波的《珠峰海螺》

169 —— 万岁青春歌未老　百年鲐背忆开怀
- 看王蒙的《猴儿与少年》

175 —— 一个"哭着来笑着走"的传奇老头儿
　　　　• 看黄德海的《读书·读人·读物——金克木编年录》

183 —— 瞧,那些"刹那"间迸出的诗句
　　　　• 看何向阳的《刹那》

189 —— 一次成功的"破圈转身"
　　　　• 看范稳的《太阳转身》

196 —— "一切境"究竟是什么"境"?
　　　　• 看庆山的《一切境》

203 —— 就这样,农民们进入了城市……
　　　　• 看朱晓军的《中国农民城》

210 —— 带着复杂的微笑与往事干杯
　　　　• 看老藤的《北障》

216 —— 无中生有的"创造"与"真实"
　　　　• 看叶兆言的《仪凤之门》

223 —— "场"是啥?你在吗?
　　　　• 看何平的《批评的返场》

230 —— 一种别开生面的"红色叙事"
　　　　• 看孙甘露的《千里江山图》

237 —— 现实,还是罗曼蒂克?
　　　　• 看石一枫的《漂洋过海来送你》

244 —— "镜中"的"映画"
· 看艾伟的《镜中》

251 —— 形式的意味如何被赋予?
· 看鲁敏的《金色河流》

258 —— 将"硬核"之"硬"进行到底
· 看晨飒的《重卡雄风》兼谈网络文学的品质提升

265 —— "夜航"于"深海"中的新气象
· 看朱文颖的《深海夜航》

272 —— 撩开这层"隐秘"的面纱
· 看罗伟章的《隐秘史》

278 —— "岁月"虽"静",真的"好"吗?
· 看杨争光的《我的岁月静好》

284 —— "吃里头"的那些个"道理"
· 看葛亮的《燕食记》

292 —— 寓"宏大"于"日常"
· 看王安忆的《五湖四海》

298 —— 活脱脱、毛绒绒、鲜扑扑的……
· 看范雨素等的《劳动者的星辰》

305 —— 柔软的纯真与坚硬的现实
· 看笛安的《亲爱的蜂蜜》

311 —— 是该说"再见"的时候了
- 写在"第三只眼看文学"专栏百篇之际

附录：

318 —— 春未老，且将新火试新茶
- 看王旭烽的《望江南》

323 —— 总有一些情愫值得恒久期待
- 看潘向黎的《白水青菜》

329 —— "精神的"气候
- 看邵丽的《金枝》

336 —— 来自之江大地上的几位"特别能讲故事"者
- 看哲贵、海飞、畀愚和陈莉莉四位浙江作家作品

347 —— 一段兑现近40年前承诺的佳话
- 看马识途的《夜谭续记》

352 —— 于人间烟火处透视时代风云
- 看《人世间》从小说到电视剧

359 —— 潜在的跨界写作
- 看卜键的《库页岛往事》

366 —— 在二十四节气中读懂中国
- 看徐立京著、徐冬冬绘《二十四节气七十二候》

371 __ "偶然"与"必然"
- 看丁晓平的《红船启航》

377 __ 东方欲晓,莫道君行早
- 看徐剑的《天晓:1921》

382 __ 不仅仅只是"前世今生"……
- 看徐锦庚的《望道:〈共产党宣言〉首部中文全译本的前世今生》

387 __ 后记

这，就是厚实

看冯骥才的《俗世奇人全本》

2020年年初刚刚面世的这部短篇小说集《俗世奇人全本》（冯骥才著）其形成过程本身就"奇"。它的最早亮相还是在二十六年前的1994年，当时的《收获》杂志在"市井人物"名下刊出了这个系列中的《苏七块》《酒婆》等7篇；六年后的新千年开张之际，大冯又完成了《刷子李》《泥人张》等11篇，当年的"市井人物"也随之变脸为"俗世奇人"并固定下来，作家出版社即以此为名出版了单行本；从这以后就到了十五年后的2015年，大冯"初心不忘"再续这个系列，一气又完成了《狗不理》《燕子李三》等18篇并亲自为之绘制插图，人民文学出版社就此出版了《俗世奇人》（足本）；殊不知大冯却并不想就此驻"足"，四年后竟又写出《弹弓杨》《大关丁》等18篇，且依旧是自己为之绘制配图，在新千年第二个十年开张之际，人民文学出版社即推出了《俗世奇人全本》，共收这个系列作品总计54篇，插图58幅。一个系列作品的创作前后持续二十六年，这在中国当代文学短篇小说创作的历史上绝对可称之为一"奇"。

仅仅只是以写作上的持续时间之长而称"奇"固然是实至名归，但就文学本体而言，能够为之称"奇"者则还要看作品自身的品质如何。

从历史上看，天津自明朝永乐二年成祖亲传谕旨"筑城浚池，赐名天津"建卫至今，这座城市历经六百余年沧桑。特别是十九世纪后半叶以降，作为直隶总督的驻地，天津自然成为李鸿章和袁世凯兴办洋务和发展北洋势力的主要基地。1860年，英、法联军的野蛮入侵，天津被迫开放，西方列强纷纷在天津设立租界，工商业、金融业迅速发展，一时成为全国最大的金融商贸中心，"南上海，北天津"的盛誉代表着中国的一个时代，由天津开始的军事近代化，以及铁路、电报、电话、邮政、采矿、近代教育、司法等方面的建设均开全国之先河，成为当时中国第二大工商业城市和北方最大的金融商贸中心。到了民国初年，天津在政治舞台上继续扮演着重要角色，数以百计的清朝遗老、下野官僚政客，包括前清废帝溥仪、民国总统黎元洪等先后进入天津租界，各有所图。这样的自然、这样的历史必然形成这一方特别的人文景致：燕赵故地、水陆码头、土碱水咸，居民五方杂处，性格迥然相异：既有风习强悍、血气刚烈者；亦不乏各式怪异人物；既在显耀上层，更在民间市井。大雅大俗，聚集一城，不事张扬、不会藏拙，唯好自嘲。

面对这样一方特别的水土，理论上所有写作者的机会都是均等的，也不是没有作家在自己的作品中有所涉猎，但大冯的《俗世奇人全本》无疑是对其予以集中呈现成就最为突出。作品中不少"奇人"之"大名"，诸如苏七块、泥人张、张果老、狗不理、燕子李三、鼓一张、大关丁、弹弓杨……等等，相信众多读者大都是一面"久闻大名"，一面则"愿闻其详"，而经过大冯笔下寥寥两三千字的一番白描，那个"大名"立即栩栩如生、活灵活现地立了起来。比如那位大名鼎鼎的狗不理，大约没有几位不知道这就是天津著名的品牌包子，但至于为什么叫"狗不理"，恐怕就没几个人能够说得出个所以然来了。于是，大冯告诉你，这位驰名包子品牌的创始人姓高名贵友，小名则叫狗子。"他家包子这点事，老高活着时老高说了算，老高死了后狗子说了算。"这包子经狗子之手几经改良，在市场上"就像炮台的炮一炮打得震天响。天天来吃包子的人比看戏的人还多"，"顶忙的时候"，"狗子见钱就往身边钱箱里一倒，碗里剩上十个八个包子就完事，一句话没有。你问他话，他也不搭，哪里有空儿搭？这便招来闲话：'狗子行呵，不理人啦！'"不过短短百余字，这狗子的嘎劲儿及当时天津市井那商业的红火便栩栩如生地呈现在读者面前。而在整部《俗世奇人全本》中，54位天津奇人就是这样悄然进入读者的脑海，而由此构成的一幅长轴，则恰是数百年来天津市井民俗文化一个侧面的缩影。

这是生活的魅力，更是作家的魅力。

大冯在《俗世奇人全本》的卷首《奇人辈出——书前短语》中有过这样的"夫子自道"："写作人都是性情中人，最靠不住的是写作人的计划。写作人最好的状态是信马由缰。马，自己的性情与不期而至的灵感，缰，笔也。"而他在今年年初这部新书首发式上回答记者问其下一步的创作计划是什么时，他的回答除再次重申了自己在前述那段文字中的大意，又进一步强调了所谓写作计划不是自己简单的主观意志就能设定，它是被悄然而至的冲动牵着在走，而生活就是这冲动得以启动的总开关。

现在的问题是，生活本身其实已然或悄无声息或轰轰烈烈地客观存在于彼岸，她能否进入文学的世界？怎样在文学的此岸得以呈现？身为作家的本事身手如何就成为能否实现这种转换的关键所在。面对同样的生活，同为作家们的反应有的漠然，有的虽有触动但表现却平平，这样的差异当然取决于作家对生活的熟悉度、敏感性和艺术表现力。而大冯在驾驭《俗世奇人》这样的题材时确可谓得天独厚、水到渠成。长期身居津门，对当地生活十分熟悉，而对此间民俗风习还抱有浓郁的兴趣与情怀，早在《俗世奇人》问世之前，其作品《神灯》《神鞭》《雕花烟斗》《三寸金莲》等中长篇小说中对天津的民俗民风皆有不同程度的艺术表现，而近二十年来他更是倾力投身于城市历史文化保护和民间文化抢救。如此厚实的生活积累与专业研究点燃对大冯文学创作的一次次冲动实在就是不足为奇的了。而对津门文化和文学语言表现得烂熟于心，又使得大冯在驾驭这类题材时手到擒来、游刃有余。54位"奇人"在他的笔下，不事铺陈、不加渲染，以质朴的白描笔法为主，紧紧扣住这些"奇人"的妙语绝招儿，一笑一颦、一举一动、三言两语，一气呵成。

从上世纪90年代后半期以来，大冯的大部分时间与精力都投入到城市历史文化保护和民间文化抢救工程之中，这一项极为耗时与耗力相叠加的艰辛工程，致使他的文学创作虽未完全辍笔，但量产的确少了许多。我也注意到，近几年来，随着大冯年事的增高，户外的一些实地考察不得不有所减少。

于是那个创作活力四溢的大冯又开始活跃于文坛，2019年年初的北京图书订货会上他推出了自己的长篇《单筒望远镜》，时隔一年的北京读书订货会，他又呈现出这部《俗世奇人全本》。笔者身为连续两年参与大冯这两部新书首发的见证者之一，在2021年的首发活动结束前曾半带玩笑地对大冯说"希望明年图书订货会时能第三次为你的新作站台"。对此，大冯并未正面作答而只是露出神秘的一笑，我想，在这笑容背后，他或许早已成竹在胸了。

这，就是厚实。

这样的新人与这般的温暖

看毛建军的《美顺与长生》

在进入对这部长篇小说新作的解读和评说之前,有必要先说一说它的作者毛建军和这部作品得以面世的"奇遇"。

毛建军是谁?

在这部长篇小说面世之前我想几乎不会有多少人知道,即便有,也只是晓得他就是在北京朝阳医院的一位推氧气瓶的工人。然而就是这位普通的劳动者偏偏执著地做了几十年的文学梦,读了许多书,写了许多文字,收获了许多退稿,直到前三年《北京文学》的一位普通编辑从成堆的自由来稿中发现了一部中篇小说,读过后一下就被感动哭了,遂推荐给编辑部其他同事读,大家还为此开了个内部讨论会,这部从大量自由来稿中被幸运地海选出来的就是毛建军发表于《北京文学》2017年第7期上的中篇小说《北京人》。再往后，人民文学出版社当代文学编辑室的一位编辑读到这部中篇时除同样几度落泪外，还觉得它在内容及艺术上皆有延展的可能性，于是就辗转找到毛建军，建议他在这部中篇的基础上将其扩展成一部新的长篇，《美顺与长生》由此应运而生。

回溯这样一段过程，至少可以见出两点：其一，毛建军这个人好执著：一个普通工人几十年如一日衷情于文学，即便"屡战屡败"，依然不放弃不抛弃，终得"修成正果"；其二，毛建军又是幸运的：作为在这个行当里吃了几十年饭的过来人，我完全有理由说，如果不是《北京文学》和人民文学出版社两位用心的编辑从成堆的来稿和已刊出作品中将其"捞出"并悉心打磨，毛建军大概率还要继续面临退稿乃至"石沉大海"的遭遇。或许有人说"是金子总会发光"，理论上虽如此，但可以肯定的是，这发光的时间一定不会是2020年之初。我之所以要在本文的开头不惜篇幅地絮叨复盘这样一个过程，着实是有感而发。曾几何时，在我们当代文学编辑与出版的历史上，不乏藏身于《保卫延安》《红岩》《林海雪原》这些名作背后的编辑与作者之间的佳话，这些编辑中，既有当时即赫赫有名者如冯雪峰，亦有当时尚默默无闻者如龙世辉、王维玲等，正是这些"无名英雄"对文学新人新作的发现与扶持，成就了当代文学史上的一批名篇佳作，由此也成为中国文学和出版业的优良传统之一。遗憾的是，这样的优良传统正在因为无暇发现或放弃选择等种种原因而渐行渐远，偶有出现也不过只是一个孤独的背影。在这个过程中，天知道又会有多少文学佳作的萌芽就此夭折于匆匆的所谓前行之中！

感慨到此，还得回到文本，不能因为作者是普通工人就降低对文本品质的要求，而是恰好反过来，是因其作品自身的特色才引发上述感慨：民间有高人。

美顺与长生是作品的男女主角儿，前者出身贫寒，后者家境虽尚优但自身轻度智障，正因其这种反差形成的畸形需求使得他们走到一块儿而形成一个新的家庭结构。这种结构很容易使人误以为即将上演的不过只是一部因异化而导致的家庭悲剧。然而，卒读作品的感受一定会使这种先入之见大跌眼镜。美顺与长生的组合以及他们的命运固然有波折、有艰辛、有磨难，但作品呈现出的主调更多的是刚毅、善良和温暖，而且这一切又是那么自然平和地缓缓溢出，不张扬、不矫情、不生硬。

山中的美顺嫁到城里的长生家，开始是惶恐不安、手足无措，当发现自己的丈夫原来是一个智障患者时，取而代之的更是委屈与忧怨，只是因家里为哥哥娶媳妇收了婆家不薄的彩礼而不得不隐忍。接下来，美顺一点点感受到智障丈夫的忠厚善良，加上孩子的出生，公婆待自己和孙子也都不错，便渐渐地安下心来和长生一道踏踏实实地过起了小日子。谁知好景不长，本是企业负责人的公公因过失而受到处理，美顺与长生也从曾经的"受宠"一下子跌入"冷宫"，双双失去工作，全家仅靠公公在乡镇企业的打工维持生活。面对这样的落差，美顺选择的不是气馁、不是抱怨，而是自食其力，在自己居住的小区中办起了煎饼铺子，憨憨的长生虽无主见，但心疼老婆这一点是牢牢地扎根于心并付之于行：起早摸黑出力流汗倾力为老婆分担。正是凭借两口子这种质朴的坚韧与刚毅，加之善良人们的帮衬，美顺在连续遭遇失业、婆婆脑梗、受大姑子骗、孩子叛逆等一连串挫折后，生活不仅没有塌陷，反而更加和睦。

在《美顺与长生》中，虽不乏世故、霸凌和欺骗之类的龌龊与卑劣之人物和行为，但主调上则是充盈着浓浓的善良和纯真。美顺带着山乡的纯朴来到城里，仿佛天然烙上了善的印记，长生虽略有智障，但在他的大脑中被屏蔽掉的似乎恰是人性恶的部分，留下的就是单纯和善良，作品的两位主角儿如此固然足可定下作品的基调，但作者似乎还不甘于此，在美顺与长生之外，还有美顺的师傅英姐、美顺与长生的那些邻居、长生在美国的姐姐长莉，他们无论是一以贯之的善良还是良心偶有发现时的善举，无论是一时迫于恶的沉默还是一时因为利的诱惑，我们都还是可以依稀地看到，纯与善在他们身上依然没有彻底被泯灭被除根。而正是这些大善与小善的汇合，构成了整部作品纯真善良的基调。

因其有纯真、因其有善良，整部《美顺与长生》的情节虽不乏曲折波澜，几个主要人物的命运也时有起伏跌宕，揪心处并不少。但我相信绝大部分读者卒读下来的整体感觉都应该是温暖而非沮丧，是祥和而非躁动。这样一种感觉的形成固然受益于作品中那些纯真善良的人与事、言与行，另一方面也和作者毛建军的叙述语言紧密联系。读原稿时，我想象中的这位医院推氧气工应该就是一位三四十岁的年轻人，这样的先入之见一直到新书发布会见到作者其人时才被粉碎，毛建军竟然已是年过六旬的长者，于是不得不暗暗佩服作者叙述语言年轻化的本事。在《美顺与长生》中，作者的叙述语言整体质朴平静，人物语言则尽量与其年龄、性别、经历相贴合，张弛有度，这样一种与个性融为一体的文学语言对作品整体温暖感的营造自然是十分有效的。

当然，如果从更高的要求来衡量《美顺与长生》，作品不尽如人意的地方当然存在，比如少数情景的设置多少过于戏剧化了，有的地方还缺少必要的铺垫等。尽管如此，我还是由衷地推荐这部新人新作，是因为这部作品从面世到作品本身确有值得倡导与关注之处：一是愿在我们当代文学编辑与出版历史上那些编辑与作者之间的佳话能够持久地传承下去，民间有高人，鲜活在平凡；二是我固然赞赏深刻的反思、无情的鞭笞与真正的审丑，但纯真的善良与温暖同样也是文学写作中的重要因子，这些都是构成优质文学的必备要素，而当这必备中的某些——比如纯真的善良与温暖——出现短缺时，为之鼓为之呼同样也是必要的。

于无声处说"无价"

看程虹的《宁静无价》

这是一部十年前就首版问世的有关英美自然文学研究的专著,十年后,作者又对该书进行了适当调整,形成增订版而再度发行。我之所以依然抱以浓厚的兴趣重读这部并非全新的专著且留下这样一则读后感,一则因其书名"宁静无价"这四个字确是本人高度认同并十分羡慕的一种价值评判,二是在当下一种特别"宁静"的环境中重读本书,更是对"宁静无价"四字别有一番滋味在心头。

说到自然文学,在大多数读者脑海中首先蹦出来的大约就是美国著名作家梭罗笔下的《瓦尔登湖》了。这部由 18 篇作品构成的散文集堪称一部大美文,记录了作者自己在瓦尔登湖独居两年中的所见所闻、所思所想:春之声悄然叩门之际,梭罗由衷地发出赞叹:"很像混沌初开,宇宙创始,黄金时代的再现"(《春天》);面对独居生活必然的寂寞,梭罗感受到的却是"牛蛙鸣叫,邀来黑夜,夜莺的乐音乘着吹起涟漪的风从湖上传来。摇曳的赤杨与松柏,激起我的情感,使我几乎不能呼吸了,然而如镜的湖面一样,晚风吹起来的微波是谈不上什么风暴的(《寂寞》)";瓦尔登湖畔的隐居并不意味着梭罗自甘寂寞:"我也跟大多数人一样喜欢交际,任何精神旺盛的人来时,我一定像吸血的水蛭似的,紧紧吸住他不放。"(《寂寞》)……不难看出,梭罗用笔下的美景糅进自己的思考与情感共同构成的这曲瓦尔登湖神话,集中代表了一种追求原生态的生活方式,表达的是一种滋生于针对特定时代的生活理想。梭罗固然有"自然文学的先驱"之誉,但从其思想渊源而言,他既非始作俑亦非终结者。以他为代表的这种自然文学思潮既有久远的历史渊源也有绵长不绝的发展与延伸。

《宁静无价》就是这样一部集中梳理研究英美特别是美国自然文学的专著。作为一个概念,自然文学虽然产生于现代,但作者开篇即简明而清晰地梳理了滋生其生长的漫长而久远的历史及思想渊源,从古希腊和罗马时期的亚里士多德之《动物志》到维吉尔的《牧歌》,再往下一直到18世纪英国的自然史作家吉尔伯特·怀特,19世纪浪漫主义诗人华兹华斯、博物学家达尔文以及20世纪的英国作家D. H. 劳伦斯等，这些先驱莫不对自然文学的产生有着直接或间接的影响与推动。即使在美国，17世纪约翰·史密斯的《新英格兰记》和威廉·布雷德福的《普利茅斯开发史》，18世纪乔纳森·华兹华斯的《圣物的影像》、威廉·巴特姆的《自然笔记》等都先后为自然文学写作的风格与审美作出了自己的贡献；而19世纪爱默生的《论自然》和托马斯·科尔的《美国风景散论》则为自然文学的思想与内涵奠定了基础。与此同时，科尔所创立的美国哈得孙河画派则以画面的形式再现了爱默生和梭罗等用文字所表达的思想。应该说，正是有了这些先贤们的思想启蒙和美国作为"新大陆"和"自然之国"这种独特文化背景所形成的那种基于旷野来共创新大陆文化的独特时尚与氛围，共同构成了美国自然文学生长的肥沃土壤。于是，在那片土地上，不仅有梭罗的《瓦尔登湖》、也有雷切尔·卡森的《寂静的春天》、爱德华·艾比的《大漠孤行》、安妮·迪拉德的《汀克溪的朝圣者》、巴里·洛佩斯的《北极梦》、特丽·T. 威廉斯的《心灵的慰藉》、斯科特·R. 桑德斯的《立足脚下》，以及近十年来所问世的《诺顿自然文学文选》《这片举世无双的土地：美国自然文学文选》，正是这些作家与作品的相映成趣，在美利坚大地上共同呈现出自然文学星光灿烂的一幕。

《宁静无价》在梳理了英美自然文学孳生与成长的思想和创作之旅后，进而描述了它作为一种文学类型在创作上的一些基本特征。这些作品中，我们曾经熟悉的文学作品中的主角儿已经由那一个个栩栩如生的人物让位于大自然，且聚焦的是荒野与乡村而非繁华与都市，这种大自然在这里的呈现也不再是文学中常说的那种所谓拟人化的修辞格而真真切切地就是货真价实的主角儿，诚如梭罗所言，自然文学笔下的对象"不是一些学者，而是某些树木"。正是这种描写对象的巨大变化，随之而来在文学中展示的则是对自然的崇尚与赞美、对精神的追求与向往、对物欲的鄙视与唾弃。在自然文学的作家笔下，自然虽然成为作品的中心，但他们面对自然时，却又不时表现出一种摇摆状态：既充满敬畏又不无犹疑，不确定性是这些作品的共同表现。自然文学的这种种努力无非是旨在以文学的形式唤起人们与生态环境和谐共存的意识，强调人与自然进行亲密接触与沟通的重要性，并试图从中寻找一种文化与精神的出路。

通过这样一番梳理与描述，《宁静无价》又从人的感官切入，进而观察到，自然文学作品中之所以呈现出上述特征莫不得益于作家们的眼、耳和心。漫步于新大陆的无边旷野及英格兰的辽阔田园,扑面而来的无疑是那无际的田野、茂密的森林、葱郁的草原、斑斓的花色;敲击耳膜的当少不了风声鹤唳、水流淙淙、鸟语鹿鸣……于是,这样一番风景与声景在他们的笔下应运而生。然而,这样一种普适的观察自然、感悟自然的二维坐标又共同受制于另一个更重要的、也可以说是决定性的维度,那就是心,或曰心境。一个优秀的作家固然有捕捉自然、感悟自然的纤细与敏感,但即便是普通人,大自然从进入他们的眼界到最终形成一番什么样的印象,何尝又不是与他们彼时彼刻的心或心境有着剪不断理还乱的紧密关联。我绝对相信,任何一位心智正常的人一定会有这样的感受:有心或无心、此心或彼心,同样的风声或鸟语,或许是悦耳怡然,或许是嘈杂不堪;同样的森林或田野,或许会视而不见,或许是蛮荒杂乱……无可否认,心或心境这第三个维度在捕捉自然、感悟自然时起到了决定性作用,换言之也可以说风景、声景的形成与结果本质上就是一种心景,心决定着人们视听所及和视听所悟。正是这样一种三维景观的交织与互动共同构成了自然文学的独特性与审美性,并从中折射出自然文学的审美指向与审美价值,集中表现出自然文学鲜明而独特的精神指向,那就是企望以此唤起人们与生态环境和谐共存的意识,敦促民众采取一种既有利于身心健康又造福于后人的新型生活方式。这样一种生活方式强调的是人与自然进行亲密接触与和谐沟通的重要性,并由此寻求一种文化与精神的出路。在这些自然文学作家看来:"文化的完美不是反抗而是宁静。"([英]沃尔特·佩特语)

在自然文学那里,这样的"宁静"是"无价"的。好一个"宁静无价",我喜欢、我神往。但必须就此多说几句,我理解的这"宁静"不是沉默不是消极不是遁世不是无为,而是冷静是理性是求实是真挚,相对应所指向的是浮躁是任性是浮夸是虚妄。自然文学笔下的"宁静"固然有自己特定的所指,但我们的阅读更是一种"鉴赏",在"赏"的意义上,《宁静无价》虽然只是在研究英美自然文学的起源及特性,指出了这样一种文学类型既是对以往人与自然关系的批评、补偿与反省,也为人类社会描述了一条可资探索的健康发展之道;而在"鉴"的意义上,"宁静无价"四个字何尝又不是针对当下人的精神世界中那种普遍存在着且大有市场的"喧哗与噪动"所开出的一剂良药。

这,就是我喜欢"宁静无价"的全部理由。

究竟该怎样呈现刚刚过去的时代

看王强的《我们的时代》

老实说,现在要拿起一部长达百万字且几乎可以预判文学品质未必一流的三卷本长篇小说来阅读的确需要极大的勇气和耐心。而支撑我勇气和耐心的动力完全来自好奇:一是《我们的时代》这个书名,它无疑更像一部专题论著而非小说;二是由于作品将这个"时代"的区间限定在1990—2018,这恰是本人十分有兴趣"阅读"的一个时段;三是作者王强本人在这个区间内用七年的时间从国内电脑公司的底层员工一路飙升为IT行业在华机构的高管,此后又在互联网领域创业并涉足风投、战略咨询等行当,且十几年前还因其"商战三部曲"《圈子圈套》而跻身畅销书作者之列,对这个时代有如此亲历者的"自述"也是驱动我好奇心的重要诱因。

在王强看来:"1990—2018年,是中国近百年来发展最快、变化最大时期，""无论美好与无奈、狂欢与落寞、收获与付出，这都是我们所亲身经历的时代；无论大与小、现实与荒诞，这都是我们的时代。"而在我这个年龄段人的眼中，"我们的时代"无疑还要上溯十余年，如果没有1978年党的十一届三中全会，如果没有1992年小平同志南行所坚定的对外开放、对内不折腾的执念，"王强们"又会经历一个什么样的"时代"呢？

好在历史没有假设，正是因为十一届三中全会、邓小平南行两座历史丰碑的巍巍然，王强笔下那"我们的时代"画卷才得以徐徐展开。作品以IT浪潮为背景，展示了以裴庆华、萧闯、谢航三位"60后"同窗为代表的创业者逐梦历程，他们分别作为本土精英、外企精英和野蛮生长创业者的代表，并上溯到改革开放后的第一代创业者谭启章，下延至企业家二代谭媛、"80后"向翔飞、"85后"司睿宁等众多怀揣创业梦想的各式人物。在这些怀揣"老板梦"的创业者群体中，成功者的笑容，失意者的叹息，不同的遭遇、众多的切面共同烘托着一个波澜壮阔的新时代，无论是1992年邓小平南行、2001年中国加入WTO、2003年北京抗击非典、2008年北京奥运这些历史性的大事件，以及电视剧《渴望》热播、汪国真诗集走红、走谈式恋爱等一代人的共同生活及情感经历都在作品中得以呈现。这一切无不忠实地记录着那个时代，让每一个人都能在其中找到自己的影子。

客观地说，王强写作《我们的时代》，既企望忠实地记录这个时代，又不得不借助商战这个自己熟悉的形态来实现这样的企望，这无异于给自己设置了两道难题：一是王强企望记录的这个时代近来眼前，所谓远时代易写而近时代难，这几乎是所有写作者的通识；二是大多商战小说的通病就是只见商不见人。由于第一道难题之难远大于第二道，暂且按下不表，不妨先从第二道说起。

还是客观地说，由于王强自己既有参与商战的经历又有小说写作的历练，因而在处理"商"与"人"关系时的表现总体上还是可以称得上差强人意。尽管作品中依然有不少"商"的赘述，但"人"的形象特别是一些主要人物的形象还是立得住、站得起的。比如裴庆华、萧闯、谢航这三个"60后"同窗创业者的形象以及他们之间的微妙关系等都称得上分寸得体。能做到这样，其实也是颇需费一番思量与拿捏的。三个同窗之间既有曾经的热恋，也是彼此的好友，他们在同一行业中共同怀揣着自己的创业梦想，这样的关系在作品中如果处理不好，就很容易落入不是大家相互帮衬一团和气就是彼此厮杀得你死我活、你红我黑的套路。但在王强的笔下，他显然对此有充分的准备，因此，作品中对这三位同窗的家庭背景、个人经历及性格特点等都有足够的铺垫与交代，于是在此后各自职业生涯中个人特有的行为特点及差异自然地呈现出来，在彼此的关系上既有剧烈的冲突又不乏本能念着旧情的节制，整体看上去还是合情合理、收放有度。再比如在谭启章、裴庆华、萧闯、谢航、谭媛、向翊飞、司睿宁这些不同代际创业者之间的行为方式和待人接物等方面的不同表现也处理得恰到好处，这种分寸感的拿捏显然都是用了心下了力的。因此，尽管作品中出场人物不少，但一些主要或重要人物都会因其明显的标识性而在读者端留下记忆，在商战小说中能做这一点其实不容易。

  回过头再来说所谓"远时代易写而近时代难"这个难题。这一易一难，其中缘由本也不复杂。所谓"远时代易写"无非是因为经过时间海洋的淘洗，一些在当时还模糊不清的轮廓得以清晰地呈现，一些当时为亲者讳、为贤者讳的麻烦变得不那么敏感或不那么重要，一些当时是非不明的评价被实践给出了答案……反过来所谓"近时代难"当然同样就是难在对上述问题的如何处理。《我们的时代》意在记录1990—2018年这个风云的时代，这距离王强写作的时间真的是太近了，仿佛就在昨天就在眼前。长是近在眼前，清晰可见，短则在江山人事依旧，拉不开距离，必然少了些沉淀消化思考的时间。应该说，因其自己就是参与者，王强对这个时代并不缺少感性的认识，他在作品的"后记"中对此有一段很具体的评价："如果不考虑因国企改制而失业下岗的人群，1990年代是很美好的；如果不考虑在金融危机中与国进民退中蒙受损失的人群，2000年代是很美好的；如果不考虑还有生活在贫困地区没有脱贫的人群，2010年代是很美好的。"都是"很美好的"但都有"如果不考虑"这个前置条件；如果"考虑"了，答案又会如何？其实即使没有这些"如果不考虑"，评价这个时代是否美好的标识除了那些可以量化的指标外，是否也需要一些抽象的、形而上的东西呢？诸如时代精神、时代内涵、时代风骨、时代气质……回答这些问题需要实验的检验、需要时间的淘洗、需要作者的理性……这也是所谓"写近时代难"的原因所在。我武断地以为，王强在写作《我们的时代》时，显然就遇到了这个难题，因而表现在作品中读者看到的基本上就只能是IT业"流水账"式的记录。当然，这里所说的"流水账"不过只是一种比喻，由于缺少对一个时代形而上的理解但又想忠实地记录这个时代，"流水账"式写作就不失为一种选择了。但说到底，真实而深刻地记录反映一个时代，重要的绝对不在于篇幅的长短、事物的巨细而在于能否抓住时代精神与时代魂。道理很简单，一个时代的全貌根本就无从用事件来穷尽，而只有时代的精神与灵魂才足以代表一个时代的浓缩与精华。

　　从《圈子圈套》到《我们的时代》都是三部曲式结构，为此，我们不能不佩服王强写作的毅力，但我还是要冒昧地建议他下一部的写作能多考虑一些提炼与概括，铺陈恐怕更多地只适用于作品的某个局部而不是整体。在《我们的时代》中，同质性的写作、缺少节制的铺陈的确还有不少，如果能够加以必要的剪裁和提炼，作品或许会更有力量，作者那种"往回看的目的在于朝前走"的写作初衷"也会因此而得到更好的展现"。

"海海"人生中的五味杂陈

看麦家的《人生海海》

近几年中国文学畅销书 TOP10 的榜单上有一个现象值得玩味：那就是这个"座席"的流动性越来越差，《活着》、《平凡的世界》、《三体》、《百年孤独》和《追风筝的人》等作品是这个榜单上的常客，而能够新跻身者大抵不足这 TOP10 的三分之一且稳定性也不强。如果这个 TOP10 的真实性没有问题，那么一个尖锐的问题就无情地摆在大家面前：究竟是我们的阅读趋势越来越走向经典，还是现在的文学新作缺乏市场的竞争力？正是在这样的疑惑面前，麦家在沉寂八年后创作的长篇小说新作《人生海海》面世不久便成功地跻身于这文学畅销 TOP10 俱乐部，且一直稳定至今，这个现象不能不格外引人注意。

曾经以《解密》、《暗算》和《风声》等独特的"谍战"

风格而荣获茅盾文学奖的麦家，其作品固然具有自身独特的畅销潜质，但这部《人生海海》偏偏又是作者和评论界共同声称的"转型"之作，麦家要跳出自己过往写作那种以悬念为中心的谍战叙事而转向以乡土为主题的线性叙事。客观地说，"乡土"在当下要想"走红"难度着实不小。那么，《人生海海》到底是麦家凭昔日之余威还是这部作品自身的魅力而闯关成功呢？我就是带着这样的好奇进入对《人生海海》的阅读。

先说说读完《人生海海》后的整体印象。无论是"乡土"也好，还是要跳出自己过往创作中那种以悬念为中心的谍战叙事也罢，这其实都不过只是一些表象。《人生海海》主线并不复杂，无非是以主人公上校——一位颇具传奇色彩人物的毕生经历贯穿始终。表面上看，上校人生两头的戏码都设置在麦家的故乡，通过"我"、爷爷、父亲、老保长和林阿姨等人物不同视角的交替叙述拼接出上校毕生命运的跌宕起伏。整部作品既没有以乡土为主题，也不是简单的线性叙事，相反，在呈现上校传奇人生的过程中，倒是过往那种以悬念为中心的谍战叙事痕迹不时还是依稀可见，比如上校身上那些谜团，特别是上校腹部那神秘的刺字，这些悬念的线头在作品中都埋了不少，它们随着故事的推进逐一解开，直至最后才放出大招,真相得以大白于天下,上校寿终正寝,而他与林阿姨也终修成正果。如果将这样的整体印象作进一步的分解,《人生海海》以下两个特点在作品中的表现是十分鲜明而突出的。

一是塑造了一位性格鲜明、人生起浮、命运多舛的人物形象,那就是作品中的一号人物上校。这是一个浑身都是故事的男人,而且还是麦家笔下那一如既往的神秘离奇故事。这个接近完美的男人,在他女人的眼中,不仅英俊、能干、英勇、幽默,而且还有一手天赋极佳的"活儿"。上校的人生起点本来只是一个手艺不错的木匠,这木匠当得好好的,却被抓去充了军;当兵当得好好的,又被抓去做了特务;做特务就做特务吧,竟因自己的"天赋异禀"被日本女鬼子看上,小腹上还给刺上了擦不掉抹不去的字样;再往后,好不容易自学成了有名的外科医生"金一刀",在战场上救死扶伤无数,又被扣上了莫须有的强奸罪,以前所有的"好"一笔悉数抹去,虽被打回原籍,但上校的传奇并未因此而终结:本是革命群众要斗争的对象,但村民们一边斗一边又巴结讨好他;本已顶着个"太监"的帽子,可村里的小孩子经常偷看他那个地方,好像还是满当当的有模有样;本该出工劳改,却天天猫在家里看报纸、嗑瓜子,日子过得比谁家都舒坦,还像养孩子一样养着一对猫……如果不是碰上那疯狂的十年浩劫被阴差阳错地扯出腹部的字,上校的命运也不会向着悲惨一路下滑,上校疯了,在红卫兵要当众扒他裤子的时候疯了。然而,这个疯了的上校后来竟然又在当年疯狂爱过他的林阿姨的精心照料下活到了96岁……这个浑身是谜的"上校"在时代中穿行缠斗了一生,跨越近一个世纪的人生命运,蕴藏着的是让人悠长叹息的人生况味。

二是麦家笔下对上校形象的塑造不是那种简单的线性叙事,而是通过童年叙述者"我"的个人记忆和社会视域中的集体记忆交错进行以及这两种记忆之间的切换组合而完成,由此而搭建起了由个人与集体、现实与想象、真实与虚构交织在一起的多重历史线索组成的迷宫式结构。在作品中,上校前半生之"奇"多是由矛盾交错的多人回忆所组成,由于他的一生贯穿于从民国到新世纪等若干重大历史节点,因而每当遭遇这样的节点,作品的叙事就转向集体的记忆,这个集体的常客固然是爷爷、父亲、上校或是老保长,但也可以是其他视角的补充和证明,如关于上校为何被军队开除回乡的这段"案底"就是在小说的最后由林阿姨的记忆呈现出来。而上校的后半生之"悲"则多半是由作为童年叙述者"我"的所见所闻来展开。上校被打回原籍后的那段岁月如拼图般展现在"我"的面前：上校在家做饭的细节，食物的气味"从铁锅里钻出，从窗洞里飘出，随风飘散，像春天的燕子在逼仄的弄堂里上下翻飞"，去上校家"揩油"、听故事成为"我"最佳的娱乐方式。为了"我"和"我"的家庭需要隐去（同时又屡屡试图揭开）的秘密，"我"逐渐将上校极力维护的秘密内嵌为自我生命历程的构成部分，"我"也因此而被学校老师同学欺辱，之后为躲避村民伤害不得不偷渡到巴塞罗那饱受折磨苦楚，"上校"与"我"迥异的极端生存状况形成一种奇异的交叠。

一面是上校命运多舛的人生跌宕，一面是围绕着这多舛命运所设置的迷宫式叙事。对读者来说，前者显然具有博好奇心同情心，博眼球的优势，而后者则多少有些设置障碍、炫文炫技之嫌。对文学创作来说，将这两者巧妙地糅为一体，的确可以增加作品的厚度，丰富作品多向度的开掘。就阅读体验而言，前者无疑会产生酣畅动情的效果，后者则多少会带来烧脑的纠结。面对这两种多少有些逆向的写作，麦家毫不犹豫地选择了后者，这当然是一种文学的选择，也或许是对作品之所以命名为"人生海海"的一种回应，这句闽南话的意思就是形容人生复杂多变但又不止于此，它像大海一样宽广。

行文至此，似乎可以回答本文开头提出的那个问题了：《人生海海》到底是麦家凭昔日之余威还是这部作品自身的魅力而闯入文学畅销TOP10俱乐部的呢？经过以上这番简洁的条分缕析，两种因素似乎都有但又似乎都不典型。倒是听说作家和出版方为了本书的市场营销下了不少的功夫，包括请网红大咖"带货"，请屏幕名流代言，甚至还有一般图书营销很少用、也未必用得起的方式来促销。一句话，是诗内诗外功夫的双管齐下才带来了《人生海海》如此骄人的市场业绩。由此看来，好书若要赢得市场，除了其品质真好以外，肯吆喝会吆喝也是必不可少的。

谁又不是秘密中人？

看迟子建的《烟火漫卷》

庚子春，"新冠"肆虐之势尚未被完全扼制，禁足之时接到迟子建信，称其新长篇《烟火漫卷》已杀青。我一看这书名心里就开始犯嘀咕：咋就转悠到战争题材上去啦？直到读完全篇方知此"烟火"乃刘禹锡笔下"云间烟火是人家"而非元好问吟咏的"咸阳烟火洛阳尘"那"烟火"。再一想，这也不奇怪，迟子建的创作对这"人烟"意义上的"烟火"似乎也是情有独钟，在她的散文中就有《紫气中的烟火》和《到处人间烟火》这样的篇什，其上一部长篇小说《群山之巅》所描摹的其实也同样是缕缕"人烟"。再说用"漫卷"作为这部长篇标题的另外两字也真是十分贴切，一部《烟火漫卷》呈现的完全就是十足的哈尔滨"人烟"的随风翻卷。

说实话，刚进入对《烟火漫卷》的阅读时，还真有点替迟子建捏把汗。那笃笃悠悠、慢条斯理的叙述与描摹，虽从容细腻，但在时下这急吼吼、浅悠悠且充满戾气的阅读氛围中能"Hold"得住吗？伴随着阅读的推进，这种担心不仅消失得荡然无存，反倒为作家那强大的艺术统摄力所折服。

"人烟"意义上的"烟火"出现在迟子建的笔下很容易被解读为"民间"与"底层"，当然不能简单地完全否认这种解读合理的一面，但同样不可否认的是这样一种解读更多的还只是着眼于作品中人物的身份及生存境遇，于是很容易就出现了诸如"宫廷的烟火""贵族的烟火""民间的烟火""底层的烟火"之类的切割。然而，身份和生存境遇终究都只是人物一种外在的、局部的标识，尽管这样的标识对人物的成长、心理会有不小的影响，形成某些鲜明的印记，但这些标识终究都不是人本意义上那个完整立体复杂的人。即便如这部《烟火漫卷》中的刘建国、于大卫、翁子安等一干人物，说他们来自民间与底层似也不是什么大谬，但又似乎少了点魂。绕了这一大圈，我无非想说明出现在迟子建笔下的"人间烟火"看上去是在着眼于民间与底层，骨子里则更是紧紧抓住人本意义上完整的、大写的人在做文章。过去的《群山之巅》如此，这部《烟火漫卷》则表现得更甚，否则我们就无从理解作品中不少人物身上总是会偶尔出现一些看上去有那么点古怪、诡异乃至不合寻常逻辑的行为或心理，无论是刘氏三兄妹，还是于大卫谢紫薇伉俪，抑或是生活在榆樱院中的芸芸众生，概莫能外，正可谓应验了"谁又不是秘密中人"这句俗语。而正是这些人物看上去合逻辑或非逻辑的行为与心理共同编织起了他们生命的经纬以及他们所生活的这座都市之前世今生，这就使得作品的宽度得以大大的拓展。面对这些人物及命运，迟子建的态度又很容易被解读为理解、同情和悲悯，而在我看来这是又一层皮相。没错，在作品中，迟子建对自己笔下的人物的确没有明显的臧否，呈现出的状态看上去确也多是一番同情直到不乏悲悯。但仔细一想，即便是贵为作家，如果仅仅只是一种居高临下的同情与悲悯姿态未必就一定是优秀作家或作品。一个优秀的作家如果仅仅只是止步于此当然不够，而成就一部优秀作品，除此之外恐怕更需要的还要穿过那些"秘密中人"的背后进行"解密"：他们何以如此，又何以走向明天？而在《烟火漫卷》中，我们所能体会到的迟子建对她笔下许多人物的姿态正是如此。刘建国兄妹在作品中各有一些行为的确有些超乎正常的行为逻辑，但看得出迟子建明显在努力为这种行为逻辑的非合理性进行修复。我想，这样的修复固然是情节设置合理的需要，更是对人的行为、人性的复杂、境遇对人的刺激等种种细枝末节深入观察与研究的结果。而这样处理的结果就是不动声色地将个体的人和时代、地域、历史以及现实这些无从回避的社会元素巧妙地勾连起来,这显然就比一般意义上的所谓同情与悲悯要有厚度得多,诚如"作品提要"中提示的那样:这"浓郁的人间烟火,柔肠百结,气象万千。一座自然与现代、东方与西方交融的冰雪城市,一群形形色色笃定坚实的普通都市人,于'烟火漫卷'中焕发着勃勃的生机"。

无论是作品宽度的拓展还是厚度的掘深,都离不开对作品艺术表现力的有效掌控。在《烟火漫卷》中,迟子建就成功地展示了自己强大的艺术统摄力。这部长篇新作的文本长度尚不足 20 万字,这在当下新出版的长篇小说中绝对属于体量娇小者,即便是扩充至 30 万以内也还有足够的伸展空间,更何况这部作品先后出场之有名有姓有故事有命运的人物却多达 20 余人,每人平均不足万字,即便是用于戏码多一点的刘建国、刘骄华、黄娥、翁子安等人物身上的大约也不过三两万字,不仅如此,作品叙事的整体基调又是那种舒缓柔和、从容自如的调调。尽管如此,迟子建依然惜字如金地娓娓道来。而从阅读效果来看,终卷之时,作品中那些有名有姓者的身世命运以及承载起他们生活的那座都市的前世今生和地缘特色无不历历在目,这种艺术效果的取得迟子建当是颇费了一番思量的。

不到20万字的篇幅被作者分成了上下两部。上部名为"谁来署名的早晨",作品中的大小角儿穿过"烟火"依次登场亮相,言语不多、动作干练,他们身上那不经意的"怪异处"影影绰绰地透出了这些可能都是一个个有着不俗故事、不凡命运的主儿,都有一段难以启齿或不愿示人的人生之秘;果不其然,到了下部"谁来落幕的夜晚",这些角儿的故事与命运,以及这些故事与命运背后的成因一个个波澜不惊地浮出水面,而其中诸如刘建国、于大卫、黄娥、翁子安等角色的命运其实还是蛮令人唏嘘不已的,而在他们身上又无不承载着时代、环境、责任与个性等种种因素的复杂交织。看上去这好像只是一种悬念的设置技巧,但如果仅仅只是以此作为《烟火漫卷》的一种孤立的艺术手法则未免失之于浅表。我之所以认为迟子建在《烟火漫卷》中成功地展示了自己强大的艺术统摄力,是因为她在这部作品中所表现出的那种从容自如和得心应手。为此,可以将这部新作与她的上一部长篇《群山之巅》简单地比较几句。我曾经自己生造了一个"环形链式"的概念来描述《群山之巅》的结构特点,以此达到一种将不同的时空自然巧妙地衔接起来的审美效果,那样一种结构显然经过一番精心的设计。而这次的《烟火漫卷》,

迟子建采用的几乎就是中规中矩的最传统的长篇小说写作方式：一个以顺时态的线性叙事为主干，中间时而穿插一点倒叙、插叙之类予以补叙，而在叙述语言上则无非是典型的从容洗练、细腻自如的笔触。我在想，就是这样看上去没有任何"创新"的传统写作竟能获得如此强大的艺术统摄力，背后到底是一种什么样的力量在支撑？

围绕这个问题，我左思右想也找不出一个时尚的词儿来描述，于是，干脆就用一个老土的说法概括吧，那就是"内功"二字。这个"内功"既包括作者对社会、历史、时代、生活、人物等文学创作诸元素的细致体察，也需要能够找到并得体地掌控与之最匹配的艺术表现形式，两者缺一不可。迟子建这部长篇新作之成功不仅是这种"内功"的一种完美展示，而且也由此再次证明了长篇小说之成功两句最质朴的"秘诀"：创作需踏实、成功需认真。

从阿尔巴特街出发的浪漫与现实……

看钟求是的《等待呼吸》

"杜怡仍新鲜地记得,她和他的第一次相遇是在阿尔巴特街。"钟求是的长篇小说新作《等待呼吸》就是以这样的叙述拉开了帷幕。

坐落于莫斯科河畔的阿尔巴特街,虽蒙有五百年的历史尘埃,迄今依然还是莫斯科现存的最具俄罗斯风情的一条步行街,这里不仅古朴与现代并存,而且商业与艺术兼具。1831年,大诗人普希金与时有"俄国第一美人"之誉的娜塔丽娅·冈察洛娃结婚后就定居在这里,度过了自己三个月的美好幸福时光。而我们这一代人中有不少则是从现代俄罗斯作家阿纳托利·纳乌莫维奇·雷巴科夫的长篇小说《阿尔巴特街的儿女们》中了解到上世纪30年代居住在这条街上的苏联年轻一代跌宕起伏的人生经历。

由作品打头的一句叙述扯出这样一段闲篇,其实是在表达我自己在刚进入这部作品阅读时的一段主观猜测:《等待呼吸》莫非也是要讲述一个浪漫而现实的故事?

果不其然。

整部《等待呼吸》被切割成三个部分。第一部"莫斯科的子弹",虽有"子弹"这个"不祥"之物,但总体上仍是浪漫之气充盈着绝对的空间。上世纪90年代初的莫斯科,中苏(联)关系刚刚开始回暖,友谊大学的女留学生杜怡怀着青春的憧憬,穿过拉手风琴的老头和拉小提琴的姑娘与莫斯科大学经济系留学生夏小松在阿尔巴特街邂逅。学俄语的杜怡,受到的熏陶是黄金时代、白银时代的俄罗斯文学,《阿尔巴特街的儿女》和《日瓦格医生》是她的枕边书;学经济的夏小松更是为了亲身感受当时国际经济学论争的前沿而放弃了留学美国的机会,他可以在自己的胸前文上一个巨大的马克思头像,也会在莫斯科的地铁里,旁若无人地高声朗诵《资本论》。这样一双青年男女,同样的他乡寂寞,同样的青春萌动,迅速进入热恋再正常不过。尽管当时他们的热恋不过只是在周末的时光才能猫在宿舍里炖点土豆烧牛肉、西红柿炒鸡蛋,在自习室研修"爱情课",坐地铁穿越列宁山、伏龙芝、文化公园等站点,看纪念十月革命的红场阅兵,排着长队吃麦当劳,到俄文老师家度假,当然还有无数关于理想、未来、社会、学问的窃窃私语……如果没有后来苏联发生的"八一九事件",在莫斯科的这对恋人的絮语还会继续呢喃下去;然而从白宫前苏联坦克上弹射而来的那颗流弹击中了夏小松胸膛上的马克思文身,这一切才不得不戛然中止……

到了作品第二部"北京的问号",夏小松的离世不只是一条生命的终结,更意味着一个浪漫的时代被画上了句号。为了给夏小松治伤,杜怡从卷毛那借了5万块钱,而今恋人已去,债务依旧,莫斯科已然无法回去,回老家也挣不出还债的钱。温馨的恋人絮语为悲怆艰难的日子所替代,痛失至爱的杜怡从浪漫的爱情巅峰一下子坠入被侮辱与被损害的底层,那是她人生一段至暗的时刻。为了还债,通过昔日同窗丝丝的介绍,杜怡不得不到一个前卫艺术展去做兼职人体模特,和其他几个女孩一起躺在地上组成了一个巨大的问号,这一名为"天问"的行为艺术何尝又不是深藏于杜怡内心中那个巨大的问号?还是为了还债,杜怡只好成为一个寄居京城地下室的"北漂",她先后给不正经的书法家潘如钊做模特,靠出卖自己的后背给他当"宣纸"写字;给孩子做家教,却被家长戴宏中当成治疗自己隐疾的工具;最后遇上了胡姐儿。

这位"大人物"的"神通"背后无非是运用有权人的各种资源编织起一张巨大的关系网，从事着权力寻租与政治掮客的勾当。认清了真相的杜怡，最终只能以付出一根手指的代价才挣脱这个充满着浓郁二氧化碳的"江湖"。

于是，这就有了作品的第三部"杭州的氧气"。这一部分的叙述者变成了年轻一代的主人公章朗，透过这个"第三者"的视角，作品清晰地传递出三条信息：一是这些年吸纳了太多二氧化碳的杜怡终于回到自己家乡杭州，开了一家旧书店为生，这里多次出现孟京辉话剧《恋爱的犀牛》中的插曲《氧气》，这显然是一个充满了意象性的符号；二是多年前的那场爱情在杜怡的精神深处已然留下了一道不可愈合的伤口：她已经缺乏再次投入爱情的能力，即便交付出自己的身体，那种内心的高度契合也完全无从寻找；三是杜怡看似认同了在情爱中身体与精神的区分，但它们之间真的能分得清吗？于是，杜怡与章朗虽然有了自己的孩子，但杜怡执意要独自抚养这个孩子，并将他命名为夏小纪。在她心中，这就是夏小松的孩子，内心执着不变的依旧是在异国他乡与自己开始初恋的夏小松。作品的结束处，杜怡毅然带着孩子不辞而别，来到夏小松的家乡山西晋城，那里毕竟还有他的坟墓和他年迈的父母。若干年后，当章朗终于找了过去时，杜怡和夏小纪却"不是在贝加尔湖畔,就是在前往莫斯科的路上",因为那里有夏小松,哪怕只是他的气息。

经过对《等待呼吸》这样一番梳理,不难看出作品基本上就是一种比较典型的言情小说的叙述方式,但之所以说"基本上"是因为作品在既有言情小说基本叙述范式的基础上,又赋予不少新的因子,从而使得这部作品所言之情有了更多的社会与时代内涵。

客观上讲,小说第一部"莫斯科的子弹"当是典型的言情小说叙述方式。杜怡与夏小松在莫斯科街头邂逅,立即坠入情海,固然可以说出一些缘由,但那些缘由也完全不足以成其为缘由,一双男才女貌无缘由地爱得死去活来就是典型的才子佳人模式,包括夏小松不幸意外罹难,杜怡矢情不移同样是这种模式的典型表征。我这样描述绝无丝毫贬低这部作品的意思,而完全是一种正面的积极评价。之所以这样讲,是因为我们现在的文学作品越来越不会讲纯美且令人感动的故事,要么是为了所谓人性的复杂而刻意制造一些恶与脏的要素,要么是人为地在那煽情造作,不仅感动不了读者,相反倒是令人反感和生厌。而钟求是笔下的这份情感纯粹洁净、矢志不移,的确令人为之动容。更难得的是,当我们将作品的三个部分贯穿起来看时,就得承认《等待呼吸》在传统言情小说的叙事方式上的确赋予了不少新的因子，因而使得作品在令人感动之余又多了些厚重与沉思。

在我看来，这所谓"新的因子"至少有两点格外鲜明的特征。一是作品自始至终都贯穿着鲜明强烈的时代感，仅此一点就大大超越了传统言情小说的叙述范式。在《等待呼吸》中，我们完全能够清晰地拿捏到自上世纪80年代末到本世纪时代风云翻腾、社会发展变迁的脉搏，尽管作者丝毫没有正面触及，这就是一种本事。如果没有暗含这样的背景，作品中一些主要人物的行为就缺少合理的逻辑；二是如此鲜明强烈的时代感始终在暗中牵动着人物行为和心理的微妙变化，无论是夏小松放弃去美国留学而转向莫斯科，无论是杜怡从勇敢的爱到情与性的分离莫不都是时代的风云和社会的变迁在一个具体人心灵或行为上留下的细微烙印。将个人的命运与时代社会的大势捆绑在一起，同样也是传统的言情小说所完全没有涉及的。

当然，如果说《等待呼吸》还有什么不尽如人意的话，那就是在作品的第二和第三部分中，或许是为了突出杜怡情感忠贞和生活艰难的一面，因而对她的一些行为还缺乏一点必要的铺垫与交代，比如杜怡的家人在作品中明明"存在"

却又完全"不存在",要知道夏小松是公派留学生,而杜怡还是自费留学的呢。这样的家境在那个时代虽未必十分殷实但完全置之不顾总是不近情理的了。这样的针脚虽细密,但如果全然不顾反倒难免会有为作而作之嫌了。

撕裂、撕裂、再撕裂……
看冯骥才的《艺术家们》

在年初北京图书订货会上,我在参加冯骥才新作《俗世奇人全本》的首发活动时曾半带玩笑地对他说:"希望明年的图书订货会能再次为你的新作面世站台。"之所以这样讲是因为,大冯随着年事的增高,在减少了一些户外实地考察需抢救的民间文化项目后,那种在上世纪八九十年代曾经四溢的创作活力又回到了他的身上。我一时也说不清这几年他究竟出版了多少部新作,但现在还没到明年年初的北京图书订货会,大冯就又完成了自己的长篇小说新作《艺术家们》并呈现在我们面前。这令我回想起年初时他在我说完那番话脸上露出的神秘一笑,现在看来,当时他对自己下一部长篇小说的写作早就胸有成竹了。

在冯骥才看来,由于艺术家是"非同常人的一群异类",

因此，必需"用另一套笔墨写另一人物和另一种生活"。于是，在这部《艺术家们》的长篇小说新作中，有名有姓的人物虽有三十余位，但所展开的生活场景总体上比较单一，作家似乎更在意透过这些比较单一的场景集中聚焦时代的变迁以及时代大潮的涌动，而且在这些过程中一点也不掩饰作家自己的主观立场及态度。因为作者自信地深知艺术家们"在哪里攀向崇山峻岭，在哪里跌入时代的黑洞，在哪里陷入迷茫"。

开篇出场的楚云天、罗潜和洛夫三位人物虽不全是作品主角儿，但绝对是三类艺术家的代表。他们登台亮相之时尚处于思想禁锢和文化荒芜之际，因此，一册残缺的画集、一张陈旧的唱片、一架缺腿的钢琴、一本破损的小说都会令他们兴奋不已。每一次躲在某个隐秘角落的集体欣赏对他们来说无异于一顿饕餮大餐。共同的艺术志向让他们紧紧地抱团取暖，即便是 1975 年那场毁灭性的唐山大地震也没有将他们分开，在巨大的自然灾害以及接踵而至的各种麻烦面前，他们彼此的守望与帮助让读者充分感受到了男人之间友谊的温暖与纯粹。然而，随着思想的禁锢逐渐被打破，当荒芜的艺术田野上开始生发出绿草百花，三个男性之间的纯真友情开始出现缝隙，且越来越大直至发展到不可弥合，正如同作品中所描述的那样"三剑客并驾齐驱，终于来到荒原上一个许多条道交叉的岔口，虽然从无夙怨，也未了结，无缘无故地散开，相互也未作别，却各纵一骑，分道扬镳了"。

随着新时代大幕的徐徐开启，因个人境遇及性格原因，罗潜虽在重要节点时会偶尔闪现一下，但总体上则是淡出了艺术圈。而楚云天和洛夫则成为在坚守艺术初心和追求财富名利这两条道上奔跑的代表，至于作品中先后登场的不同人等也大体可归入或近乎这不同的两大阵营。

以善用水粉水彩为特色的楚云天在新时代开启之际以一幅《解冻》而蜚声画坛，江湖名声、社会地位一时间登峰造极。然而，功成名就的楚云天虽在个人情感生活上小有心动，但无论是为人还是为艺都依然一丝不苟地坚守着自己的良知与追求，视同道为知音，视友情为珍宝，视财富为草芥，不断地攀登自己在艺术上的新高峰，终于成就了自己寓人文情怀于山水之中的现代文人画的独特风格。而在《艺术家们》中可称之为与其同道者还有高宇奇、易水寒、肖沉、郑非等，尤其是高宇奇将自己封闭于山中一厂房车间内数年潜心创作巨幅画作《农民工》，且不惜一次一次地推倒重来，最后为深入生活而死于车祸的悲壮遭遇更是令人为之动容。

与楚云天形成鲜明对比的则是当年"三剑客"之一的洛

夫，这个来自学院派的油画家，在新时代开启之初也曾创作出了《五千年》、《深耕》和《呼喊》等力作，但随后则为名为财所累而步入迷途，从一味地模仿西方现代抽象画派到所谓行为艺术，到最终坠入抑郁症的陷阱而难以自拔。

而更多的艺术家，诸如余长水、于淼、唐三间、屈放歌、唐尼……则选择了游走于楚云天与洛夫之间的艺术道路上，他们一方面并没有完全放弃自己的艺术风格，另一方面也自觉不自觉地被裹挟进了吸金的大潮。在某种程度上也可以说，这个群体及他们的状态其实更是当下"艺术家们"的一种常态。在他们中间，无论是像楚云天那样顺风顺水者，还是像洛夫那样步入极端者毕竟都是少数，而大多数则是既要为自己的艺术计，更要为全家的稻粱谋。于是在一个市场经济主导的社会中，艺术家们右手画笔左手钞票、人前艺术人后财富也不足为奇，就连那个以特立独行为标志的罗潜最后不也是为生活计开起了自己的画店直至南下干起了纯商业画批量制作的营生了吗？这正如同作品中那位俞先生对楚云天所言："你和我们虽然都一辈子和画打交道，但我们是完全不同的人，谈不上谁高谁低，只不过各干各的。""你求的是艺术价值，我们把它变成商业价值。"

透过以上这番梳理，当不难看出大冯这部《艺术家们》

所呈现出的几个明显特征：一是作品所呈现的生活面比较聚焦，无非就是"艺术家们"其实更是画家圈中的那点事儿；二是虽然只是画家圈中的那点事儿，但其中折射出的时代风云变化及世态冷暖则还是十分清晰；三是大冯的主观态度毫不隐晦，如同其"夫子自道"的那样："不回避写作的批判性，不回避自己是一个理想主义者和唯美主义者。"

在我看来，就《艺术家们》而言，上述三个特点有点像一把双刃剑，所谓成败得失都可能由此而引发。

人间至味真善美

看王洁的《花开有声》

当下在反映脱贫攻坚的文学作品中,无论是涉及面之广还是作品量之多都是非虚构文学占据了绝对主力位置。这也不奇怪,毕竟这就是一场发生在眼前且尚正处于决战阶段的现实,非虚构文学那种"短平快"与"轻骑兵"的特征正好在这一领域大显身手。相对而言,虚构类文学因其更讲究沉淀与重构,在这一题材领域稍显滞后亦十分正常。

正是在这种背景下,王洁以教育扶贫为题材的长篇小说《花开有声》一出版就显得格外引人注意。这不,作品面世不到一年的时间,就依次登上了去年12月的"文学好书榜"、今年5月的"中国好书榜",并先后被列入"助力小康社会与脱贫攻坚出版物书目"、"2020北京阅读季社长、总编辑荐书单"和"2020上海书展·主题出版书单"。本人也是由这些推荐而引起了对这部长篇小说新作的关注。

王洁显然不是文坛所熟知的作家。借助互联网工具搜寻了一下，至少获取了有关她的两点信息：第一，这的确是一位业余作家，主业从商，业余好文；第二，在业余创作中，散文写作居多，小说写作只查到了之前一部商战题材的长篇小说。

带着这样的信息，我进入了对《花开有声》的阅读。果不其然，整部作品在语言、结构，也包括情节设置等方面都不无些许生涩之痕迹，特别是叙述语言和人物对话的稚嫩。如果出自一位成熟作家之手则显然是无从容忍的。但由于是业余、因为是新人，这些成长过程中难以回避的历练常常也就成为了阅读过程中可以宽容的理由。出于这样的心理我坚持读完了全书，在忽略了业余作者的稚嫩后，还真不时为作品中的一些人物及情节所感动，整体上为一种柔软和温润的阅读感所主导。坦白地说，对我这样一个有着近四十年从业经历的"老枪"来说，这样的作品虽因其职业的原因也会阅读一些，但大概率不会留下什么文字，那究竟是什么原因牵引着我还有兴趣写下这则随感呢？

这是一部以留守儿童这个特殊群体为表现对象的长篇小说。据作者自己坦言：2009年元旦期间，她随几位好友前往陕西永寿县参加一个资助留守儿童的公益活动，亲眼目睹了"一些孩子的家里，真的是可以用家徒四壁来形容。零下几十度的天气，加上山里的风本来就大……村里有好多孩子甚至脚上还穿的是夏天的凉鞋，且已经很破旧，身上单薄的衣衫让人不自觉地有种瑟瑟发抖的感觉。走进家里，家家户户的炕上往往是有铺的没盖的，整个村子里只能看到老弱病残的孤寡老人和留守在家里的孩子或者孤儿"。打这之后，作者"一发不可收地走上了资助留守儿童的这条路。自2010年起，先后资助小学生及初中生60余人，资助大学生20余人"。也就是在这个过程中，作者"深深感觉到要从根本上解决这个问题，单靠个人的力量是不够的"，于是便"萌发了创作一部关于留守儿童生活、学习、成长的小说"，"让更多的人知道这个群体、了解这个群体，从而引发更多更有力的关注，使得他们早日回归有父母陪伴的幸福生活，希望每个孩子都拥有健康、快乐、无忧的童年。"《花开有声》正由此应运而生。

小说以苏州姑娘刘晓慧在偶尔获悉农村留守儿童的生活困境后，深深为之震动，便毅然放弃都市的优越生活报名前往陕北支教为主线而展开。作品主要由这样三类人物构成：一是青年志愿支教者，除刘晓慧外，还有柳承鹏和纪若雨等；二是以张承锋、张平锋、徐文君、许萌萌、付文娟为代表的留守儿童群体，尽管他们的家庭贫富悬殊，但在"留守"二字上则是殊途同归；三是王校长和马焕明等本土教员以及刘晓慧的男友陈建海、青年志愿者董磊和部分学生家长等。尽管这些个人物受教育程度、家境、经历都不尽相同，有的甚至相距甚远，但他们都有一个鲜明的共同特点，那就是一个"善"字。在他们身上，尽管有着这样或那样的小毛病，比如马焕明老师的"唯分数论"，比如董磊在知晓刘晓慧已有男友的情况下还要坚持自己感情上的"公平竞争"，比如留守孩子们身上显现出的不同弱点……但这一切都没有妨碍他们总体上的"善"——或善良、或善意、或友善、或慈善，整部作品总体上就是被一股浓浓的善意所包裹。阅读这部作品过程中的种种触动、感动和震动皆为这些不同层级的"善"所触发。

我想，无论是从商还是为文，王洁不可能没有遭遇到、感受过生活中的种种不善与伪善甚至是恶意恶行，因此，《花开有声》这一片至纯善心善意的设置显然就是王洁的刻意为之。之所以如此刻意安排，无非是要借助于这样一种大"善"唤起全社会对留守儿童生存现状的关注关心与关爱，而从阅读效果来看，作者这种意图显然在一定程度上成功地抵达。

从文学写作角度来说，这样一种刻意安排显然是要冒一定风险的，比如类型化、比如不真实、比如单薄、比如粉饰……从一般意义上说，上述种种质疑也不是没有道理，生活本身的确充满杂色，美与丑、善与恶、优与劣、真与伪、是与非、正与邪时常错综复杂、盘根错节地交织在一起。面对生活的这种驳杂，文学写作的选择大抵不外乎两种：一是显微镜式地表现出生活的这种错综复杂与盘根错节；一是凭借自己的主观意志放大或抽象出生活中的某一方面而不计其余。王洁显然是选择了后者，而从阅读效果来看，虽不无新人叙述及表现上的稚嫩或"摆拍"等不足，但总体效果则还是做到了直抵人性中那片柔软的地方，唤起大众关心留守儿童生存现状，投身于扶贫攻坚的大决战之中。

不仅如此，我还觉得这样一种大力扬"善"的写作在当下的文艺创作中也是十分必要的。一个无可否认的现实是：当前我们的整个社会生活特别是网络空间中充斥着一种莫名的戾气，而在文艺作品中有悖美学原则的"以恶为美""以丑为美"也大行其道，仿佛惟其如此才显深刻。相比之下，崇善唯美的气息则十分稀薄，这肯定是对深刻的文艺一种片面和扭曲的理解，对整个社会的精神文明建设也有害无益。善意与温暖其实永远都是一个健康社会建设中不可或缺的重要元素,也是文艺创作中十分基本的调性,这也是我愿意为王洁这部不算成熟的《花开有声》写下这些文字的理由:人间至味真善美。

"抖落思想的尘埃"

看阎晶明的《箭正离弦——〈野草〉全景观》

这篇小文的正题之所以要打上引号,是因为它就是本文评说对象第一章的标题;之所以要如此"拿来",是因为它与本文欲评说的角度再贴切不过。冒犯了,晶明兄。

这是一部专题研究鲁迅先生散文诗《野草》的学术随笔,之所以用"随笔"相称,是因为它的确不同于许多出自学院派之手的学术专著,但又是比一般所谓"专著"更专的专题研究。

阎晶明其实也是地地道道出自学院,其硕士研究生的攻读方向就是"鲁迅与中国现代文学"专业,关于鲁迅研究,此前便有《鲁迅还在》、《鲁迅与陈西滢》和《须仰视才见》等著述出版并编有《鲁迅演讲集》和《鲁迅箴言新编》,是地道的"鲁研"专家;同时,阎晶明又是当代文学方向的著名评论家，有《十年流变：新时期文学侧面观》、《批评的策略》和《独白与对话》等著述面世。再同时，阎晶明还是从专业走向管理的专业型干部，从曾经的山西作协秘书长到现在的中国作家协会副主席。之所以要不厌其烦地作以上罗列，当然不是为了显摆什么，阎晶明也不需要这样的显摆，而只是为这本《箭正离弦——〈野草〉全景观》为什么不那么"学院派"而又学术性十足埋个伏笔。

回到《箭正离弦》这部研究《野草》的专著上来。在阎晶明眼中，"《野草》是理解的畏途，长期以来，我并不敢去触碰这一话题"。既然长期不敢，现在何以就"敢"了？还是看阎晶明的"夫子自道"：《野草》"这包含《题辞》在内的24篇长短不一的作品集，引出不知超过它多少倍的难以计数的阐释。这些阐释的努力，透着真诚，传递着各自独特的感受。但我又觉得，从总体上，对《野草》的阐释有时觉得有过度之嫌，有时又觉得还有很多空白。也许最大的矛盾在于，《野草》是跃动的、不确定的，但研究者总在试图确定它、固化它，《野草》的呈现方式也如'野草'，具有'疯长'的特点，但研究者想要找出它们共同的规律和特点，使其秩序化，使之成为散文诗这一新文体的范式甚至'标准'"……正是因为目睹《野草》研究的这种现状，阎晶明才"希望《野草》

研究能从'诗与哲学'的强调中回到本事上来，关注和研究鲁迅创作《野草》的现实背景，特别是分析和研究《野草》诸篇中留存的本事痕迹即现实主义成分"。这样，当"有助于调整《野草》就是'诗与哲学'的固化认识，避免研究上的重复和空转，以及阐释上的过度化"。

在我看来，阎晶明的这种认识与判断，既很准确也需要勇气。从整个鲁迅研究看，它显然已成为一门世界性学问——"鲁学"，正如同《红楼梦》研究被称为"红学"、《金瓶梅》研究被称为"金学"一样。一旦被称之为"学"了，既说明研究对象之重，也意味着从事研究者之众。从理论上讲，这自然不是什么坏事，毕竟不是什么研究都能够被誉之为"学"的。然而，现实毕竟又有另外一面，那就是一旦称"学"就极易出现"过度阐释"与"随意拔高"、"任意延展"的偏向，特别是将一些未必属于研究本体的所谓"研究"也纳入所谓"学"之中，在所谓"红学""金学"和"鲁学"中，这些现象并不鲜见，大家只不过出于各种利益与关系的考虑，并不愿说破而已。而从《野草》研究的现状看，也同样存在这样的倾向，鲁迅先生这部体量并不大的散文诗因其文体的创新及先生曾有"我一生的哲学都在《野草》里"这样的自白，因而时常被认为是鲁迅先生"最私密化"的作品，是"一座诡异的房子",而所谓"诗与哲学"的过度阐释亦由此而来。

正是基于这样的大背景,阎晶明的《野草》研究才格外强调"本事"二字,也可以说,"本事"二字就是《箭正离弦》的"书眼"之所在。

"本事"者,就是真切的事实或事实的真实性。《汉书·艺文志》中即有"(左)丘明恐弟子各安其意,以失其真,故论本事而作传"之言。在《箭正离弦》中,阎晶明从三个维度解析了《野草》的"本事",即第一章"抖落思想的尘埃",从北京的风景与环境、故乡绍兴的童年记忆、现实世相与人物"原型"、日常生活中有记载的实物以及中外文史典籍的引用或提及等"本事"元素来考察《野草》的成因;第二章,阎晶明并不回避"诗与哲学"这样的话题,但他只是以此切入,进一步深入探讨鲁迅先生对"本事"的改造、升华和艺术创造;第三章则是从《野草》的发表、出版流变的过程进一步考察其"本事"在传播过程中的逐渐"丰饶"。三个维度层层递进,环环相扣,在这个过程中,《野草》的"本事"渐渐浮出了水面。

经过上述这样一番梳理,《箭正离弦——〈野草〉全景观》的突出贡献及价值,我以为绝不止于停留在对《野草》

"本事"的梳理与还原，更突出地表现为如下两点：

一是对学术研究中基本方法论的重申与实践，即从"本事"出发、立足"本事"、回到"本事"。依常理，就学术研究而言，这本不是一个问题，但我们学术研究的不少现实表现为它偏偏就成了一个不小的问题，离开研究对象本身，或者只是以研究对象为媒，自说自话地炫耀自己的所谓理论与研究新发现，至于这种所谓"新发现"与研究对象是否有关反倒不那么重要了。这样一种离开"本事"的学术研究无论貌似多么深刻、多么新鲜，其实都是毫无真正的学术价值可言，相反倒是很容易将研究导入歧途。

二是对回到"本事"后求实学风的张扬与践行。《箭正离弦》虽然没有如一般学院派专著那样建筑起宏大体系，但其中求实、求真、求证的严谨则是许多貌似体系化的学术专著所无从比拟的。单看全书最后的两个"附录"当可见阎晶明为写作这部仅 23 万字的专著所付出的心血。"附录一"是"鲁迅关于《野草》的自述辑录"，包括鲁迅先生从 1924 年到 1933 年整整十年间的日记与文章中有关《野草》的自述；"附录二"则是"主要参考书目"，包括国内外有关《野草》的相关版本及研究论著 38 种，还有那些众多未列出细目的相关论文及文史资料。这些都是学术研究的死功夫，来不了半点投机耍滑。倘没有这样的死功夫，阎晶明笔下的"本事"其"信"也会大打折扣。

在本文的结束之际，有必要呼应一下前面埋下的那个伏笔。在我看来，阎晶明的这部《箭正离弦——〈野草〉全景观》虽无一般学院派的体系建构，但又的确做出了扎扎实实的学术贡献，这得益于他一是受过专业的学术训练并深谙学术研究之真谛；二是有着从地方到北京、从专业研究到以管理为主的从业经历；三是研究领域横跨现、当二代。将这样一些外在因素与本书所取得的成就扯在一起看似有些牵强，其实不然。这样的学术历程对阎晶明的治学之道不可能没有任何影响，这样的个人经历客观上也使得他自觉不自觉地少了点学术研究中的那些潜规则或无形羁绊。于是，就有了这支学术之箭，它不是引而不发而是正在离弦。

拉开距离说"晚熟"

看莫言的《晚熟的人》

今年8月,莫言终于出版了自己在获得诺贝尔文学奖八年后的首部中短篇小说集《晚熟的人》。尽管出版一部新著对过去的莫言来说无异于一件"百万军中取上将首级如探囊取物"的常事,但他这次的出版行为必将酿成一桩"事件"。何为?

莫言的创作力毋庸置疑,他的创作量虽算不上最高,但也绝不至于低到八年才出版一部作品,况且还只是一部中短篇小说的结集。莫言这是怎么啦?难道莫言也患上"诺奖后综合征"?单是这两个问号就足以具有强大的"吸睛"力,而一旦形成强大的"吸睛"力,自然也就成了一桩"事件"。果不其然,《晚熟的人》甫一面世,立即形成文坛乃至社会热点话题之一。现在三个月过去了,关于"晚熟"的热已然降温,拉开了这段距离再来回望"晚熟热"和《晚熟的人》作品本身，或许也是一种"晚熟"。

《晚熟的人》的确有不同于一般作品之处，它足以从不同的维度去观察、去考量，从而触发不同的话题：

——比如从市场反应角度。《晚熟的人》上市不足三个月，销量直逼 60 万。必须要点透这个 60 万背后的不易：第一，这只是一部中短篇小说集，而在中国的文学图书市场上，新小说集的销量普遍远不及一部新长篇小说新作的销量，而在当下市场中，一部新长篇的首发能在两万册左右就已是不错的业绩；两个月直逼 60 万册的销量在整个文学图书市场的排行进入 TOP10 应该不是问题；第二，尽管今年 8—11 月我们已进入"后疫情时期"，图书市场开始缓慢复苏，但所谓"报复性"消费并未在这里出现，地面店尽管有两位数增长，但那终究只是以上半年"一片哀鸿"的业绩为基数；线上渠道看上去热闹，但终究也只有三五个点的增幅；第三，依照前三个月的销售态势或过往的行业经验，60 万册的销售绝对还远未触顶，高位在哪不好说，但基本可以肯定的是《晚熟的人》将会由畅销转为常销。仅此三点，绝对就足以称其为当下中国文学图书市场上的一个典型案例。

——比如从话语流行角度。《晚熟的人》中的"晚熟"二字迅速成为一个可以从诸如人生、处世、反讽、自嘲……等各个角度进行解读的社会流行语，一时间"晚熟"成为人们交流时的一种谈资。这种现象令人想起本世纪初中信版的引进图书《谁动了我的奶酪》和《邮差弗雷德》，书名中的"奶酪"随即成为"如何面对改变"的隐喻，而"邮差"则一度成为忠诚、敬业的代名词。这种现象很有意思，其实背后所折射的是彼时彼处社会比较普遍存在的某种精神、情绪或心理状态。在一定意义上，这或许也是莫言这部新作迅速热销的缘由之一呢。

当然，这些角度固然和《晚熟的人》皆有关联，但基本上又都还是游离于作品的边缘。至于《晚熟的人》是否真的意味着莫言创作的"熟"，那还得深入文本本身考察后再下判断，而且我相信这种判断依旧难免众说纷纭。

其实，在莫言这样层级的作家的不同作品之间硬要分出伯仲叔季，本身就是一种"自取其辱"的行为。本文标题的说"晚熟"绝对不是说莫言在获得诺奖八年后的创作更加成熟，而是指较之于他此前的创作，《晚熟的人》中的艺术表现的确出现了一些明显的变化。我注意到这部集子中一个有趣的现象：整部作品集收中短篇小说凡 12 篇，其中最早的一篇创作于 2011 年；三篇起稿于 2012 年，但直到 2017 年才改定；四篇创作于 2017 年，四篇即创作于今年。在这 12 篇中，越是创作时间靠后者，其变化的痕迹就越明显。

这些变化在《晚熟的人》上市后两个多月的时间内，先后已为那些睿智的读者们一一指出。要感谢当下这个伟大的"互联网"时代，借助于强大的搜索引擎，我们可以很便捷地转引罗列几则有趣而又有事实支撑的说法：

比如：打滑的文风不再明显，溜冰看不到了；

比如：依然是取自故乡人事，但奇人异人少了，更多的是聚焦当下，融入自己对社会新生问题的观察与思考；

比如：不再聚焦英雄好汉王八蛋，而是转向那些最平凡最不起眼的人物；

比如：过往那种汪洋恣肆、梦幻传奇的东西少了，更多了一些冷静直白、静观自嘲；

比如：12 部作品中的 11 部都有一个老莫言之外的新莫言出现……

以上描述的这些变化虽未必完全确切，但大体也都是客观存在。何以要"变"？固然可以从求新求变是文学创作永恒的追求这个角度来解释，但如果我们将莫言的这些变化置于更长的时间和更广的空间予以考察，或许又会有另一番心得。

莫言的处女作虽发表于 1981 年，但其成名要到四年后

《透明的红萝卜》面世,特别是再往后一年《红高粱》在《人民文学》杂志的刊出,莫言这两个汉字在新时期文坛留下的深厚烙印就再也无从抹去。那毫无羁绊的奇特想象、对色彩的奢侈泼洒、对通感横冲直撞的调度以及恣意纵横的叙述都使得看惯了传统文学作品的文坛为之一惊:红萝卜咋就透明了呢?抗战居然还可以这样表现……其实就在莫言名声大振的同时,还有一股力量也在迅速崛起,那就是被称为"先锋文学"的余华、苏童、格非、孙甘露、马原……等一批青年作家的迅速崛起,他们的创作固然各有其特点,但其共同的"先锋"称号又昭示着他们创作的一个相同点——实验性。莫言与这批"先锋"作家同时同场亮相,但同样充满实验性写作的莫言从未归于"先锋"的大旗之下,这也是我心中的一个未解之谜。难道就仅仅只是因为莫言稍稍年长一点,还是莫言的实验表面上没有那几位作家走得极端?这些似乎都是题外话了,但不管怎样,莫言也好,先锋作家也罢,无论他们之间的创作呈现出多大的差异,但其文学创作的血脉中都流淌着一支共同的血型则是毋庸置疑的——那就是自19世纪末兴起至20世纪上半叶走向极盛的虽名目繁多但被统称为"西方现代派"的文学。

站在今天来回望上世纪80年代后半叶的这段文学发展历

史，无论如何评价，本着马克思主义历史唯物主义的基本方法，我们总得承认这股文学思潮在那时的出现一定有着当时社会的、时代的、文学的等多重原因综合使然。而如果我们将视野进一步放大、视线进一步拉长，我们同样又会发现：世界上的许多文学创新的始作俑者一开始常常都是以极端甚至偏激的形式登上历史舞台，追随者则或多或少地带有生涩的痕迹。而随着时间的推移，当这些极端的文学方式渐呈司空见惯之势后，那些创作上曾经走过的"极端"便随之开始"反拨"，当然这些"反拨"绝不是简单地回到过去，而是在新层面上的一次新的融合。考察上世纪后半叶的西方文学以及新世纪的中国文学，都能够清晰地看到这样一种发展变化的轨迹。

离开《晚熟的人》而极为简略概括地回溯了刚刚过来不久的这段历史，其实就是想为莫言何以"晚熟"提供一个更宽的视野和更长的视线。置于这样一个稍大些的时空中再来看莫言的新作，变化显而易见。不仅莫言在变，余华、格非、苏童……后来的写作不也同样在发生变化吗？而仅就莫言的"晚熟"而言，给当下文学创作带来的思考也是多维度的，比如对深刻性与可读性关系的处理，比如对叙述主体的"复调"式的使用，比如明写实暗反讽的鲜明对比等等，只是限于篇幅无法一一展开了。

一句话：我想在获得诺奖八年后，莫言如果依旧不见新作，或是推出的首部新作依旧"一如既往"，那就不是"晚熟"而是"夹生"或"熟大了"呢。

作家笔下的"城市传"

看孔见的《海南岛传》

在我的印象中，一般来说为城市代言者多为传主城中的各界名流，而为城市立传者则大多是学者的活儿。但近几年始，由作家为城市立传者渐多。仅依我目力所见：先是有英国著名传记作家和小说家彼得·阿克罗伊德的《伦敦传》在2016年由译林出版社推出中文版；去年著名作家叶兆言创作出版了《南京传》，今年先后又有孔见的《海南岛传》和邱华栋的《北京传》面世；而据我所知，还有若干城市也已将这样的选题纳入了"十四五"规划的重点。

那么，一个有意思的问题就浮现出来：为什么我们的城市都这样一股脑地想到请作家为之立传？难道是学者们做得不够好吗？

答案显然不该如此武断。只是本人对这个专题著述的阅读有限，自然也就给不出一个有翔实说服力的答案，更何况在某种意义上，这又是一个见仁见智、萝卜白菜各有所爱的问题。但有一点可以肯定：面对同题作文，学者与作家的答案一定不完全一样，仅从我阅读过的几部城市传记来说，出自学者之手的明显偏"史"，城市在他们心目中更多的就是一个客观的物质存在，为之立传就是要尽可能客观真实地还原它从哪里来，到哪里去的发展演变历程。而出自作家之手者虽不会虚构历史，但主观的选择性似乎更强，更重其"文"是他们的共性之所在。城市在作家眼中更像一个有血有肉的生命体，时间只是被设置成某种背景，因此出现在他们笔下的城市传可能不那么完整，但人和人性的特征会更加突出。比如叶兆言就《南京传》的写作而接受记者采访时就表达过一个很有趣的看法，在他眼中：中国只有北京和南京最适合为之作传，但北京是一个类似成功者的形象，天下大同归于北京；而南京则是一个包含了无数盛衰兴亡的地方，如果要写出整个中国的沧桑，南京甚至比北京更合适；至于西安、洛阳等其他城市，则更适合写断代史。这样的看法或许也只有作家才会如此"奇谈"吧？

绕了半天，无非是想说明作家笔下城市传的独特性之所在，也是为本文要讨论的孔见的这部《海南岛传》做点必要的铺垫。

孔见乃地道的海南人,学历史出身,后转治哲学,长时期先后在媒介和文学两界从业,这样的经历自然使得他笔下的《海南岛传》烙下了鲜明的"孔氏印记":时光之轴的转动从容不迫,从地理的裂变起,至1950年海南全岛解放终,最后再连缀一个充满想象与期待的"尾声"。在点式的叙述中缓缓展开作家心目中海南岛的前世今生。

卒读全传,我的一个总体印象是:这本"传"虽不能称其为"全",但足以堪称为一本在主观选择性支配下的精耕细作之书。人类的进化、朝代的更迭,即所谓"读史"都被孔见设置成全传的背景旋律,在前台唱大戏者则当仁不让的属于"阅人"和"品物"。

而比之于"品物","阅人"当是这本《海南岛传》最为出彩的部分,这部分又可进一步细分为两类。

一类我姑且称之为"流放者"悲歌。由于海水的包围拉开了海岛与外界的距离,尤其在过去,这座孤悬海外的岛屿充满了神秘感,这或许就是海南岛自隋以来、至清之前被历代君主选其为流放地的原因之一。自隋代杨纶起,命运将一代又一代的忠臣、政客和文人抛到了这座孤岛之上,他们从权力中心滑落到政治边缘、从庙堂之高流放到蛮荒之地,用自己的生命年轮奏出了一支支哀婉起伏的千年流放曲。仅以唐宋两朝为例，据统计，李唐一朝被流放到崖州、儋州的官员中有姓名可考者近百人，仅宰相就有韩瑗、韦方质、敬辉、韦执谊和李德裕等十四人；而到了宋代，更是有大文豪苏东坡和被供奉于海口五公祠中除唐代李德裕之外的李纲、李光、赵鼎和胡铨等朝廷重臣，不仅如此，在南宋那些主张抗金以收复中原的刚烈之臣大都被逐入海南。这些流放者一旦与海岛有了联系便有了永久的关系，在这诸多的永久关系中，孔见主要选择的是那些其命运跌宕起伏之大者进行描摹，着力最多者当属东坡居士。于是，在孔见的笔下我们看到：大文豪被放到海岛当然是他个人的不幸，但这种不幸却成了海南人特别是海南文人的大幸。苏东坡的落脚处成了海南读书人的聚集地，面对越来越多的求学士子，"若论平生功业，黄州惠州儋州"的苏大文豪也慢慢地从心底接纳了这个海岛，与当地黎民百姓混居同乐。比较东坡与其他流放者的不同，孔见继续分析道：这得益于苏氏"一是以儒兼治天下，二是以道独善其身，三是以佛自渡渡他"。正是有了这"儒者的济世"、"道者的独善"和"释者的慈悲与解脱"三者间的融会贯通，才有了苏东坡在海南的这种通达与随性。

另一类所阅之人则姑且以各界"贤达"来概括。这包括母仪天下的冼夫人，纺织女神黄道婆，黎母真人白玉蟾，海南儒学双峰丘濬、海瑞，一个显赫家族的代表宋耀如，"拿一个师来也不换"的上将张云逸，琼崖纵队的冯白驹，红色娘子军，从小镇走来的将军叶佩高……这些人物哪个单拉出来表一表都是一部传奇，而正是这众星的闪耀构成了海南这块神奇土地上绚丽的人文之光。

滚滚历史大潮中浮现出的这些弄潮儿自然都是他们所处时代的见证人和参与者，因此，他们本身就是那个时代的一个缩影，时代的风云与变迁透过他们的命运被展示得一览无余。如此这般，在"阅人"的同时自然也是"读史"。

而比之于"阅人"的丰满，《海南岛传》中的"品物"从数量上看自然是"单薄"了些。作为海、作为岛，一定会有许多独特而奇特的生物与植物，但这些在《海南岛传》中基本都被略去。我相信，这一定是孔见的刻意为之。作为海南土生土长的原住民，那些神奇的动植物不可能闯不进他的眼帘，而且在这部城市传中，孔见也不是完全没有"品物"，除去由"阅人"中的黄道婆而带出海南的织品外，他只是刻意挑选了两种物件重笔铺陈，那就是沉香和黄花梨。选择沉香是因为"曾经一度孤悬海外的崖州，牵动朝野的不是什么要紧事物，而是一种腐朽的木质，它蕴藏的气息能改变人的呼吸，使之变得深沉、舒缓而又芬芳，成为一种销魂的享受"；选择黄花梨则是它自身所特有的近乎不朽以及硬度与韧性俱佳的品质。恕我臆断，孔见之所以在众多的物件中只是选择了沉香和黄花梨这两种"入品"，其缘由恐怕还不只如此，它们自身所具有的某种悲剧命运以及与前面所提及的"阅人"那部分基调相仿，恐怕更是孔见选择它们的重要缘由。

这部《海南岛传》虽特色迥异，但阅读者难免会质疑它少了这个、缺了那个，特别是全传主体到1950年海南全岛解放就基本终止，而新中国70年来那里发生的巨变则只是一掠而过，这当然是孔见的刻意为之。关于对新中国前海南岛风云中哪些入传的选择，孔见显然有自己深思熟虑后的取舍准绳；而关于新中国70年海南发生的巨变，孔见只是用了不足五千字的篇幅作为全传的"尾声"，但这个"尾声"的标题无疑是意味深长的——"从边缘到前沿"。"边缘"与"前沿"，虽然只是两字之差，却有天翻地覆之别。这就是新中国70年给海南这座千年孤岛带来的巨变，而且如果说在《海南岛传》中我们读到的主旋律是"悲怆"，那么，在近70年海南上空荡漾的主调则无疑是激昂与壮丽。这两种截然不同的主调显然不适合置于同一个空间，于是我们有理由期待孔见《海南岛传》的姊妹篇早日面世。

遗洒在"民谣"中的那些往事

看王尧的《民谣》

面对王尧这部以碎片加重构为主要叙事特点的长篇小说新作《民谣》，本人的这则评论小文干脆也不妨兴之所至地碎片一番。

在去年9月举行的"第六届郁达夫小说奖审读委员会"会议上，评论家王尧直言：当前小说总体上并不让他感到满意，因此小说界需要进行一场"革命"。正当这"革命"的呼号尚在天空飘游时，他自己便在《收获》第六期上推出了自己的长篇小说处女作《民谣》。于是，人们很自然地要由此而联想：这《民谣》莫非就是王尧为自己主张的"小说革命"而打造的一个实验样本？

抱着这样的期待，我进入了对《民谣》的阅读。"我坐在码头上，太阳像一张薄薄的纸垫在屁股下。"一句足以让人留下印象并颇有味道的开头的确能拽上读者伴随着主人公——14岁的少年"我"忽而在村庄中奔跑、忽而坐在码头等候。然而,东奔西走,所到之处诚如王尧的"夫子自道":"他们都是碎片化的存在。这里有故事,但波澜不惊,故事中的每一个情节和细节我都有可能把它戏剧化,但我最终放弃了这样的写作。我想做的是,尽可能完整甚至是完美地呈现这些碎片和它的整体性。这样一种安排情节和细节的方式,无疑给阅读带来了难处。"这样的"难处"我的确是实实在在地感受到了:这是一种需要记忆与注意力集中的阅读,否则一下子还真难以还原或重新拼接成一个整体。

说实话,在阅读《民谣》的过程中,我的确出现过疲惫之时,于是就开始了跳跃式的翻阅,是作品"杂篇"中那11则"我"写于1973—1976年间的作文与代写稿,包括入团申请书、检讨书、倡议书、儿歌和揭发信等,将我从疲惫中给拉了出来。不是因为别的,只是这些文字唤醒了我自己的青春记忆。与主人公王厚平初中生身份不同的是,我那时已是一名高中生了,但清明时节为先烈扫墓、学黄帅、批"师道尊严"、写入团申请、"批孔"……这些活儿我们高中生同样也没被拉下,甚至还有过之而无不及,比如"批孔",不仅要用中文批,还要用英语批。也正是这段荒诞的历史造就了共和国历史上一代人的特别经历。比如，当年作为高中生的我曾经也一本正经地学习小学生黄帅；可当时又谁曾想到30余年后，作为出版人的我竟然又一本正经地与当年的风云人物黄帅讨论她自己散文集的出版事宜。要感谢王尧和他的《民谣》唤醒了我青年时期的部分记忆，作为回报，即便有点"难"读，我也还是要将《民谣》读下去。

继续说实话，而且这实话我对王尧也当面讲过。我当然不会简单反对"小说革命"这样的主张，只是放开眼来看，这样的"革命"其实一直就没有终结过，无非时而静悄悄地进行，时而显得激进与暴力一点。但我的确也不认为《民谣》就是一个"小说革命"后的文本，我对王尧说：《民谣》这样一种叙事方式、这样一种少年视角、这样一种碎片和重构的叠加在今天其实未必讨巧，某种意义上反倒是在为自己的写作增加难度，毕竟我们在上世纪80年代后半程已见过不少。所幸你这部作品的内容还比较厚实，结构也讲究，特别是语言的精致在相当程度上抵消了叙事上人为设置的一些障碍。当然我的这种判断未必就对，但讲真话是朋友之间应遵循的起码准则。

我现在之所以对这样一种叙事方式、这样一种少年视角和这样一种碎片和重构的叠加评价不是甚高，是因为对此我们早已屡见不鲜。前有以西方现代叙事学引为范例的那批现代派文学中的部分作品，后有上世纪 80 年代后半段在国内兴起的莫言及一批被冠之以"先锋文学"的文本。当然，这前后之间更多的只是一种形似，骨子里的不同才是本质。西方现代叙事学中引为范例的那批现代派文学中的部分作品之所以出现和发展，与当时西方主要国家的社会现实及人文思潮骨子里就是浑然一体的，包括艺术上那种极端叛逆的形式本身也都是当时人文思潮的组成部分之一，在那些作品中，形式本身就是内容的构成之一，从内容到形式的主题词无非"叛逆"二字。而我们上世纪 80 年代后半叶出现的那批"先锋文学"也罢、实验作品也好，它们显然就不像西方现代派文学内容与形式那样的"浑然天成"，更多的只是指向形式上的求变求新，加之又有西方现代派文学的蜂拥而至，因而模仿的、生硬的痕迹在所难免。今天回过头来看，作为新时期文学发展中的一个特定阶段，"先锋"与"实验"的出现自有功不可没的一面，但也确实不乏生涩和僵硬的不足。这也恰为当年那批"先锋"或"实验"作家进入新世纪后的写作不再那么"先锋"与"实践"的调整提供了一个注解。对此，尽管有人发出了"昔日顽童今何在"的感慨，然究其实，顽童依存，只是额头依稀有了几条淡淡的皱褶。比如王尧，比如《民谣》。

前面我已表明了自己的基本看法:《民谣》这样一种叙事方式在今天已未必讨巧,所幸其内容还比较厚实,结构语言也讲究。开头那句"我坐在码头上,太阳像一张薄薄的纸垫在屁股下"就有足够的味道。而王尧也自觉地在"尝试'形式'如何在《民谣》中成为'内容'",这就有了从"卷一"到"卷四"的作品本体加"杂篇"加"外篇"这样的复合式结构。三个文本互为彼此,相互照应、相互勾连,从而使得作品的内涵得以大大的丰满与厚实。其中前四卷既然身为作品本体,其内容自然也就必须格外厚实才能够撑起整部作品。尽管《民谣》的叙事基调是碎片、碎片、再碎片,但烧点脑子还是能够重新拼接起一幅完整的从历史到现实的进化图册,清晰地还原两条叙事的线路:一条是我们追随着叙事者"我",也就是作品的主人公王厚平从小学到初中奔跑于这个村庄的足迹,他的家族史,他所在的江南大队的发展史,生活在这块土地上芸芸众生命运的跌宕与起伏、生存与死亡……这一切虽犹如万花筒一般令人眼花缭乱,但这就是一个时代以及那个时代的波谲云诡;另一条则是我们陪着"我"坐在那个码头上,和他一起闻着麦田的清香,等待外公的归来,看看老人家究竟会为自己的历史带回一个怎样的结论;

当然，还有"我"如何参与队史的撰写？还有王二队长、李先生、胡鹤义……这就是历史。整部作品，读者就沉浸在"民谣"的缓缓调性中读到了记忆，读到了历史，读到了时代，读到了故乡、读到了乡愁、读到了个人与历史的关系，读到了过去与时代的连接。如果说这样的解读还算靠谱的话，那王尧"放弃对大的历史场景的叙述，希望在一个有限的空间中读到大历史，延伸出某种无限的东西，由小见大"这样的创作设想可以说是得到了有效的体现。

最后还要絮叨几句，又是所谓"批评家小说"这个本不该成为话题的话题了。所谓本不该成为话题的意思是指，谁又能够规定批评家就一定只能从事批评而不能创作小说呢？在中国新文学的历史上，一手做学问、一手写小说者绝非凤毛麟角。因此，批评家之于小说创作从根本上说不是能不能写而是写得如何的问题，一旦创作了小说，衡量其作品的标尺（尽管没有绝对的标尺）就只能是小说的而非批评的，尤其不能因为其批评家的既有身份而豁免其小说创作中的某些瑕疵，比如批评家因其长期的职业习惯而容易在小说创作时出现的小说语言有失文学化、理念与形象的匹配不够恰当等问题。所幸的是，《民谣》在这些问题上，我的评价至少是与小说的身份相匹配，在语言上则还不时有亮点和精彩出现。

大视野·小切口·实佐证
看刘统的《火种——寻找中国复兴之路》

师从中国历史地理学科的主要奠基人和开拓者谭其骧先生的刘统,此前尽管创作了许多有关中国现代革命史和军事史的著述,然孤陋寡闻如我者,是在一年多以前拜读了他的《战上海》后才知其人,当时还以为这样一部本身就充满了传奇色彩题材的非虚构作品,在作者笔下竟然被处理得那么质朴,这是不是有点太过拘谨?此后在我们共同参加的一个论坛上有幸分享了他自己关于创作这类题材的一些心得后,才理解了刘统的基本创作观:那就是尽可能地穷尽相关史料,而且最好要原始的和第一手的,进而再理清它们之间的基本逻辑,用事实发言,不刻意拔高、不预设立场、不轻易评论。有了这样一番铺垫之后,这次读到他的新作《火种——寻找中国复兴之路》这部题材更重大、风格更无华的新作时也就有了相应的思想准备。

《火种》全书近50万字24章，意在全景式地展现中国共产党成立前后那幅波澜壮阔的历史画卷，探讨红色火种如何在长长黑夜中成功燎原。我们既可以将其视为一部党史研究专著，也未尝不可以作为一部非虚构作品来阅读。不过说实话，像我这个年龄段且受过高等教育的人，对中共党史自然都不会完全陌生，且不说从中学到大学都有这门必修课，而诸如胡乔木的《中国共产党的三十年》、胡华主编的《中国革命史讲义》、胡绳主编的《中国共产党的七十年》以及中央党史研究室的《中国共产党史》……这些有关党史的权威著述都曾是我们不同时期的指定读物。综合这些因素，刘统这部《火种》的写作客观上就要面临着一个高台阶，而且这类重大题材加上非虚构的写作更不是啥主观创意、抖抖机灵就好使的了。

整部《火种》阅读下来，最令我折服的倒不是其立论与观点有多么新鲜多么深刻，而是他对大量第一手原始史料的爬梳剔抉。坦率地说，《火种》中所涉及的众多人物与事件我过去也并非一无所知，但读完整部《火种》后的感受，首先是知识的增长与补白，许多自己过往不曾知道或知之甚粗的知识点在《火种》中得到了弥补；二是通过对这些知识的弥补,对中国共产党何以诞生以及诞生初何以那般艰难最终又何以走出泥淖的历史必然性有了比较清晰的理解与认识。这显然比那种填鸭式教育取得的效果要好许多。静静想来,《火种》能取得这样的效果主要得益于"宽视野"、"小切口"和"实佐证"这三招。

尽管中国共产党诞生于1921年,但《火种》的起笔是落在这之前20年那令国人屈辱的《辛丑条约》的签订,而落笔则止于共产党成立后8年的"古田会议"。这,就是我所言之的《火种》第一招:"宽视野"。

如果以1921年7月,中国共产党成立之时为轴心,《火种》却落笔于1901年的《辛丑条约》,是因为这个中国近代史上最严重的不平等条约,标志着世界各国列强对中国的全面控制与掠夺,标志着中国彻底沦为半封建半殖民地社会。而此时当朝的无论是慈禧还是光绪,不管他们出于何种动机,但至少是不愿意江山在他们手中沦陷,于是就有了张之洞的君主立宪、五大臣出洋考察、废除科举、小站练兵等一连串的所谓"新政"。然而,面对清王朝的病入膏肓,皇族的这一系列把戏不仅挽救不了其自身终将覆灭的命运,反而将整个国家拖入了更加灾难的深渊。于是刺客与愤青、革命党人一次次起义,接踵而至,在这样一轮轮的冲击下,清王朝终于轰然坍塌。然而，中国资产阶级的软弱、内耗和涣散等秉性终使他们无力撑起一个有力的共和国，政权又落入各路军阀之手，你方唱罢我登场。于是新文化运动来了，"五四"运动爆发，十月革命一声炮响，马克思主义被送了进来……如此这般铺陈，其目的就是在用事实无声地阐明一个道理：中国共产党的诞生不是莫名的横空出世，不是突发的一种偶然，而是中国的历史进入那个时代后必然的产物。而时间往后延，历数这个新兴政党创立之初虽面对敌人的枪口和刀刃，历经屠杀和围剿依然生生不息的事实，同样也是在用事实无声地阐明另一个道理：中国共产党具有强大的自我纠错能力和延绵不绝的顽强生命力。而此后，党的发展历程同样一再地证实着这一点。

《火种》的编排有讲究。全书24章，在目录和正文篇章页的每个章题之下均列有若干小题，有点近乎"节"标题，少的有8个，多的则达17个，但正文中又没出现这些小题，只是内容依照这些小题的顺序在推进而已，因此我只能称其为近乎"节"的标题。这些小题绝大部分都是指向某个十分具体的事件，除去大家耳熟能详的诸如"黄花岗七十二烈士"、"陈独秀创办《新青年》"、"嘉兴南湖一大闭幕"外，也有"虚无党与暗杀之风"、"汤坑之战失败"、"罗易泄密"

等许多不那么为人所熟知的。这，就是我所言的《火种》第二招："小切口"。

每个小切口其实就是一桩桩具体的事儿，刘统将这些事儿写得十分生动具体，仿佛在牵着读者感同身受地重返那一幕幕真实的历史现场。在这里"真实"二字尤为重要，比如蔡元培过往在我的认知中就是"宽容"的化身，《火种》让我知道了1927年国民党"清党"的首倡者竟然也是这位蔡先生；比如陈独秀过往基本已固化为一个右倾机会主义的代表，在《火种》中我们却看到了当时已被排除出中央领导机构的陈独秀于1927年11月12日写给中常委的一封信，面对当时党内领导层中普遍存在的"左倾"盲动倾向，陈氏依然直陈"我见到于革命于党有危险的，我不得不说，我不能顾忌你们说我是机会主义者"，全然一副置个人荣辱于不顾的长者模样。《火种》如此这般对某位历史名人形象完整地勾勒，其实一点也没有使他们的基本轮廓错位，反倒是更加真实、更加立体。而将这些个小切口串联起来，党的形象同样也达到了这样的效果——一个真实立体、有血有肉、可亲可敬的政治组织而非一个干巴僵硬的概念群体。

刘统在创作《火种》时，对自己有明确的要求，那就是"要真实地反映历史，首先要注重第一手资料"，"读文献和档案，一定要追求原始版本","不但要读档案和原始资料，还要实地考察"。这，就是我所言之的《火种》第三招："实佐证"。

先说实地考察。为创作《火种》，刘统先后在湖南，从七溪村行到排埠村；在江西，从寻乌圳下村行到瑞金大柏地；在福建，从上杭苏家坡的山洞行到古田村……正是这些现场考察，使他深刻地感受到毛泽东同志初出茅庐时险些送命的惊险、"创业艰难百战多"的坎坷和革命生涯中的大起大落，而"这些感受，都是在书斋里得不到的"。再说注重第一手资料。在南昌、秋收起义等相继失败的局面下，共产党本应审时度势，积蓄力量、保存实力，但1927年中共中央在上海召开的临时政治局扩大会议通过的决议案却依然坚持认为"中国革命无疑的是在高涨""革命敌人的动摇一天天的增加"，因而提出了全面进行武装暴动的"总策略"，即农村暴动和城市暴动的汇合，以工人暴动为"中心"和"指导者"的城乡武装暴动。而这样一次事关党的前途和命运的重要会议，竟然还是由那个刚到中国才几个月的共产国际代表罗明纳兹所掌控，于是就有了以广州起义失败为标志的城市暴动路线总失败，一大批共产党人沦为这条错误路线的牺牲品。如此血淋淋的惨痛事实如果"不读档案和原始资料"、不尊重历史的客观性就不可能得到完整真实的呈现，比如我们过去只知道广州起义的英勇失败，却不知道从根上这就是错误路线所导致的无谓牺牲。而类似这样由原始档案还原的历史真实场景在《火种》中还有许多。

让事实说话，是《火种》总体上最鲜明的特色。虽然作者偶尔也会直接亮出自己的看法与评说，但这种时候并不是很多，读者更多的是在通过对刘统爬梳过的史料的阅读后自然而然地形成自己的评判。我想这样一种基于基本史实基础上的自我学习与思考所产生的效果，自然要比那种简单地接受说教与灌输的学习要好得多。因此，在中共中央决定今年在全党开展中共党史教育以及举国上下隆重庆祝中国共产党成立100周年之际，上海人民出版社推出的这本《火种》可谓恰逢其时，价值不菲。

爱情可浪漫　婚姻需"经营"

看周大新的《洛城花落》

周大新自 2008 年以《湖光山色》荣膺第七届茅盾文学奖后依然笔耕不辍，大致平均每三年左右就会推出一部新的长篇小说，而且这些新作的题材还在不断拓展，更加聚焦当下社会民生热点，比如《曲终人在》关注的是"反腐"，《天黑得很慢》则聚焦于中国已经到来且日渐突出的老年社会建设；在即将告别不平凡的庚子而迈入充满希望的辛丑之际，周大新又推出了探讨男女爱情婚姻问题的新作《洛城花落》。

在《洛城花落》这部被称为"中国人的情感教育小说"中，周大新先是以一个"月佬"的口吻，叙述了一段姻缘的从何而来，继而用"拟纪实"的手法，通过法庭对这段婚姻濒临解体、四次开庭的庭审记录，如实呈现出控辩双方对此的不同认识及看法。说实话，这段姻缘的起承转合并不奇葩，相信大家在日常生活中听到的或看到的远比这要更加富于戏剧性；大新在编织这个故事也偶有欠周密之处，庭审过程中双方辩护人的陈述更时有冗赘之嫌。因此，就故事本身而言，《洛城花落》说不上有多么出彩，但作品提出的问题及留下的思考无疑是十分重要和耐人寻味的。

《洛城花落》的叙述者"我"是这桩婚姻的"月老"，作为双方各自父亲曾经的战友，彼此间又私交甚笃。因此，这桩婚姻有了"我"这个了解双方家境与人品的"月老"从中牵线，在彼此开始交往之时就多了一重知情，少了一些盲目，理论上也可算是婚姻中保险系数甚高的一种；男主人公雄壬慎来自河南，女主人公袁幽岚则出生山东，双方家境虽说不上富足，但也衣食无虞，彼此水准都差不多，可算得上是另一种"门当户对"；俩孩子均毕业于名声显赫的985高校，毕业后都顺利留在了帝都，各有一份虽说不上富足但也还算体面的工作。在"我"的撮合下，俩人在北京从相识、相知、相爱到最终奉子结婚。然而，就是这样一个也还称得上是门当户对、郎才女貌、自由恋爱、两情相悦的小家庭还没到人们常说的婚姻"七年之痒"时居然就要面临解体的危机，而且还直奔一纸诉状闹上了法庭。

这是为什么？

《洛城花落》虽也完整地呈现出这段姻缘始末，但重点是落在探究导致他们婚姻危机的缘由到底是什么？作品的思辨性远大于其故事性。在我看来，这也恰是周大新这部长篇新作的价值之所在。

　　在当下社会各种婚姻危机中，工作压力、买房压力、孩子成长、老人赡养、移情别恋等常常成为导致婚姻最终解体的一些重要诱因。这些几乎多数新婚家庭都需要直面的问题，在周大新笔下都没有被回避被美化：壬慎和幽岚这两个外乡人所组成的新"北京人"之家所要面对的"妻子、孩子、票子、房子和车子"这现代"五子"问题一个也不少，孩子已经五岁，一家三口却依然还要挤在与他人合租的两室一厅小房子里，从老家过来帮他们看孩子的岳母只好将床安放于共用的客厅中，在床周围拉上布帘子勉强栖身。所幸的是，即使面对这样的生活窘状，小两口日子依然过得也还算有滋有味，妻不物质不庸俗不嫌夫穷；丈夫在完成本职工作之余，还干着一份兼职，剩下的时间就是一门心思勤奋写作多挣稿费。遗憾的是，没有被日常生活种种艰难所压垮的这对青年夫妇最终依然深陷互相怀疑猜忌的泥淖而难以自拔。尤其是幽岚面对丈夫突如其来的冷淡，更是由猜疑直至转化成"原告"，一步步走进了离婚的法庭……

由此可见，在《洛城花落》中，周大新更关注的显然是人在感情这个难以言说的领域中的微妙变化。作品中呈现出的这场婚姻危机清晰地显示：生活的艰难远不如信任缺失更有杀伤力，壬慎和幽岚的经历便是如此。

在《洛城花落》后半部分，即壬慎和幽岚离婚案四次庭审、尤其是前三次的庭审实录中，读者能够很清晰地看到法庭上那种刀光剑影、女强男弱的基本格局：作为原告的幽岚伶牙俐齿、刀刀见血，一付欲将婚姻失败的原因全部归咎于男方的阵势；而被告壬慎则完全处于消极防守的被动状态，不是小心翼翼地解释就是态度虔诚地认错，力欲挽回这段姻缘是他的全部表情。尽管如此，透过这些表面上的水火不相容，相信读者还是能够理出一条双方从怀疑到猜忌到决裂之旅究竟是如何形成的路线图。

如前所述：壬慎和幽岚的这段姻缘说起来也算是门当户对、郎才女貌、自由恋爱、两情相悦，但细读文本又不难发现在这二人组合中，双方在心灵上那种平等的匹配还是自觉不自觉地有所缺失。壬慎始终处于相对弱势的位置，或许是因为自己皮肤黑，或许是因为自己不能给妻子提供更好的生活条件，或许是格外珍惜自以为来之不易的这段婚姻，因而在与幽岚的相处中总是显得小心翼翼、格外谨慎，自己有事特别是负面的事更是不敢对妻子坦率直陈；而幽岚的心思又显然不及夫君那么缜密，性格上总体要更阳光率真一些，平日里虽大大咧咧，未必在乎细节，但女性天然的相对细腻与敏感又使得她对丈夫的任何变化都不会浑然不觉。这样一种极其细微的"不平等"之根自然源于壬慎骨子深处的那种自卑或不自信，再加上幽岚总体上的粗线条，因此一旦彼此间有了缝隙，男性不敢言，女性更不容也就是顺理成章的了。不妨设想一下，如果当壬慎第一时间将自己不幸意外染上艾滋病的遭遇对幽岚和盘托出，既不是悄悄地去找自己的女性同乡大夫医治，也不是刻意回避妻女以防传染给她们，幽岚会因此而断然提出离婚吗？遗憾的是，现实从来就无法假设，当一切真相大白于天下时，裂口已然形成。此情此景，伤口虽可缝合，但疤痕已是去之不掉。

尽管《洛城花落》以幽岚发出"天哪！庭长，快派人去救他呀"这般撕心裂肺的呼号而戛然而止，但我们继续不妨大胆想象下去：即使壬慎被救了回来，即使幽岚撤回了诉讼，这两口子的日子还过得下去吗？即使日子还在继续，那法庭上的相互攻讦字字刺骨句句诛心，能不给双方留下挥之不去的阴影？可见，当婚姻走到了这一步，无论结局如何，且不说是否死亡，质量必然大打折扣，尽管现代社会法律为保护婚姻还设置了"离婚冷静期"这样的缓冲区，但能被"缓冲"的恐怕还只能是婚姻之形式却未必能抵达双方之心灵。

上述这样一番论证其实就正是周大新《洛城花落》这部新作的社会价值之所在。据国家民政部披露：2018年我国一方面有1010多万对新人结婚，另一方面又有380多万对夫妻离婚，离婚与结婚之比为38%。面对如此不低的离婚率，《洛城花落》其实传递出一个十分朴实的道理：爱情需浪漫，婚姻更需学习与经营，其内容则不外乎平等、坦诚、理解与包容。这些道理说起来容易做起来难，许多有关婚姻的"秘诀"往往要到离婚的法庭上才令人幡然醒悟，从这个意义上看，《洛城花落》何尝又不是一部小说版的"婚商学"呢？

假如余华写出的是又一部"活着",那该如何?

看余华的《文城》

余华就是余华!

《第七天》出版八年后,当余华的长篇小说新作《文城》进入预售的消息刚一面世,遂立即引起媒体关注。我注意了一下彼时媒体报道主要"聚焦"于这样两点:一是"暌违八年";二是"写《活着》的那个余华又回来了"……对此本人解读出的潜台词是:竟然耗时八年,余华才写出一部新的长篇小说,间隔得也未免太长了;不过所幸还是回来了,而且还是那个"写《活着》的",而不是写《兄弟》和《第七天》的余华。

接下来就是《文城》的"闪亮登场",评论立即就有跟进。事后我才知道,这是因为在《文城》正式面世前,出版方发放了少量"试读本"的缘故。第一波基本是喝彩声一片:"重磅归来"、"一部特别催情的小说"、"一曲荒诞悲怆的关于命运的史诗"、"依然是中国当代最会讲故事的作家之一"……接下来,剧情开始反转,吐槽声接踵而至:"是个好故事,不是个好小说"、"一部优点和缺点同样明显的作品"、"读罢《文城》,我终于发现酝酿许久的期待,变得有些空落落的"……

在这个过程中,我注意到一个有意思的现象,无论是赞美还是吐槽,无论他们的分歧有多大,但有一点是殊途同归,那就是参照物都是余华的《活着》而非其他。如此这般,仿佛《活着》已然成了衡量余华创作水准的基本标杆,与之平行或超出它者为成,低于它者则为败。

问题来了:《活着》固然是余华作品中的佳作,但前有《在细雨中呼喊》后有《许三观卖血记》,这两部作品就一定比它弱吗?所谓"文无第一、武无第二"这句俗语也不是白说的。我甚至恶作剧式地设想:假如余华新写出的是又一部"《活着》",那该当如何?褒贬是否就成了"余华的创作始终保持着高水准"或"余华创作八年来一直停滞不前"?

还是应该立足于对《文城》自身文本的认真赏析与审视,当然可以有一些比照物,也包括《活着》,但这既不是唯一更不是权威的标准。

本人阅读作品比较"老实",一般就是随性往下读,实在读不下去或读得无趣了就干脆放弃，既不会跳着更不会倒着读。因其这样的阅读习惯，《文城》给我的第一印象就是结构的讲究和巧妙。

作品开篇从溪镇一个叫林祥福的人落笔，溪镇人虽知道他是一个大富户，却不知他的身世来历，口音中浓重的北方腔调是他身世的唯一线索。随着阅读的推进，我们逐渐又知道了这个原本居住在黄河北的林祥福曾经在老家迎娶了借宿家中的纪小美，但这个言语不多的小女子在某日竟然卷走林家几代人辛苦积攒下的近半财富不辞而别；一夜损失惨重的林祥福开始四处拜师学艺并成为一位手艺出众的木匠；就在林祥福开始平静生活之际，纪小美不仅回来而且还带着身孕，然而这个神秘的小女子在产下一个女婴后再次消失。为了给孩子找到妈妈，林祥福将家中田产交由管家田大看管，自己则背起女儿踏上了寻找小美的漫漫长路。他要寻找的那个地方叫"文城"，但这其实是一个由谎言编织而成的虚构之地。在那些大雪封镇的日子里，林祥福不得不带着女儿林百家落脚在这个名叫溪镇的江南之地，开始了漫长的苦苦等待小美归来的那一天。读到这里，读者心中必然会带着一连串的悬念：小美到底是一个什么样的人？她会回来吗？如果真的回来了又会发生怎样的故事……

这一等的结果就是田氏四兄弟拉着曾经的少爷林祥福和大哥田大的灵柩踏上漫漫回乡之路，而直至此时小美依然不见任何踪迹……

如果《文城》就此戛然而止其实也未尝不可，并不影响它作为一个完整而有意味故事的存在。然而，余华偏要在这之后又用了占全书近三分之一的篇幅来了个"文城 补"。"补"什么呢？于是，读者在这里又看到了一个小美和阿强的故事。它既可以是一个完全独立的世界，也解开了小美从林祥福身边两次离开之谜。

至此，我们终于明白了余华创作《文城》采用的原来是这样一种由"文城"及"文城 补"两个部分组成的主辅式结构，并由此拼接成一幅既相对独立，又构成互补的完整镜像。这当然是一种完全不同于双线叙述的结构方式，我想这倒不是因为"文城补"的篇幅远短于正文而不宜双线叙述的缘故，那完全可以由作家自由调配。两种不同的结构方式带来的阅读感受乃至所传递的信息含量其实是不尽相同的。余华如此结构一定有他自己的考量，我只是以为，具体到《文城》，这样的结构更机智也更有意味，而有意味的形式就不仅仅只是一种形式。

对《文城》，无论是赞美还是诟病，在认可它有个"好故事"这一点上倒是殊途同归，只不过质疑者认为"是个好故事，不是个好小说"。而本人的看法则是一般意义上的"好故事"与小说中的"好故事"并不能简单地画等号。一般意义上的"好故事"更多地诉之以悬念、热闹、可读可听性强一类的"讲"故事，而小说中的"好故事"其要义更在于"写"，它对文字功力有颇高的要求，不只是情节的设计，更在于对文字使用的功夫及味道。比如《文城》在写到林祥福与陈永良这两个作品中重要人物初次见面的场景时，余华用了这样一段文字："当时陈永良第二个儿子出生三个月，是这个孩子的哭声将林祥福召唤到陈永良这里。在这两个房间的家中，林祥福感受到了温馨的气息，满脸络腮胡子的陈永良怀抱两岁的大儿子，他的妻子李美莲正在给三个月的小儿子喂奶，一家人围坐在炭火旁。"这短短百字，所表现的绝不只是林陈二人的初次见面。陈家的基本状况及陈本人的憨厚、陈妻的善良和整个家庭的和睦等丰富的信息皆在其中，更为此后林陈两家兄弟般的情谊埋下了伏笔，这才是文学中应有的故事写法，是"写"出来的"好故事"和文学语言功力的显现。其实蛮可以用心观察一下：我们现在还有多少小说能够这样从容舒缓地"写"故事，更多的只是一两句话交代一下，林陈二人在某处相遇相识就完事。我承认，有个"好故事",不一定就是"好小说",但如果真的有一个文学意义上的"好故事",那至少也足以成就了"好小说"的半壁江山。

在《文城》中,固然有土匪割去绑票之耳的血腥、土匪头目张一斧对顾益民残酷施虐等残酷与暴力的情形;但相比之下,善良与情义无疑当是这部长篇小说中更突出、更令人动容的两个关键词。作品中的林祥福、顾益民、陈永良、田大兄弟等,个个皆是有情有义、善良敦厚的典范。失去了父母、为寻找小美又无果的林祥福到了溪镇安家落脚后,那种浓郁的、不离不弃的父女情、不惜一己之命的朋友情和质朴不逾的主仆情都是足以令人动容的场景,特别是当林祥福为赎回顾益民而从容赴死的情节更是将这种善良与情义推到了极致。然而,如此的善良与情义换来的却依然是血腥与杀戮,这既是他们个人命运的不幸,更是他们所处的那个时代之殇。

说实话,血腥与杀戮、善良与情义的确都是余华过往创作中频繁出现的场景,也因此而构成他个人创作的重要特点之一。《文城》固然展示了余华驾轻就熟的这一面,但也出现了他过去创作中鲜有涉及的另一面:一是将故事发生的背景前移至清末民初,在那个动荡不宁、草菅人命的时代中,所谓善良与情义换来的依然还是血腥与杀戮也就不足为奇了;二是《文城》中的这些主角儿在善良与情义的主调外多少也增添了一点狠劲儿、有了些许血性的闪耀。

面对媒体和一些论者在谈论《文城》时使用比较频繁的那句"写《活着》的那个余华又回来了",本人的基本看法是,如果这仅仅只是作为一种现象的描述而非价值评判的话,我也大体认可。"回来"这个动词不过只是在勾勒余华从《活着》到《许三观卖血记》到《兄弟》到《第七天》再到《文城》这样一个动态的写作过程,其中《活着》、《许三观卖血记》和《文城》在文本的叙事风格上具有某种一致性或至少是相似性,而在这之间创作的《兄弟》和《第七天》在余华个人的创作历程中则带有某种鲜明的实验性,其叙事风格明显不同于《活着》这一路作品。

如果硬要说价值评判,在总体上我个人也相对更喜欢《活着》这一路作品,但《兄弟》和《第七天》作为余华的某种探索我同样十分理解,其中的某些局部我还很喜欢并给予很高的评价。至于《活着》、《许三观卖血记》和《文城》这三部长篇小说在叙述风格上虽总体同属于一个大的路数,也都在一个高的水平线上,但彼此又的确各有其长、各有其重,似乎不宜做简单的高下之分。作为评论,重要的是如何认识与解读,而非简单地排座次论英雄,这似乎也不该是人文研究应该着力的地方。

一首"人鸟共生"的协奏曲

看张庆国的《犀鸟启示录》

2021年2月25日,习近平总书记在人民大会堂庄严宣告:"在迎来中国共产党成立一百周年的重要时刻,我国脱贫攻坚战取得了全面胜利……区域性整体贫困得到解决,完成了消除绝对贫困的艰巨任务,创造了又一个彪炳史册的人间奇迹。"云南作家张庆国的长篇报告文学《犀鸟启示录》所记录的云南省盈江县石梯村以及大谷地村、百花岭村等村民因"鸟"的出现而逐渐摆脱贫困的故事就是这"创造人间奇迹"的一个组成部分。近年来,关于脱贫攻坚奔小康的纪实文学作品我看过不少,但庆国在这部报告文学新作中所记录的盈江人之脱贫方式和由此而衍生出来的"人鸟共生"等重要话题以及作品的创作特点等无疑都是同类作品中个性卓著的。

《犀鸟启示录》所表现的脱贫场景主要是位于云南省盈江县内石梯村等几个村庄。在云南129个县域中，盈江离省会城市昆明最远；而石梯村则毗邻缅甸，这里居住着傈僳和景颇两个古老的民族，他们又被称为"直过民族"。"直过"者，"直接过渡"也，意指从古老的部落氏族生活直接过渡到现代社会样式。直到十年前，这里仍然只有原始的山中小道，村里的孩子们要去上学，都得冒着生命危险攀爬山壁处的崎岖古道，从早到黑耗时一天才能抵达山脚下的镇学校；村民们大都仍然住在古老的杈杈房中，这种房无非就是用树干交叉钉牢，再铺上一点铁皮和茅草而已，不过只是比村头地角的临时窝棚稍强一点而已。

然而，就是在这样一个与世隔绝、无车无路、贫穷落后的恶劣环境中，"鸟"、特别是犀鸟的出现，更是党的"精准扶贫"政策和一连串耐心实在的扶贫工作落实到位，一个"人鸟共生"的美好故事就此展开：

公路艰难地修通、新房子盖了起来、4G基站落地……这个深山老林中原来与世隔绝的少数民族老寨子现在每年都要涌进数万名观鸟游客，一个村子每年观鸟业产值近千万元，在充分考虑生态环境保护的前提下，由"输血"开始到真正实现"造血式"扶贫……盈江县那些小村落里所发生的这一切,不仅是他们脱贫攻坚摆脱贫困奔小康的一种真实写照,更是民族团结进步、生态文明建设等诸多重大主题的现实活标本。《犀鸟启示录》就是记录并还原了以石梯村为代表的地处祖国边陲少数民族村落中这段特别而极富多重价值的脱贫历程。

我不知道写小说出身的张庆国是否首次操刀长篇报告文学的写作,但在《犀鸟启示录》中,可以明显地感受到庆国在这部长篇报告文学的写作中的确是在努力处理好"戴着镣铐跳舞"这道难题。所谓"镣铐"者即为人、事、境、物等诸种真实性要素的约束;所谓"跳舞"则是在尊重真实性的前提下尽力跳好文学之舞。而在这场"文学之舞"中,庆国有两个动作给我留下了十分深刻的印象:一是抓人物,二是抓场景。关于抓人物,作品卷二第十一小题"穿行在密林里"中有几句盈江县人大常委会副主任早荣生为动员石梯村干部大蔡伍建喂鸟塘时的几句对话就十分精彩:"早说:整个小塘,放点吃的,鸟就飞来了/大说:好的领导,好的/早说:鸟来了,人也就来了/大说:人来了,鸟会吓飞的哟/早说:人来了,你们就有钱赚的哟,一天可以收好多钱/大说:人来不了这里领导,路难走/早说:慢慢来,不着急/大说:是的领导,这里人不好走路,只有鸟在天上飞。"四个回合下来,早荣生从充满信心到泄气的那种沮丧,大蔡伍那种少数民族的直爽与憨厚跃然纸上,这两个重要人物的形象也随之鲜活地站了起来。还有第三十三小题"小乐飘然而至"中,那从位于北京的《中国国家地理》杂志自动辞职来到盈江做"鸟导",并在这里收获了爱情而后又定居在石梯村的小乐两口子,他们毫无那种老一套的生活规划设想,只想真实地活在无拘无束的自由空气里,静静地迎接每天时光的生活哲学也一定会给读者留下深深的印记。关于写场景,作品卷四第三十五和三十六两个小题就堪称典范。这两个小节以作者于2020年6月在毫无心理准备的前提下被拽入盈江县高山的森林中观看野生犀鸟为内容,从充满期待到怀疑到失望到突然反转亲眼目睹活生生的犀鸟结束,整个过程犹如一部悬念大片。说实话,这些艺术手段倘若在小说或散文等文体中被运用就不足为奇,也不值得多加说道,但在报告文学中的合理使用则值得提倡与张扬,这是因为我们现在确有不少的报告文学只重"报告"不讲文学,只是一味突出题材的所谓"重要"或"重大",而忽视了还要如何将这两个"重"处理得更具艺术感染力。

毋庸讳言,在众多反映脱贫攻坚题材的报告文学中,《犀鸟启示录》的取材无疑是十分独特的,借"观鸟"而脱贫,我不知道在我们国家整体的脱贫攻坚战中是不是唯一？但至少是不多。这也恰从一个侧面证明了我们因地制宜、精准脱贫大政方针的科学性与有效性。正是由于稀见，因此，庆国在这部报告文学中关于鸟、关于"观鸟"、关于"犀鸟"、关于因"观鸟"而带来的经济效应和生态效应等知识的普及与传播既是这部报告文学内容本身的需要，也成为作品的显著特征之一。在"世界观鸟小史""云南观鸟小史""犀鸟的躲闪""从热带雨林归来""公犀鸟之死""扶贫观鸟经济学""扶贫观鸟环保学"等篇什中，读者可从中看到许多有趣有用的相关知识。比如，说到"爱情鸟"，人们首先想到的当是鹦鹉，殊不知那体型硕大的犀鸟，也因其雌雄终生厮守而同样被俗称为"爱情鸟"。比如，观鸟虽起源于欧美，但中国之观鸟市场也不小，所不同的只是后起的中国很快将观鸟转向成了拍鸟。欧美人观鸟，必带的器材是望远镜，即使偶尔拍照，使用的也只是便携式的卡片机和小徕卡之类，野外观鸟归来，他们更愿意用文字记录下观鸟感受，玩法单纯而安静；而中国人观鸟，必带专业摄影器材，白天呼朋唤友地进山拍鸟，晚上成群结队返回旅馆，打开电脑，输入图片，热烈讨论，以多为荣，以奇为耀。存有明显差异的这两种观鸟行为，不论高下，但背后所折射出的其实更是不同的文化所驱使。诸如这些知识点或知识面，恐怕都是我们以往所不曾知晓或不曾想过的。

无论是创作还是出版，《犀鸟启示录》无疑都可归于"重大主题"一类。在我们进入"两个百年"面对"两个大局"之际，抓住"重大主题"布局谋篇既是我们作家与出版工作者义不容辞的一种责任与担当，也是一种幸运与机遇。然而，这只是问题的一方面；另一方面，无论是作家还是出版工作者一定还要清醒地意识到，"重大主题"绝对不等于就是优秀作品，面对"重大主题"，如何予以深刻而艺术的高质量表现同样是另一个至关紧要的重大课题。对此，《犀鸟启示录》的创作与出版或许能给我们带来些许有益的启示。为了创作这部长篇报告文学，张庆国一年中三次跋山涉水进入原始森林，住进少数民族村寨，与村民们同吃共住，现场采访各类村民20余人，调查了众多村民家庭和家族的生命史；与此同时，他还广泛深入地考察研究那里的地方文化和发展历史，以及与之相关的自然地理和生物进化史，整理出了30多万字的采访与读书笔记，这无疑是一种典型的"四力"付出。而面对报告文学这一特定文体，庆国努力秉持着"报告"与"文学"并重的原则，既努力保障"报告"的真实性与准确性，不掩饰、不粉饰；又充分调动和运用文学的多种手段，包括设置悬念、刻画人物、写自己的亲历、说村民的变化。最终真实而文学地完成了这部内容独特、境界宽阔的非虚构作品。这一点我以为也恰是当下不少"重大主题"作品在创作与出版过程中值得充分研究与倡导的。

写作与阅读：张炜的两个关键词

看张炜的《文学：八个关键词》

初识张炜还是上世纪 80 年代中期他的中篇小说《秋天的愤怒》面世后不久，在往后的这 40 余年时间中，称其为"著作等身"一点也不为过，仅是那获得第八届茅盾文学奖的长篇小说《你在高原》就长达十卷皇皇 450 万字。张炜的创作不仅高产而且优质，不仅优质而且所涉领域还甚宽：早些年基本都是专注于小说，短篇、中篇、长篇齐上阵，而愈往后便愈是"横冲直撞"地游走于散文、随笔、诗歌、传记、儿童文学……各个领地。在这个意义上，将张炜人生的关键词定义为"写作"绝对恰如其分。然而，最近我拜读了他的新作《文学：八个关键词》，便深感在他人生的关键词上，还应该理直气壮地再加上两个字，那就是"阅读"。

《文学：八个关键词》是张炜 2019 年 10 月在华中科技大

学"大师课"上的讲课整理稿，在这为时一个月的授课中，他依次选取了"童年""动物""荒野""海洋""流浪""地域""恐惧""困境"这八个关键词和学生进行交流。依我的理解，这八个关键词不仅是张炜个人创作中的八个重要元素，也同样是中外文学许多经典作品中不可忽略的八个支点。张炜如何理解这八个关键词在创作中的具体呈现，姑且先按下不表，我只是在阅读本书的过程中见识他在讲述这八个关键词时"引经据典"之量大得十分惊人，仅在第一讲"童年"中，据粗疏地统计，所引经典作家多达 50 位、作品 29 部，其他七个关键词的状况也大抵如此。于是，我就有了在他人生关键词上再添加"阅读"二字的冲动，而且还以为这两个关键词于张炜平生而言的确是互为表里，相得益彰。

  回到《文学：八个关键词》这本书上来。如果需要极为浓缩地概括一下本书的基本内容倒也不复杂。首先，由于是以作家身份给学生授课，因此张炜绕不开的一个内容便是自己 40 余年来的写作，于是他从自己的创作经验与心得中，提炼出关于童年、动物等八个关键词展开阐释。其次，或许张炜还担心仅凭自己的写作经验对这八个关键词的解读还不够厚实，于是就又从自己广博的阅读中，精选出古今中外若干最伟大的作家和作品作为自己阐述的旁证，这八个关键词同样也是那些中外文学大师们的文学实践中虽未必完全雷同但也确是很难绕开的一些基本母题。这样一本新作，于张炜而言，是他自己创作与成长的心灵之道；于阅读者而言，则是为他们解读文学经典，直抵心灵深处进而引发共鸣提供了一把密钥。

对《文学：八个关键词》的评价，重要的不是复述它的基本内容，也不是简单抽象地描述这部著述是如何从自己的创作经验入手，以一种别致的角度和敏锐的洞察，再透过温暖睿智的语言来烛照文学、洞见人生。而是要由此考察和分析张炜提出、分析和评说这八个关键词的基本立场和基本的价值取向。

对文学审美的推崇与执守是张炜本次授课中十分强调的一个基本原则。以第三讲讨论"荒野"为例，他首先廓清"荒野"与"大自然"的关系，进而明确"谈荒野的意义，是着眼于这样一个命题：与荒野建立怎样的生命关系"。因为"认识到这一点，才能从网络时代繁复而虚幻的人工造物中有所超越，当然首先是思维的超越。从精神和心理意义上看，荒野常常会激发人类的审美崇高感，因为它没有或少有人工的创制，充满了原始的生长"。接下来，他对英国作家哈代的《还乡》、《远离尘嚣》和《无名的裘德》以及勃朗特三姐妹笔下的《呼啸山庄》和《简·爱》等名作中如何处理"荒野"进行了周详的文本解析；有了这样的标杆，再反观我们当下的一些现状，张炜说："我们当代文学中的荒野已经变成了生僻之物。"而"进入现代社会，科技的商业主义的进一步增强，它比较实体和精神的大自然样态，显得更为干燥和缺乏诗意"。"农业文明被工业文明所代替，作为一种进步引起很多写作者的欢呼雀跃"，"支持这种观念的文学理论也振振有词，动辄言说历史、道德、社会变革，并不关心语言艺术的特质，更无视文学审美的演变"。对这类现象，张炜不无忧虑地认为："如果文学批评对语言艺术本身没有兴趣，完全忽视和背离了语言，一定会对作品的温度、质感、诗性、幽默感，包括对意境的情思疏失无察。"这种"审美力一旦丧失，无论堆积多少知识，暴发多少社会热情，都是不可弥补和挽回的"。从以上不厌其烦的引述中不难看出："审美"二字在张炜心中居于何等重要的位置，当然，这不意味着他对文学社会的、历史的以及道德的功能不看重，而只是作为语言艺术的文学如果离开了审美来讨论其他，则无异于"皮之不存，毛将焉附"了。

对道德理想的坚守与张扬是张炜创作和阅读作品时始终坚持的一条红线。在《文学：八个关键词》中，张炜触及的中外文学经典名著甚多，但十分突出的一个价值取向便是看作品中所传递出的道德与理想指向如何？如果我就此下一个"简单粗暴"的判断的话，那就是对向上向善者扬，向下向恶者抑。一个典型的案例便是对中国古典文学名著《金瓶梅》的评价，张炜在这八次授课中，有三次提到了《金瓶梅》，他虽然承认《金瓶梅》有认识价值，"市井生活的鲜活逼真，细节的绵密与人物的生动"，但他更是鲜明地认为"有这样的论者，开始热情洋溢地判断其为超越《红楼梦》的'伟大杰作'。好像正因为格调低下、趣味丑浊，才要被推到这样的位置"。"只有一个奇特的时期才会发生如此混淆。失去坐标的评判是危险和荒谬的，它表现出人的软弱、对恶俗的妥协和机会主义"。事实上"像《金瓶梅》那样肮脏的性描写"，"肯定不能在'世界性'中立足"，作品"很颓丧，精神溃败，对文明和文化造成了不可修复的损伤，形成了一块溃疡"。其实，不仅是对《金瓶梅》，对《三国演义》《水浒传》中存在着"江湖义气、为达目的不择手段"等一些"很恶劣的元素"，对毕加索晚期的创作，对亨利·米勒的《北回归线》等其他大家名作的评判，张炜对道德与理想的坚守都表现得毫不动摇。

向中外文学经典有区别有差异的致敬表现出张炜面对大

师时的鲜明主体性与理性。《文学：八个关键词》充分展现了张炜阅读的宽度与深度，全书到底涉猎了多少文学大师和经典名著本人没有详细统计，但肯定是在三位数之上，从古到今，从西到东皆有涉猎。仅以第一讲"童年"中先后出场者为例，中国的就有老子、孔子、孟子、杜甫、王维、韩愈、欧阳修、苏东坡、鲁迅、戴望舒、萧红、胡适、丰子恺等；外国的则更多，如马尔克斯、普鲁斯特、托尔斯泰、马克·吐温、惠特曼、福克纳、叶芝、谢默斯·希尼、汉姆生、塞万提斯、乔治·桑、陀思妥耶夫斯基、普希金、高尔基、弗洛伊德、海明威、里尔克、安徒生、卡夫卡、雨果、巴尔扎克、哈代、博尔赫斯、劳伦斯、契诃夫、麦尔维尔、杰克·伦敦、狄更斯、卢梭、左拉、斯坦贝克等，看着这样一份群星灿烂的名单，脑子中相应就会出现一连串脍炙人口的名篇佳作。这些在张炜的心目中虽皆为经典，但又明显存在着细微的差异，不是一味地膜拜，而是一种有差异有区别的致敬。能够做到这一点真的不易，面上呈现出的虽只是一种态度，但支撑在这种态度背后的则更是一种能力与品格。

四十余年的创作实践，海量的经典阅读，汇聚在这本25万字的授课笔记中，体量不大分量不轻，这是一位思考者的脑电图,透过那不断跳动的波长与波频,我们可以明白的是张炜何以建构成那跨越时空的古船、攀登上那绵延不绝的高原;而我们无从判断的是张炜的下一步究竟又会迈向何方?

快乐并忧伤着……

看须一瓜的《致新年快乐》

牛年新春的脚步临近之际,上海文艺出版社推出了须一瓜的长篇小说新作《致新年快乐》,那设计得格外艺术与别致的封面,再加上须一瓜过往的创作不时能带给文坛一些新奇而独特的元素,这些都唤起了我阅读这部长篇的好奇与冲动。

14万字的篇幅读下来,时有令人忍俊不禁之处,喜感十足,果然有"新年快乐"之功效。比如作品第7节中写到新年快乐保安队与一伙持刀抢劫的犯罪分子奋勇搏斗,自己虽遭遇大面积受伤,但还是将几个亡命之徒制服而凯旋回厂时出现了如下文字:"一行挂彩的、疲惫的小队伍一进厂大门,忽地,新年快乐四至的白色栅栏内,大小灯齐放光明,维纳斯喷泉狂飙。阿依达的超长小号在夜空穿云裂雾,连接天国。光辉而磅礴的音色,让小小厂区,神迹般壮丽辉煌,是的,整个厂区，高分贝地响起了威尔第的《凯旋进行曲》。在那个夜晚，在那个远离市区万丈霓光与红尘之外的乡镇一隅，在那个月光隐约、夜色清幽的郊区厂房，辉煌的音乐，瞬间成就了天上人间的光辉遗址。音乐里，从天而下的金色高光，打亮了那天地间、唯一的乡下舞台。"而此时，作品的主人公成吉汉"扶栏伏立，他眯缝着眼睛，注视着楼下他那支归来的小队伍，就像为自己的梦境在变现中散发出奇异光芒所迷惑"。如此声色俱全的画面是不是特别有喜感？再比如，新年快乐的厨师做不同的菜肴竟也需要匹配相应的音乐，如巴赫的《第三勃兰登堡协奏曲》之于大炖菜、《帕格尼尼主题变奏曲》之于粉丝包子……须一瓜如此谐谑天生、涉笔成趣的文字究竟要讲述一个什么样的故事？

原来，所谓"新年快乐"不过是一家工艺礼品厂之名。从小做着"警察梦"却偏被父母强令学琴的成吉汉从父亲手里接过工厂后，立即将其变成了自己梦想的实验场，他招兵买马、组建起一支嫉恶如仇的保安队伍。如果仅仅只是这个不大的"富二代"有点"二"或许也掀不起多大的风浪，但身为小说家的须一瓜自然不甘如此，于是她又在这支保安队中添加了几个同样"二"得不轻的角色，包括那个在晚自习路上遭流氓侵犯而从此对不良人员恨之入骨的曾经学霸边不亮、一双因脑子迟钝饱受欺负进而羡慕警察威风的双胞胎郑富了郑贵了……所谓"三人成虎"，当这些"各有抱负"的年轻男女聚合在一起，明明只是业余保安，却偏要将自己当根葱，于是一连串轰轰烈烈的喜剧不上演都不可能了……

曾经有着对口采访司法线经历的须一瓜在接受媒体采访时说："我一直注意到生活中有这么一类就是渴望当警察的人。"他们中"有的人并不谋私，就是想打怪'升级'自己的'人生段位'……他们有意无意地纵容自己，在护持人间公平正义、祛邪的追梦中，展示人生一味。可能滑稽，可能庄严"。

如果我们将真正的警察喻之为"真币"的话，那么，《致新年快乐》中的几位主要人物却偏偏又为各种"因缘"而无法成为"真币"，于是作品中那样一群被称为"伪币"的人就只好自己心甘情愿地"伪"着，而且还真挚地以"伪"为"真"，漂浮在世俗价值与秩序之上，他们种种看似"二百五"的言行必然与现存的社会秩序以及精于世故的世道人心产生"令人不适"的滑稽感和违和感。看起来，这些都是构成喜剧的一些天生因子，骨子里则恰是须一瓜精心设计之一种。

《致新年快乐》就是以一个又一个的故事呈现了这群"伪币"们是如何在成吉汉不菲的人力财力投入下而成功转为一

支向"真币"看齐的超级保安队。他们先后经历了解救幼儿园人质、公交车上抓扒手、解救被拐儿童、抓捕抢劫银行歹徒等一系列事件，而在每一次事件中出现过程度不同的或大或小的意外喜感。其中，在芦塘派出所警方"爱民月"中以芦塘青年干警和反扒志愿队员名义共同看望库北敬老院那场"戏"更是在一个十分奇妙的魔幻时空中上演——那一时刻，一种莫名的默契发生了：本来是被授权代表"真币"们去敬老爱老的"伪币"们在敬老院中真的享受到了"真币"的待遇，这些"伪币"们终于真切地获得"真币"的真实感受。在那个特定的时间、特定的地点，那份被信任、被倚仗、被敬慕、被尊重光环，如神光普照于每个"伪币"全部身心。

如果《致新年快乐》整体上只是停留在这种喜感的层面，固然也可称得上是一部可读性不错的小说，但难免会有厚度不足之憾。所幸的是须一瓜自己已经清醒地意识到了这一点，并从作品主要人物的设置上就开始埋下伏笔：一是这支民间反扒志愿队中的成吉汉、边不亮和郑氏兄弟各自的经历注定了他们此生只能是"伪币"，同时大家不要忽略了在这支队伍中偏偏还有一位是由曾经前途无限的"真币"因遭诬陷而不得不沦为"伪币"的猞猁；二是这支队伍中的每一位成员，无论出身门第如何，几乎无一例外地留存下了自己身心的伤痕。此外，在成吉汉下落不明后新年快乐公司的第一次大型年会上，他的父亲成老先生大声喊道："我有一个愚蠢的、高贵的儿子。"正是这两处伏笔的预设再加上成父对自己儿子"愚蠢的、高贵的"定性，就注定了《致新年快乐》在充满喜感的外表下，更有一种即使不能称之为悲剧，但绝对是有一种浓郁的忧伤贯注其中。对此，须一瓜自己也坦言这部作品自己"写得很感伤"，甚至还有过"情难自禁"之处。

《致新年快乐》的结局当然不"快乐"，即使不说它是一场悲剧，但称其为忧伤则绝对不过分。作品的结局，那个一贯冷静的猞猁却因为关心则乱而坠入不切实际的飞翔，最终沉重地坠落；新年快乐保安队解散了；他们的小老板不知所终。这一切当然是忧伤的，而须一瓜更是在作品的结局有过两处十分动情的铺陈：一次是边不亮最后的告别。这个骑摩托而去的青年，本来一路奔大门而去，但到达门口时，听到了为他送行的《女武神出骑》，旋律在空旷的厂区回荡，摩托青年掉转车头，在旋律中绕厂栅栏疾驰一圈，然后一骑远去。这激越震宇的音乐与壮志不举、黯然终结形成鲜明的反差；二是新年快乐厂人去楼空后，成吉汉孤身坐在已经被转让的厂办公室，音响室播放的是《沃尔塔瓦河》，这是最后的梦境告别，爱而不能，矢志不移。成公子身上那种特有的"愚蠢与高贵"造就了他超越尘世、追光而行的生命华彩。如此忧伤的结局也将须一瓜在作品中预设的伏笔——浮出了水面。

本文标题"快乐并忧伤着"中的"快乐"与"忧伤"只是意在尽量客观呈现《致新年快乐》的双重调性。"快乐"说的是作品中那一小"撮"有理想、有抱负的年轻人在一小段时间内阴差阳错地似乎实现了自己的"理想",干了几件有"抱负"的事,至少他们自以为如此,并因此而快乐。而"忧伤"也同样还是因其那"自以为"和"阴差阳错"而起,结局当然只能是人去楼空,彻底失踪了的成吉汉"把我(作品叙述者)和父亲,留在了没有音乐、没有轻信与天真的利润决斗场中"。

人,总是要有一点理想的。理想实现抵达快乐,破灭坠入忧伤,究竟是实现还是破灭则又取决于个人、时代、社会等诸多因素。这或许也是《致新年快乐》通过艺术的表现而产生的一种社会学效果吧?

且修行，方能达此境

看池莉的《从容穿过喧嚣》

池莉又出新著了，这次是一本散文，是她几年来在《新民晚报·夜光杯》上个人专栏写作的集结，其中一些篇什尽管平日已有拜读，但此次得以集中阅读，虽然封面做得有些"低幼"，但丝毫不妨碍我对本书内容的喜欢。且不说书中关于武汉衣食住行的若干内容唤醒了本人40余年前的若干复杂记忆，单是《从容穿过喧嚣》这书名就足以令我羡慕。面对"喧嚣"，如果避之不得，本人的基本反应就是一个字——烦，哪里还有"从容"可言？能够"从容穿过喧嚣"，这是一种修养，更是一种境界，且得修行，方有可能抵达。

《从容穿过喧嚣》分为八辑，立足人间烟火，无非饮食男女、家长里短、处事之道……凡人琐事尽囊其中；聚焦精神心境，无非幸福与烦恼、开心与郁闷、坦然与忐忑……凡人纠结尽入文字。全书总体诚如池莉自述那般："琐细到不能再琐细，宏大到不能再宏大；要不畏艰难地，决定一些勇敢的决定，或许就能够，把一桩并不幸福的事物变得幸福。"在尘世的喧嚣中从容穿过。

在池莉的这组散文中，出现了菜薹、排骨藕汤、粉蒸肉以及热干面等具有标志性、符号性的武汉美食。而这里的所谓标志性、符号性既不是稀有，更与奢侈无关，不过就是武汉人最家常的普通菜肴或早餐主食，在他们的日常食谱上，类似的这样的食物还可以加上诸如面窝、牛肉粉、豆皮、糊汤米酒、武昌鱼之类，这一切恰如同北京人之于大白菜、炸酱面，四川人之于花椒，湖南人之于剁椒一般的日常，无非就是一种生活习惯，不过只是"好这一口"。这不，去年武汉疫情结束不久，我回武汉的第二天早上就专门跑出去找了一家街边的早餐小店，特地要了一份热干面配上一小碗糊汤米酒，以小凳为座、大凳为桌坐在街边有滋有味地过了个早。不曾想到的是，在池莉的笔下，她竟然将这类武汉人习见食材的制作给状写得绘声绘色、庄重无比，活脱脱地将那一道道家常菜肴的烹饪搞得犹如在一场盛大的宴会上制作一道道大餐。这就是一种生活态度，也是"从容穿过喧嚣"的部分组成。当然，看到池莉的这番文字，我自己心里也在嘀咕：

这也就是在改革开放后的日子了，本人在武汉的那些年，池莉笔下那本是普通的食材可都贵为紧俏商品，只有逢年过节时才能凭票限量供应，有的即使不限量，也不是普通百姓人家日常享用得起。于是，在我这个年龄人中，从这些文字中读出的当还有一番时代变迁的沧桑了。

收在《从容穿过喧嚣》"辑二·真正爱就是这么普通平常与苦涩"中的七则短文大都写于去年武汉疫情疯狂肆虐期间，当时在不同的公号上已陆续读过，但一年后的集中重读感受还是不完全相同。回想一年多前武汉的那些日子，特别是在"封城"的那76天中，如果说那也是一种"喧嚣"的话，骨子里则是从恐惧、无助、焦虑、期盼到重生。我特别统计了一下，从去年武汉封城前一周的元月17日开始到解封后的4月12日这80余天时间中，池莉一共写了六则事关"新冠"疫情的散文，差不多是她专栏写作密集度最频的一个时段。面对这场突如其来的重大公共卫生事件，池莉发挥自己曾经是流行病防治医生的专长，通过细腻温馨的文字向一时手足无措的读者"布道"。比如，说到隔离时，池莉直白而形象地写道："它利用人传人，人们就单独隔离，不让它利用！唯有最大可能地进行严格阻断，病毒才有可能失去传播链条，直至失活。"比如，在封城第28天时，池莉写道"这个时刻，心神稳定是我们的拯救,理性冷静是我们的力量,勇敢顽强是我们的必须,咬牙挺住是我们的本分"。或许有人以为,这不过就是"心灵鸡汤"一类的文字,没什么特别的。不错,这些文字的确没什么特别,但这些平凡文字所能产生的作用很特别。六则散文有一个共同的特点,那就是直接将自己在疫情肆虐期间的日常生活放进去,再由此娓娓道来。试想一下,在那段日子里,有这样一位公众人物能够将自己的日常生活公开来说开去,这对众多充满着犹疑无助的百姓来说是不是有点心理的抚慰与引导?比起那种空洞的说教,这样的文字是不是更管用?如果说作家要有社会责任感的话,我想这应该也是其中之一吧。

其实,将自己放进去这个特点并不止于这一辑而是贯穿于全书,不妨拆解一下这个书名——"从容穿过喧嚣"即可理解池莉如此作为的用心。"喧嚣"者,说的是我们日常生活所不得不面对的一种现状——喧哗尘嚣,在如此宏大的叙事环境下,面对这样一种生存世界,要能做到"从容穿过",当在于自我的一种修行,惟其如此,方能找到内心的幸福与平静。为了说清楚自己的这种理解与认知,池莉便时时从一己之遭遇与所思落笔,进而将读者带入浓郁的人间烟火:我、时间、婚姻、饮食、大自然、幸福力……诸如此类关乎人的日常生活与精神状态的不同场景都进入池莉的视野、落在了她的笔下。如此这般，宏大的环境稳稳地落脚于日常生活的叙事之中，"从容"这个抽象的精神与心理状态得以形象、真实与可感的呈现。像"辑一·就这样爱上生活"中的七则散文，说的就是饮食这类十分具体的日常生活，而"辑四"中的《最怜秋叶难留》、《大意失荆州　糊涂毁沔阳》和《广场恨》等诸篇折射出的虽然是社会治理中的若干大问题，但也是由自己日常生活中的一点小遭遇而引发。卒读全书，如此这般，倘要"从容穿过喧嚣"，且修行，方能达此境。

最后还得说说这本散文的语言。以所谓"新写实"而出道文坛的池莉，其语言的生活化和具有某种地域特色是其一贯的特色之一。然而，近年来，池莉创作的产量虽不及过往那般高，但其语言静悄悄地在发生变化，这种变化时而还比较温和，时而则"蛮不讲理"。句式越来越短、节奏越来越急，整体上越来越不按"常理"出牌，如果用现代汉语的文字和语法规范来要求，她现在的许多语言不是缺"主"少"宾"就是乱用"谓"，包括标点的运用也是随心所欲，一"逗"到底或一"句"到底者比比皆是，整个一副"乱象丛生"的模样，凡此种种尤以她前年出版的长篇小说《大树小虫》为代表。具体到这本《从容穿过喧嚣》，我注意了一下各篇的写作时间，64篇散文，最早的作于2015年，最晚的写在今年1月，前后历时五年多。作为一本相对集中从日常生活的书写入手，进而和读者一道探寻生活百味、提升生活品质的专题散文集，总体语言的温润与直白，偶有智慧而哲理，自是很得体的一种选择，恰如一个女性在那里轻柔的、温婉的和你聊聊天谈谈心。但一个比较明显的变化轨迹则是写作时间愈是往后，语言的变化就愈明显，比如前面提到"辑二"中的7则散文，在这些全部创作于去年的文字中，短句尤多，重复重复再重复，时而急促时而语重心长，连续的逗号连续的句号……这样的文字处理固然与武汉当时的情形与情绪有关，但更多的则是池莉近年来一直在试验着的那种汉语新表达有关，我个人的理解就是要刻意打破一些现有汉语的所谓规范表达，力争在对文字最经济的使用中最大限度地调动与发挥它们的功能与效率。池莉这样一种实验我以为还是颇见成效的，从阅读她的长篇小说《大树小虫》到这本《从容穿过喧嚣》，我的情绪与节奏的确就不时被池莉的这种语言带入或牵动，这本身或许也是一种魅力吧。

行文至此，再絮叨下去也就成为一种"喧嚣"而非"从容"啦。就此打住！

"别以为你破了几个案件就能勘破人性"

看东西的《回响》

对我来说,阅读东西长篇小说新作《回响》的过程也是一个重新认识东西的过程。早在今年3月,《回响》在《人民文学》杂志第三期刚一刊出时,便有同行郑重向我推荐:这是近期一部难得的好长篇,你一定要看一看。啥内容?我问道。同行答曰:破案的,但可不是一般的破案哦。破案?说实话,这对我的吸引力还真不是很大。所谓破案者,用现在的话说无非就是刑侦推理加悬疑。这类作品带给读者的阅读享受一般说来就是抓人好看,高级点的也无非"烧脑"二字;就我个人的阅读经验而言,国产此类原创能达到"烧脑"级的并不多,大多情况在读到作品的二分之一时差不多也就知道了案底。尽管如此,出于对同行的信任,我依然是在第一时间就开始了对《回响》的阅读。

或许是长期做编辑为了省时间的缘故，我读长篇有个偷懒的习惯，只要作品有"前言"或"后记"之类的文字，则先从这开始。于是，在《回响》的"后记"中出现了这样一句话："奇事于我已无太多吸引力，而对心灵的探寻却依然让我着迷。"心灵？早在15年前东西创作长篇小说《后悔录》时就已着迷于此，由于我当时正是这部长篇的终审，所以至今依然记得，《后悔录》就是用第一人称的叙述表现了一个名叫曾广贤的男子30年来不停滞"后悔"的心灵历程，诸如"友谊、忠贞、身体、放浪、禁忌……"，凡是他经历的都后悔，凡是他没选择的则统统认为是最好的，于是，曾广贤不断地后悔又不断地陷入新的后悔，整部作品就是在这样一次次纠结与拧巴的过程中推进。这当然是一种很有意味的艺术表现，但作为一部长篇，如此循环往复地"后悔"下去的确不免有失单调。那么，现在同样还是有关"心灵"的这一声"回响"是否又会重蹈"后悔"的覆辙呢？

带着这样的疑虑，我进入对《回响》的阅读。作品开篇就是刑警冉咚咚接到报警后赶到西江大坑段，一具右手掌已被砍去的女尸漂浮在水面，这桩对被命名为"大坑案"的侦破由此拉开帷幕，这也是刑侦推理作品开场的典型套路。但东西显然不甘于只是专注这单一的刑侦套路，于是又设计了冉咚咚与丈夫慕达夫教授之间情感纠葛这另一条叙事线，且两条线的叙述被安排得井然有序：奇数章专注刑侦破案、偶数章探究夫妻情感，前者着眼推理，后者发力心理，双线交替前行，游走于两条线上的人物与故事在推理和心理的运动中碰撞出一声声"回响"。

先看刑侦推理这条线。前面讲过，国产此类原创作品大多数在读到二分之一时我差不多也就知道了案底，但《回响》直到临近终篇时也不敢断定元凶到底是谁。东西为此还是颇费了番心思来"烧"读者的脑，含"智"量不低。在这条犯罪链上，东西先后设计了徐山川、徐海涛、吴文超、刘青和易平阳这五个扣点，而更为精彩的是，凶手虽渐次浮出了水面，案件看似得以侦破，但依照警方掌握的证据，在这条犯罪链或嫌疑链上的所有当事人无不都有"脱罪"的过硬理由：大坑案主角之一的夏冰清因身陷婚外情而惨遭杀害，第一嫌疑人当首推这场婚外情的另一方徐山川，但徐氏又并无作案时间，说他买凶杀人，但他也只是借钱给自己的侄儿徐海涛买房，对他去找吴文超让其摆平夏冰清一事并不知情；徐海涛找吴文超也只是让他设法摆平夏冰清，使之不再纠缠徐山川，摆平不等于杀人；吴文超找刘青合作无非是让他帮夏冰清办妥移民手续或带其私奔，也没叫他杀人；刘青找易平阳尽管明确让他搞定夏冰清，但搞定同样不等于杀人；易平阳虽承认杀了夏冰清，但权威医学鉴定机构则认定他患有间歇性精神疾病，律师们决定为他作无罪辩护……费尽周折看似破了的这桩凶杀案如果最终竟然就是这样一个结局，那的确令人憋屈，特别是这桩凶杀案的主办警官冉咚咚更是心有不甘。在她看来，这么多人参与了作案，最终却只有一个间歇性精神错乱者承认犯罪，这严重挑战了她的道德以及她所理解的正义。于是，她继续从徐山川之妻沈小迎处寻求突破，最终取得了徐山川买凶杀人的铁证，这才使得"大坑案"得以正式告破。围绕着"大坑案"的整个侦破过程，东西这样一番编织与设计当然是十分用心与投入的，这是一种智慧的投入与结晶。在这场侦破与反侦破的较量中，比的是双方的智慧、意志和心理，比的是正义与邪恶的能量，最终的结果当然是正义战胜了邪恶，通过这场较量，我们也深深地感受到了公安干警们的艰难与顽强、聪慧与机智。

正是有了东西这样一番周密而细致的编织，也就无怪乎作品在临近结束时读者还无从判断元凶究竟是谁了。如此"烧脑"的程度在我们以往有关刑侦推理悬疑小说中的确稀见。能够让读者的脑子"烧"起来，自然得益于作家的脑子先"智"起来。也正因为如此，所以著名数学家华罗庚先生才将优秀的侦破推理小说称之为"智侠"。在这一点上,东西的《回响》的确为我们这一类型的小说创作提供了许多新鲜而有益的经验。尽管在有关刑侦的表现方面,《回响》值得称道处甚多,但如果作品仅限于此,如果从更高的标准来衡量则依然还是略显单一。东西显然不满足于此,于是他在精心谋划刑侦这条叙事线的同时,又设计了一条与之平行推进的情感心理叙事线,从而使得《回响》在一种复调的效果中厚实起来。

触发这样一条情感心理叙事线的缘由就是冉咚咚在侦破"大坑案"的过程中,偶然发现丈夫慕达夫最近居然背着自己在蓝湖大酒店开过两次房,且开房的时间竟然还是近两个月的同一天,如此"两个月连开,准得就像来例假"一样的反常现象,使得具有职业敏感的刑警冉咚咚本能地对丈夫慕达夫和自己的家庭生活、以及慕达夫与女作家贝贞的关系产生怀疑,于是,入戏太深的她本能地像侦破刑事案般一样"侦破"起丈夫与自己的情感、爱情与家庭,另一场刑侦之外的情感侦破拉开了帷幕。

尽管慕达夫平日里的的确确是一个好丈夫,面对妻子的怀疑,他也是诚心地、努力地、小心翼翼地弥补自己的过失、尽力维护自己的家庭……然而,面对这样一个职业且敬业的刑警妻子,这个与她"谈了两年恋爱,共同生活了十一年,没有拒绝过她任何一个要求"的慕达夫最终还是没能拒绝她提出的离婚要求,这个家庭依然走向了解体。而更有意味的还在于这条叙事线的结局,离了婚的冉咚咚与比自己年龄小了许多的同事邵天伟牵起了手,作品在她和慕达夫如下几句意味深长的对话中拉下了帷幕:"你以为我跟你离婚是因为邵天伟?难道不是因为你出轨吗?""你早就喜欢邵天伟了,只不过是因为道德的约束你才把这份感情压住……事实上,你怀疑我出轨也仅仅只是怀疑,并没有足够的证据。""不幸的是,我对'大坑案'的所有怀疑都被印证了,因此,我对你的怀疑也可以被反证。""别以为你破了几个案件就能勘破人性,就能归类概括总结人类的所有感情……感情远比案件复杂,就像心灵远比天空宽广。"宽容与悲悯、温暖与理解构成了作品的又一层"回响"。

就这样,两条叙事线的互文性:刑侦与情感、行为与心理、真实与幻觉、爱恋与歉疚的一一对应,而且都是尽乎极端化的表达,将人性深层那些隐秘模糊的东西一一呈现,看似个体的遭遇,实则为社会与人类共同面临着的有待解决的若干深层问题。如此这般,作品的深度与厚度就远远胜出单一的刑侦或言情,由此形成的"回响"余音绕梁三日不绝。

"主打"与"跨界"

看孙甘露、梁鸿鹰、赵丽兰的散文

刚写完池莉散文新著《从容穿过喧嚣》的读后感，又集中读到孙甘露的《时光硬币的两面》、梁鸿鹰的《岁月的颗粒》和赵丽兰的《月间事》这三本新近出版的散文新著。于我个人而言，这虽只是一种巧合，但在一个时段内得以如此集中地阅读散文的确也不多见。或正因为如此，这次集中阅读给我留下的某些局部印象反倒十分强烈。

上述三位作家文学创作的主打方向都不是散文，散文写作似乎只是他们在自己主打之余的一种调剂；尽管如此，倒是一点也没妨碍他们在散文创作时所流露出的鲜明特色和独特个性，其散文作品既明显不同于专业散文作家的创作，又不时"不由自主"地流露出若干自己主打专项的某种特色。比如池莉与孙甘露平时主打的都是小说，但各自小说创作的画风则差异甚大，这些差异在他们的散文创作上也同样表现出来；梁鸿鹰长期主打文学理论批评，这部散文新作的总体特色虽近乎个人亲情与成长历程的"自叙传"，但这种"自叙"又不时"止乎于礼（理）"；赵丽兰我基本不了解，搜索了一下，她在进入创作散文之前似乎更多从事诗创作，且又生活在云南澄江这个地域特色十分独特的地方，因此她的散文创作出现了一种不太同于一般散文创作的"灵异"感。如果本人上述这种局部的阅读印象大抵不谬的话，那么是否可以说：这几位作家的跨文体写作，那只跨出去的足迹又多少总会带着另一只主打脚的印记，这对他们所跨入文体的创作显然又是一种丰富与拓展。关于池莉的散文创作本人已有专文评述，这里不妨再看看孙甘露、梁鸿鹰、赵丽兰三位在进入散文创作时这界究竟"跨"得如何？

《时光硬币的两面》收入了孙甘露不同时期创作的散文代表作。作者自己坦言："这些文章大部分都是为报纸和杂志写的，因为受篇幅的限制，都比较短小，更多是当时的一些日常生活记录，或者是阅读、观影札记，还有因个人经历上的触动而写的一些文章。"这些文章"如果标上日期的话，我觉得可以复原整个年轻时代的岁月和生活，以及一些思考"。的确如此，或许是为了迁就三辑小标题所囊括的内容，进行归类，作者有意识地隐去了写作的时间，但全书卒读下来，我脑子里闪现出的还真就是作者近三十余年的生活与思想碎片，虽琐屑，却闪烁着微光与智性，时而亦显露出昔日先锋之锋芒。

1986年伴随着《访问梦境》的面世，随后又有《我是少年酒坛子》和《信使之函》等的跟进，一举奠定了孙甘露作为当时所谓"先锋文学"骨干之一的定位。而那时所谓"先锋"的一个基本标志就是其创作明显有别于传统文学叙事的一些基本规则而充满了各自的"实验性"。具体到甘露而言，作品中那些随意而破碎的想象依照作家自身的情感和体验、以及对时间永恒性与存在瞬间性的哲学思考等元素，大多以一种看似无序的叙述而展开，这一切对习惯了传统阅读的读者来说无疑都形成了一种高度陌生化的效果。这样一些"实验"的渊源或初衷在这本《时光硬币的两面》中同样不经意地得以自然呈现与流露。甘露对这本散文集的命名本身就很有意味，所谓"硬币"当然是一个整体，而"两面"则是这个整体中某些相对独立甚至相左的元素。尽管时间在流动，但"硬币"这个整体又总是将"两面"之间精神的牵连或流动联结成一体。

具体到《时光硬币的两面》中，上述那种"渊源或初衷"

"牵连或流动"主要集中表现在两个方面：一是集中体现在作品第二辑"我所失去的时代"中，那些言语虽简洁却是直陈己见，作家在对80年代文学活动的回眸中就蕴含着诸如"作家所说的关于小说的话大多是不可信的，当然不比批评家更不可信。如果真的关心小说，还是去读具体的作品，在那里面，作家丢人现眼的地方有的是"之类对文学、艺术和创作的思考；二是无论在哪一辑中，乔伊斯、杜拉斯、兰波、齐泽克、尤奈斯库、马尔克斯、博尔赫斯、索尔·贝娄、博尔赫斯、罗兰·巴特、普鲁克斯、奈保尔、卡尔维诺等作家以及《生活在别处》《死者》《第二性》《椅子》《百年孤独》《追忆逝去的时光》《交叉小径的花园》《驳圣伯夫》《赫索格》《S/Z》《米沃什辞典》《看不见的城市》等作品是甘露笔下出现的常客。如果说前者是作者那个时代从事"先锋文学"实践的一些理性思考，那么后者则可从中窥视出当年"先锋文学"的某些渊源，未必那么直接，但瓜葛犹存应该是无疑的。

综观《时光硬币的两面》，既有碎片式的日常生活，又有片断的智性思考，还不乏上海实景，这样一种由点到面、由抽象到具象的轨迹与作者的小说写作大抵也能找寻到重叠的斑痕。在时光流转之中，一个文学的时代、一个现实的社会被甘露精到的简洁文字留下了一幅幅剪影。

收在《岁月的颗粒》中的部分篇什,我以前在《上海文学》和《十月》等文学期刊上曾零星地拜读过,当时即感觉这些作品近乎记录作者跨入工作岗位前生活与成长的一种"自述",此番得以集中阅读,这种感觉就更为强烈与清晰。尽管作者在不同的单篇中也尝试着变换叙述者的人称,但无论是第二人称的"你"或是第三人称的"他",都依然无从抹去"自叙传"这一特征的基本痕迹。

鸿鹰将自己的首部散文集命名为《岁月的颗粒》是恰如其分和名副其实的。18则散文尽管长短各异、叙述主体不同、客体也有变,但无疑皆为"颗粒",而将这18个"颗粒"拼接起来则串成了一段岁月,虽童蒙、虽青葱,但那也是"岁月"。于是在塞外的那个小镇上,家庭往事、幼时经历、青春记忆、小镇风情、塞外尘埃……统统在作者的记忆中被激活,栩栩如生地得到一一呈现。

这部散文集中给我留下比较强烈印记的当是作者那些对自己过往情感追忆与思念的文字,包括亲情、爱情、同窗情和乡情等等。对哺育过自己的奶妈、慈爱的姥姥、质朴的舅舅,特别是有关常年卧病并在自己12岁时就不幸离世的妈妈以及父母间……这些与作者关系紧密的至爱亲情,鸿鹰倾注的笔墨十分饱满;此外,对自己情窦初开时的青葱爱情以及懵懂时的男女之悦也并不回避。这类文字在我看来恰是这部散文中最有特色也最为出彩的地方。依常理，面对至爱血亲的或生离死别或生死相依，面对"两小无猜"的那种纯真与眷念，作者用情浓一点都很正常，也谈不上所谓"过头"。但鸿鹰的处理别有一番特色：过往的那些哀乐生死，在舒缓的回忆中透出的那份敏感虽纤细，但温度并不及想象的那般浓烈，淡淡中别有一番特色与味道。比如，失去妈妈后面对父亲，自己与他的关系却从来都不那么亲密，年少时还一直想摆脱，直到父亲离世自己也做了父亲后，才发现自己竟然越来越像父亲，这到底是因其血缘与基因的强大还是冥冥中一种情感的牵系？比如，在80年代大学校园中的那段爱情，从无到有、辗转曲折、若即若离，在断断续续的情感碰撞中呈现出情与"礼（理）"的碰撞。所有这一切，从表面上看皆可归于"发乎情而止乎礼"，而骨子里这"礼"当更是来之于"理"，这样一种融敏感、纤细、节制于一体的艺术处理，其背后的总控莫不来自鸿鹰自身的理性把握。

当然，在《岁月的颗粒》中，呈现出的并非只限于"发乎情而止乎礼"这单一的理性特色，另外，还有诸如"我""我们的主人公""你""他"这样叙述人称的变化、视角的不同以及时间的错位,有自然、空气、风雨、光影、味道、声音等自然元素的交错,有对话、书信、闪回、情感和思绪的叠加,这些看似碎片般"颗粒"的叠加使得主人公那段曾经的"岁月"浑然一体地鲜活灵动起来。

最后再来说说赵丽兰和她的《月间事》。这应该是一位文坛还比较陌生的作家,我也是在不经意间翻阅她的散文集《月间事》时,一下子就为其作品中不时呈现出的那种灵异、冷艳、亦真亦幻、似人似仙……总之是一种我一时说不太明白的特别风格所吸引,也曾试图借助万能的"度娘"来搜一下她的基本情况,结果依然是知之甚少。

或许对我们间接理解作者散文创作特色略有参考价值的辅助信息就是赵丽兰来自云南省的澄江县(现似已改县为市)的阳宗村,这是一块位于抚仙湖与阳宗海之间的土地,一方汉、傣、景颇、阿昌、傈僳和德昂等多民族的栖息地,一个有着傩戏传统的村庄;而对理解《月间事》更直接的信息则是赵丽兰为自己这本散文集"写在后面的话"中的几句"夫子自道":"我对散文,有一种天生的亲近感,亦有一种与之对抗的叛逆性。"而这种"叛逆"则集中表现在作者"尝试着将虚构与非虚构进行融合转换","因而在虚构与非虚构之间,在'真实'和'谎言'之间,有了一个美好的存在。这样,既表达了真实的自我，同时，又因了错位的构置，成了另外一个东西。那个新的东西，无法具体，但又确实让人感到淋漓尽致。"

正是因为作者生长于这片神奇的土地以及她对散文创作的上述理解，因而在她笔下的散文创作就出现了以往我们阅读这类文体时所罕见的陌生化效果。以"月光"这个意象为例，我国众多过往的文人骚客笔下多用其托相思寄乡愁；赵丽兰对月光独有情钟，不仅用"月"作为书名的关键词，而且诸多篇什都围绕着"月"来布局谋篇，但她笔下的月光显然更加立体，月不再只是作为某种情思的寄托，而是将其拓展为一种视角、一种眼光，注视和见证生命中的种种呈现，那些由"我"的老祖、姑奶、奶奶、母亲讲述的故事，大多发生在月光下；至于"我"的故事则更是离不开月光。《有人在月光下洗身子》《安放在月光里的床》《知羞草》等篇什就是表现了月光见证"我"灵魂和肉身成长的那些时刻，那些诸如初潮、出嫁、生育等女性所独有的隐秘变化在赵丽兰的笔下都发生于月光之下。

一本《月间事》，有中国传统典籍《尔雅》《山海经》《清稗类钞》，民间戏曲《霸王别姬》《野猪林》的印记，有小说式的叙事，有诗一般的语言……这些在习见散文那里十分稀见的元素构成了一个特别的赵丽兰。当然,仅凭这一册《月间集》就来对赵丽兰下定论,或许有点草率,但这的确是我们值得关注与兴奋的一位新人和一部新作。

云青出走后又会怎样？

看杜阳林的《惊蛰》

去年 11 月去四川宜宾时，阿来指着他身旁的一位"年轻人"认真地向我推荐："你可以关注一下他的写作，既经商又写作，马上又要出一部长篇，很不错的。"顺着阿来的手指看过去，他身边的那位"年轻人"似乎既有几分矜持又略带些许腼腆，倒是看不大出商人的那份活络与精明。这第一眼的印象当然只是一种十分浮浅的外观，接下来的一两天，我俩虽时有邂逅，但交流并不多，只是记住了他叫杜阳林，阿来说的那部长篇已刊于《十月》去年第六期的长篇小说专号上。回京后找出杂志翻了一下，估计这部名为《惊蛰》的长篇小说是被删去了不少，也就被掷之于一旁。倒真不是不信任《十月》同行删节的功力，只是我以为，要认真地判断一部作品，还是应该读全本更负责一点。

这一晃时间就过去了半年多，某天在本人习惯性地浏览中看到文坛一干大佬参加中国作协等单位为杜阳林的长篇小说新作举办研讨会的新闻，遂想起了半年多前阿来兄的叮嘱，于是就找到浙江文艺出版社新鲜出炉的杜阳林的长篇小说《惊蛰》全本阅读起来，也正是在这个过程中，才知道这位"年轻人"其实也已"年近半百"，前些年在蜀地新闻界也是一位大名鼎鼎的人物，现在的公开身份是四川省作协全委会委员、小说委员会副主任，且已著有多部长篇小说和散文集。

说实话，这部虽仅有23万字的《惊蛰》我读起来却并不十分酣畅，几度停滞又几度硬着头皮重新开始，不是因为作品自身缺乏可读性，而是其内容太虐心，以至于数次不想再往下看。对我这种年纪的人当然或许也限于我自己，现在实在不太愿意心中重现那个荒唐年代的某些场景；不是为了忘记过去，而是既已刻骨铭心，又何必念兹在兹。

《惊蛰》的内容不复杂，叙事也清晰。如果大而化之地概括，整体上无非就是乡村题材、励志内涵八个字。故事发生在上个世纪70年代中期至80年代中，那是华夏大地天翻地覆的十年，也是作品主人公、生活在川北阆南县观龙村少年凌云青生命中格外重要的十年。杜阳林以少年云青从4岁到14岁的成长为脉络，从历经磨难、饱受凌辱到贫贱不能移，最终凭借顽强毅力考上西北大学的经历，串起他的一家和"观龙村"的十年故事以及这个村落中的芸芸众生，组成了一幅乡村群像图。这样一种大的套路在我们的文学传统中其实并不陌生，自中国现代新文学以降，以"故乡"为轴心，"出走"与"回归"早已形成两大文学母题；而在新时期文学中，无论是四川作家周克芹笔下的《许茂和他的女儿们》还是陕西作家路遥笔下的《人生》和《平凡的世界》，以及其他许多作家的作品中都有诸如此类的母题出现。所谓"出走"，无非是由于家乡的贫困、封闭和一潭死水，这种停滞得让人窒息的环境逼得一些有梦想、有抱负的年轻人生发出"我要出去看一看"的冲动，并在此驱使下走出了家乡；而"回归"则是那些当年已然出走的游子们在外面闯荡过一阵子后，累了、倦了、"梦"醒了，于是又思念起家乡的宁静，"胡不归兮，胡不归？"杜阳林的《惊蛰》从根本上讲固然也能在这类作品中找到某些源头，但又清醒地保有自己的个性与追求，虽同为"出走"，但"走"得掷地有声、不同凡响。

有论者言，《惊蛰》带有某种半自传性，这一点我目前未曾考据。仅就文本说文本，作品整体虽分为上中下三个部分，但"出走"只是少年凌云青的结果，其余皆为他远赴外乡求学途中坐在绿皮车厢中对家乡过往的回忆。既然是"出走"，那家乡的观龙村自然就既不是一曲自在和谐、乐天安命的诗意牧歌，也不会是一幅自然美人更美的田园风情画。在作者冷峻的聚焦下，直面乡土当年的贫穷愚昧与落后，以带血带泪的笔墨，开始了我在本文开始不久便描述过的那种"虐心"的回眸之旅。

打记事时起，苦难便与少年云青如影随形。《惊蛰》开篇就是"一阵撕心裂肺的号哭，打破了阆南县观龙村的宁静。那座四面漏风的茅屋传出的悲啼之声，瞬间揪住了人们的心"，"凌永彬这样一个高高大大的汉子，咋说走就走了呢？"四岁丧父的云青的苦难就此拉开了帷幕：不仅是寒冷和饥饿如影随形、乡邻旁亲的冷漠与欺辱时有相伴，更有生命之虞接踵而至地朝他袭来——遭大伯家欺凌而被烧成重伤、因无钱疗治骨膜炎险些失去左腿、家中断粮不得不远赴他乡投奔舅舅又遭遇冷眼……又何止是幼小云青的命运如此多舛？失去了顶梁柱的整个凌家何尝又不是终日生活在极度贫穷和更可怕的被欺凌与被污辱的环境之中——为了全家的生存，母亲徐秀英终日超负荷劳作不说，遭邻里算计和殴打也是家常便饭，大姐采萍因与小木匠刻骨铭心又阴错阳差地相爱，而被迫嫁到势利而粗暴的婆家……这一切固然都是贫穷造成的悲剧，但其实又何止于此？面对这一切，杜阳林在冷眼凝视之时，既没夸饰，也不淡化，更是始终聚焦于藏匿在贫穷背后人情的冷漠和人性的异化。

当然，如果杜阳林的笔墨仅限于此，那《惊蛰》的价值也是有限的，一部长篇小说倘只是一味地重复呈现一种调性，那本身也是一种单调与贫乏。所幸的是，杜阳林的创作能够清醒地意识地这一点，因此，"善"与"暖"的气息在作品中也时有散出，且常与"丑"与"恶"成双出场。在云青的成长历程中，既遭遇到大伯陈金柱的恶，也感受过堂妹陈吉祥天使般的善良；既有岳红花这类刁蛮泼妇对自己一家的搬弄是非和恶意陷害，也有善良明理的上官夫妇仗义援手；既有孙家"三条龙"的为非作歹，也有韩老师父女对凌云青的默默相助……尽管这些"善"与"暖"的气息比之于观龙村众生灵魂的那种无情与丑陋还显得微弱与稀薄，但有了这样用笔虽不多、着墨也不浓的几笔，生活的丰满与作品的厚实度就悄然不同，云青甚至包括他哥哥云鸿的"出走"才有了可能性，且"出走"的目的与意义也不仅仅只是因为逃避。关于这一点，作品虽未给出明确的答案，但读者的想象空间无疑由此而拓宽：在逃避之余，是否又多了一层自赎与自强的可能？一个大写的"变"字影影绰绰地闪烁于其中。

云青云鸿兄弟的双双"出走"固然是他们个人的一种选择，也有"好人"的无私相助，而更重要的一点作品虽着墨不多，但杜阳林以"惊蛰"这中国农历二十四节气之一来命名作品显然有其寓意之所在。"惊蛰"者，阳气上升、气温回暖、春雷乍动、雨水增多、万物生机盎然。《惊蛰》中不仅有云青兄弟"出走"可能带来的生机与希望，更有他们生活的大时代的变革，作品对此虽未明写，但一个情节所发出的信号却是清晰而明确：曾经颐指气使的陈金柱在自己老婆刘翠英与云青母亲秀英因俩家土地间的"界石"发生争执时，之所以不再豪横无非是因为自己曾经拥有"计分员"的那顶"乌纱"已然不复存在，原因很简单，地都分了还要啥计分员？而分田地包产到户则无疑是改革开放新时代到来时的一声号角。没有这个大时代的变革，云青云鸿兄弟依然可能"出走"，但那只能是逃难，云青绝无可能是"十年寒窗金榜题名"式的"出走"，云鸿也只能"去很远的地方看一看"也不会像现在这样坚定地走向"遥远的南方"，而"南方"在那个时点显然就是一个十足的隐喻。如此这般，《惊蛰》显然为"出走"这个并不新鲜的文学母题赋予新的时代内涵，这就是它的重要价值之所在。当然，云青"出走"后又会怎样？这个同样十分重要的问题我们只能期待杜阳林在他的下一部作品中做出回答了。

与《人生》《平凡的世界》等表现"出走"与"奋斗"等主题的文学作品不完全一样,《惊蛰》只是再现了云青的"出走",作品到云青乘上远去的列车便戛然而止,至于"走出去"后的云青会怎么样,据作者接受采访时称会在以后的创作中来回答。这当然没有问题,但本文开始不久便提到"这部虽仅有 23 万字的《惊蛰》,我读起来却并不是十分酣畅……不是因为作品自身缺乏可读性,而是其内容太虐心,以至于数次不想再往下看"。这里说的固然是我个人在阅读时的具体感受,但换个角度看何尝又不是作品本身特别是作为长篇小说创作时值得斟酌的一个问题。现在《惊蛰》内容上的绝对主体就是再现云青之父凌永彬病故后凌家遭遇的种种苦难与不幸,一"虐"二"虐"三而"虐"地持续推进,尽管施虐者与施虐方式在变化,但施虐的本质基本一样。一味地仅仅只是依靠这种方式来推动作品的进程,且不说难免会引发读者的审美疲劳,于作品本身而言,其内容的丰富性与表现的饱满度多少也会因此而打折扣。即便就是为了集中书写云青的"出走",可选择的内容也绝不是仅限于受虐,如何选取不止一个视角或如何以一个视角为核心再适度宕开一些,其实也是长篇小说创作谋篇布局时值得认真考虑的一个重要问题。我们现在一些长篇小说看起来总是有中篇小说放大之感,其基本原因恐正在于此,《惊蛰》在一定程度上也中了此招,期待杜阳林在创作它的第二部时能够就此充分斟酌一下。

愿这方"野"地芳香四溢

看李兰妮的《野地灵光——我住精神病院的日子》

以抑郁症为题材,李兰妮又出新作了!

比之于13年前她出版的那本《旷野无人——一个抑郁症患者的精神档案》,这本名为《野地灵光——我住精神病院的日子》似乎更令人悚然:那个"抑郁症患者"虽依旧,但内容则不再只是限于晒自己的"精神档案",而是一脑门直接扎进了精神病医院。

面对兰妮以自己罹患抑郁症之经历为题材的写作,我的态度前后也有明显的变化。还记得15年前她在深圳第一次与我交流准备写这样一部作品时,絮絮叨叨了一堆,我听得也是一脑门糨糊,只能不知轻重地鼓励:"你就依照自己的想法先写出来吧。"以编辑与作者一般关系而言,这样说自然没什么问题,创作终究是作家自己个体的精神劳动,旁人即使是编辑，在自己还吃不准或尚未全部吃透的时候，首先要做的就是鼓励而非指点江山。也记不清过了多长时间，一部厚厚的打印稿寄到，《旷野无人》雏形完工。由于兰妮采取的是"认知日记"+"随笔"+"链接"+"补白"这样一种四合一的"超文本"（本人杜撰词）结构，读起来还真需要凝心静气才能"入戏"。我依稀记得似乎是整整用了一个"五一"小长假的时间才将《旷野无人》啃完并梳理明白，既感震撼也不无遗憾。于是和两位责任编辑交换意见后就约了李兰妮专程来京谈改稿，那是一个周末，我们花了一个上午的时间与她一道将《旷野无人》从整体架构到局部的增删完整地梳理了一遍并取得共识后，便由她去修改定稿。

再往后，兰妮何时交的定稿？其间与责编又交流了什么我都基本不知道或记不清了，记得的只是某一天责编跑到我办公室、神色紧张地告诉我："李兰妮联系不上了！"那又有什么，身为深圳作协主席，虽不能言日理万机，但一时不便接电话也正常，加上这人大大咧咧，事后忘了回电也完全可能。于是，我自己操起电话给她打过去，果然无人接听；留下短信长时间也不见回复。这在我们过去的交往中的确是没有过的现象，又听责编说她这种杳无音讯的状态已持续了好几天。于是我也有点忐忑起来，就拐着弯儿找到认识兰妮先生的朋友，请其代为联系，终于得知兰妮在交完定稿后就抑郁症大爆发……

由此我才知道：涉及这个领域的写作，对兰妮的身体损伤有多大！打这以后，但凡与兰妮见面，我就尽量不主动谈及这个话题，宁愿云山雾罩地神聊一通。包括四年后，兰妮又起意要写一部名为《我因思爱成病——狗医生周乐乐和病人李兰妮》的纪实作品时，我的态度就消极了许多。后来也听说了在这部作品的写作过程中，兰妮的抑郁症果然又大发作一次。

再往后几年，兰妮又跑来找我，这次倒不说要写什么，而是径直告诉我：她要在广东和北京各选一家精神病医院住院，除去个人可尝试做些治疗外，也更想亲身体验一下那里的生活，住院期间如果手机联系不上不要着急之类。听完后我的第一反应就是本能地坚决反对，接着便是劈头盖脸语词激烈地一通数落。面对我的"咆哮"，兰妮倒是不急不恼，慢悠悠地和我解释，只是嘴上不再说体验生活，只是硬说是她自己治疗的需要。其实，兰妮又何尝不知入住精神病院的那滋味："非要住进精神病院，算不算我自己找死"，"躺在精神病院的病床上，恐怖联想如扑天海浪席卷而来"……

接下来就是又过去了三年，即收到兰妮递来的《野地灵光》第一稿，让我和评论家贺绍俊看看并提意见，她会在一个月后来京听取我俩意见。木既已成舟，只能从命，掩卷后依然还是既有震撼又不无遗憾的感觉，但有了前两次的经历，在和兰妮交换意见前，我还特意给绍俊去了个电话"统一思想"，中心意思就是稿子能不动就不动，尽量不要让兰妮太折腾。

在进入对《野地灵光》的评论之前，绕了这么一个大圈，绝无"卖惨"之意，无非是想以自己的亲身经历说明：但凡涉及到以抑郁症为题材的写作，对兰妮来说，绝对就是一次"生命之书"和"搏命创作"。在《野地灵光》中，读者直接看到的只是她在这次住院之旅中的种种煎熬与见闻，看不到的则是作品刚一杀青她自己就再次经历了抑郁症的大爆发，其蛛丝马迹在作品的"代后记"中当依稀可见。

无论是这一本《野地灵光》还是前一本《旷野无人》，书名上都出现了一个"野"字。我个人以为，这固然是兰妮的刻意为之，但更多的很可能还是其内心的一种本能反应。这个"野"字，或许是一种意象或许更是一种镜像：在一片空旷苍茫的野地上，不见一丝人烟，唯有一束灵光忽隐忽现地闪烁……试想这样一幅景象是否令人有点瘆得慌？难道这就是抑郁症患者在某时某刻内心的一种镜像？我不知道！

当年在评说《旷野无人》时，我只是用了"及时而实用""勇敢而顽强"这10个字，几乎没有涉及什么文学的评价。而现在面对《野地灵光》这部新作时，我依然不想复述作品中的某些板块或情节，也无意就这部作品的文学特色进行评说，比如兰妮将自己本次住院的所见所闻所感与我国自上世纪初才开始的精神疾病治疗的历史进程糅合起来展开叙述等。不是说文学不重要、文学没有意义，事实上当兰妮用文学的方式来陈说抑郁症的方方面面时，对一般读者特别是患者来说，其亲和力或许比许多专业医学图书的效果更好。在我看来，如何评价兰妮这些以抑郁症为题材的创作，倘拘泥于说什么语言、结构、构思、叙述之类的话题未免太苍白、太轻飘，面对这样的生命之书，它的现实需求与社会价值更显重要。

据2019年权威医学期刊《柳叶刀·精神病学》发布的我国首次全国性精神障碍流行病学调查结果，中国成年人精神障碍终生患病率为16.57%；而我们国家卫健委公布的数据显示：截至2017年底，我国精神障碍患者超过了2.4亿，总患病率高达17.5%，严重精神患者超过1600万，且这一数字还在逐年增长……对我们这样一个拥有14亿的人口大国来说，占比百分之十以上背后的绝对量就是数以亿计，况且在我们这片土壤上还流行一种无形的文化：一个人如果罹患肿瘤、心血管等疾病就可以堂而皇之地广而告之，获取的大概率是同情与关心；而如果染上了精神疾病则往往三缄其口，某人如果一旦被指认有精神疾病，周边人的反应大概率是躲避与嫌弃。这样一种莫名的社会文化又反过来进一步加剧了精神疾病患者讳疾忌医的现象。与自身疾病带来的痛苦相比，他们似乎更恐惧社会的嫌弃与冷漠。这样的文化氛围于精神疾病患者而言，势必导致一种恶性循环。正是在这样的大环境与大背景下，兰妮以自身罹患抑郁症的经历为主线并由此辐射开去的纪实文学创作就更显其价值之重大。这种价值固然是文学的，但更是超越文学而成为对整个社会及公民进行身心健康、科学教育的形象读本。

　　说实话，这位从1988年起就开始罹患癌症，历经三次手术和五次化疗；2003年起又被确诊为患有抑郁症，一直靠服用抗抑郁药物与之顽强抗争的李兰妮，如果不是她自己的坦言直陈，他人是很难相信兰妮居然是一个抑郁症患者。看平日里那大大咧咧、嘻嘻哈哈、叽叽喳喳的模样，她若抑郁，那恨不能全世界都要从抑郁路过！然而，就是这样一位足可隐藏至深的病女子硬要自己勇敢地跳将出来，坦陈直抒自己病痛与疗治的实践与心路历程，这绝对不是"卖惨"！那一声声发自生命与心灵的呐喊，无非就是要以自己的亲身经历告诉那些认识或不认识的病友们：抑郁症很痛苦，吃药很难受，住院很煎熬。但抑郁症终究既非绝症，更不是丑闻，它可控制可疗治。而这"控制"与"疗治"的起点恰在于勇敢地面对与正视。

《野地灵光》中有这样一段记录："北大医学部有关机构与哈佛大学等国际医学机构合作一个项目，选择不惧病耻的抑郁症患者面对镜头，说出自己的名字，说出'我是抑郁症病人'。""研究认为，面对镜头公开说出这句话，是精神康复的前提。"

无论是"野地"还是"旷野"，固然会有一时的苍茫与荒凉，但只要假以时日，就总有一束灵光会射入，一片芳香会四溢。兰妮以抑郁症为题材的写作既是"面对镜头公开说出了'我是抑郁症病人'"的一次次践行，更是一种勇敢寻找光明与播洒芳香的努力。

他们活得咋就那么拧巴?

看文珍的《找钥匙》

这似乎已是文珍出版的第六本中短篇小说集,收录的差不多是她上一个十年间创作的 11 篇中短篇小说。

我与文珍曾经共事过五年。2007 年,我之所以痛快地同意她入职人民文学出版社,固然有她是北大第一个创意写作专业毕业的文学硕士这个因素,更是因为当时她在文学创作上已开始展露才华,作为这本集子命名的短篇小说《找钥匙》就是 2004 年她上研究生前一年的作品。这样的成就与我当时内心的一些"小九九"恰好吻合。我以为,作为国家级的人民文学出版社,不仅必须拥有一支一流的职业文学编辑队伍,而且在这支队伍中还应该有那么几位自身在各自专业领域中颇有成就的角儿,他们即使没有人文社编辑这个身份,也依然还是在文学界小有声望的作家、学者或翻译者。如同人文社建社之初,在首任社长冯雪峰麾下,就曾有过巴人、楼适夷、严文井、韦君宜、聂绀弩、秦兆阳、绿原、牛汉、萧乾、蒋路、孙用、林辰、王仰晨、刘辽逸、杨霁云、王利器等名家专家云集、群贤毕至、星光灿烂的盛况。我当然知道这样一个时代已然过去,但又固执地以为心存这样一个"小目标"总还有可能,哪怕在管理方法上小有差异也未尝不可。然而,理想很丰满现实很骨感,现实工作中真要做到同一岗位的有差异性管理,又谈何容易,虽可强推,但成本则恐怕不低。于是,所谓"一社两制"的想法也只能暂且按下不表。再往后,我就离开了人文社,文珍也于去年到北京市作协成了专业作家。

绕了这么一圈,是因为我看到收入《找钥匙》这部集子中的 11 篇小说绝大部分都是创作于她在人民文学出版社工作期间遂引发出的一些感慨。以前我也零星读过文珍的一些作品,虽有比较精致细腻之感,但似乎又总觉得缺了点冲击力,而这次得以集中阅读的总体观感则颇不一样。说不清究竟是自己以前读得过于草率还是文珍创作的功力在增长,但至少似乎可以说明一点,在人文社工作的那些日子,文珍并没有被琐碎的编辑工作废了武功,相反功力还有增长。这其中到底有多少环境的因素当然是无法量化分析的,但我想"耳濡目染""近朱者赤"之类的说法也总是会有自己存在的依据。闲话打住，还是老老实实地回到文珍的文本来"找钥匙"吧。

文珍作品的出版方为她下了个"定义"——"城市缝隙中的漫游者"，这应该还是很准确的。我一时也反应不过来这个印象中比较文静的小丫头，脑瓜里咋就一股脑地塞进去或曰冒出来了那么多虽普通得足可无视但又奇葩得令人侧目的精灵古怪：暴食者、廉价品囤积狂、热心"gay"、快递小哥、护猫女侠、单身独居男、公务员、丁克已婚女、北漂编剧、广场舞大爷、杂志插画者……我之所以要在这里一一罗列出《找钥匙》中 11 篇小说主人公的身份特征，无非是想证明下面要陈述的三个事实出之有据：一是展示了文珍笔下呈现出的社会生活面较之自己的过往有了明显的拓宽；二是在这种宽度的背后，既展示出文珍对社会生活的观察具有一定的敏锐度，更体现了她在这方面某种程度的自觉。面对这些自己"生活之外的'他者'"，文珍"已经意识到了'正面强攻'的巨大难度。我尚且可以想象一个卖麻辣烫的姑娘的心理，因为我每天都可以看到她，在排队时听她和旁边人闲聊。但要写好一个农村来的快递员就很难，为此我也跟常来我们单位的快递小哥一块派过几天件，坐着他的三轮送货车在我们朝内大街上招摇过市"。这种做法用官话讲就是在自觉地拓宽生活、深入生活。三是除去《张南山》中的"快递小哥"和《有时雨水落在广场》中的"广场舞大爷"外,其他九部作品中主角儿的职业身份虽还未必够得上"白领",但至少也不是"蓝领",姑且就算是"灰领"吧。他们的基本特征大抵就是比上不足比下有余,衣食虽无忧,精神却程度不同地陷于困顿;日子天天过,但过得又不尽舒心,其中极端者还近乎身心俱疲。这样一群"灰领"何以不约而同地、集体无意识地沦陷于这样一种状态——活得如此拧巴。对这种现象的追问以及对其缘由的寻求就落在了《找钥匙》的这个"找"字上,如此也就造就了这部小说集的厚度与深度。

文珍之所以将这11个中短篇"编入同一本书,是因为都与北京有关"。而且在她看来:自己笔下的这些角儿"常被目为边缘、同样参与了构建这城市,却始终难以真正融入主流的族群。但'他们'同时也有一部分属于更广阔的'我们'。一个字一个字写下这些故事的时候,我时常有感同身受的痛切"。这些规规矩矩、太过普通的人,日子一个个的都过得如此拧巴:衣食无忧者精神困顿、有精神追求者又受困于身外物。而他们这种拧巴的日子,还都是在北京度过。

在这里,以"北京"为故事发生的场景,未必就是一种写实,更是社会转型与走向现代化进程中的一种隐喻。这里虽然不是中国经济发展得最快最好的地方，但绝对隶属一线大都市，更何况她当仁不让地还是这个国家政治与文化的中心，是中国社会转型与走向现代化的缩影与象征。文珍将自己笔下那些生活拧巴的"他者"安置于这样一个带有某种"符号"性的场景中，所带来的冲击力和所引发的思考，其强度与深度显然更胜一筹。

早在1995年3月，联合国在丹麦哥本哈根召开的社会发展世界首脑会议上就通过了《哥本哈根宣言》和《行动纲领》，这两个文件阐发了社会发展要以人为中心，并与其所发生的文化、生态、经济、政治和精神环境等不可分割的重要观念。将这些归结为一点就是要以实现人的全面发展作为社会发展的出发点与落脚点，在这个过程中，人文精神、人文关怀与人文教育当必不可少。回望过去、环顾全球，我们不难发现：历史上曾经发生过的某些成功的社会转型和经济发展历程，恰好也是人文科学、文化大师灿若群星之际，意大利文艺复兴、法国启蒙时代、德国古典哲学那些至今还在令人受益的伟大文化成就当是一个典型的例证。正是他们用自己的人文精神维系着人类精神于不坠，这才有了人类历史上那一段灿烂的史诗。以史为鉴，处于社会转型期的我们同样更需要人文精神的滋润，否则就很容易沦为纯粹的经济动物。

基于这样的思考,再来想想文珍笔下那些主人公的日子何以过得十分拧巴?《雾月初霜之北方有佳人》中的朱佳琦,身为电影学院编剧系的才女,也曾经有过一个月要写十几集电视剧的小辉煌,可近况却是沦落到近十个月没收入、银行账户里的钱大概只够勉强花到月底。到底是自己心高气傲还是和舆论开始排斥宫廷戏、市面上太多"流量鲜肉"有关?《淑媛梅捷在国庆假期第二天》中的那个丁克家庭,他们曾经也是出国深度游的爱好者,但这两年竟然就消停了,然而到了国庆长假第二天,梅捷却又被朋友圈中的热闹给刷得惶惶然起来,只不过被丈夫轻飘飘的"要加班"三个字打回了头,于是,自己也心念一动决定去公司加点班。但结果是平日每天都要路过的那条街道自己竟然也可有滋有味地逛上一番,到公司已是中午,磨磨蹭蹭将电脑打开却又昏昏欲睡,一觉醒来竟然已近黄昏……在《找钥匙》中类似这样的"拧巴"几乎比比皆是,那些主人公生活虽无大虞,但又各有各的不快乐,将日子过得拧拧巴巴的表象固然似乎都是自己"作"的结果,但在这种"作"的背后何尝又不是社会转型期中人文精神缺失所造成的某种精神空虚与迷惘?

就这样,《找钥匙》在对北京城众声喧哗的日常生活描写中，不动声色地形成了一种强度虽不高但令人小有荡气回肠之感的审美效果。平静的文字背后隐匿着厚重的社会现实问题，怎样才能活得不拧巴？尚需继续寻找打开这把生活之锁的钥匙。

一个人的"山海"经

看黄怒波的《珠峰海螺》

如果不论成败,只是用最平实的文字来客观描述黄怒波人生经历中迄今为止最值得记录的三件事,那么我排位不分先后的选择是:1. 户外运动,登顶世界七大洲最高峰并徒步抵达南北极点,三次个人并于2018年率北京大学山鹰社登顶珠峰;2. 诗创作,公开出版发行诗集多部;3. 经商,是中坤集团创始人。

有着这般经历的人创作出《珠峰海螺》这部融登山和商战于一体为题材的长篇小说是不会令人感到奇怪的,甚至也可以称非他莫属,本人在差不多十年前获悉他有创作这部小说的冲动时就正是这样想的。然而,不曾想到的是:现在呈现在读者面前的这部40余万字的长篇小说,打从那一时刻起,黄怒波竟然为之耗时近十年,且专门为此于2013年第三次登顶珠峰，整个文本更是三易其稿，整得个地覆天翻，足见其用心之重矣。

我之所以用上述两段不长的文字作为本文的开篇，并不是在暗示黄怒波的这部长篇小说处女作具有鲜明的"自述传"特征，但"亲历性"则无疑是他在创作这部长篇时所不得不面对的一座"大山"。或者也可以换句话说，这座"大山"无疑为黄怒波的创作提供了丰富的滋养，但同时又是摆在他创作这部小说时的一只"拦路虎"，倘无法成功迈过，《珠峰海螺》的灵气无疑会大打折扣。小说创作固然需要生活的厚实积累，但同时也绝对离不开插上想象的双翅去尽情飞翔。尽管人们时常说，生活有时比想象更精彩，但毕竟只是"有时"而已。

有了这样一种参照，再来反顾《珠峰海螺》之长短或许就能看得更加清晰、更加透彻一点。

作品的基本框架是以主人公英甫攀登珠穆朗玛峰遇险前后三天为主叙事轴，进而在这期间或回溯、或平行穿插讲述他在本次登顶前后所遭遇的商海鏖战，不同的生存环境、相同的生死搏杀，共同编织成一部囊括极峰探险、商海沉浮、情感纠葛等多元素错综复杂交织在一起的多调性作品。尽管《珠峰海螺》的调性是丰富的，但作品主体结构又基本是由双线组成：一是英甫登顶珠峰时从遇险到脱险的前后三天，一是他在山下主持建设着的大型地产项目"东方梦都"一期工程竣工前后各方势力的生死搏杀。山上山下的互动与协同谱就了这曲珠峰雪白、商场血红的咏叹调。

说到登山，这无疑是人类一项神奇而诡异的运动。好之者为之迷狂，厌之者不得其解。为什么要不惜自己的生命地攀登而且还要不懈地挑战人类极限？如同有一千个读者就有一千个哈姆雷特一样，有一千个登山者也同样有一千个攀登的理由，但万变不离其宗处就在于：山，亘古屹立；人，百年攀登，因为山就在那里，人与山的关系就是在这一次次亲密接触中不断地被赋予新的内涵，尽管不同的时代会赋予攀登不同的意义，但每次攀登莫不是人类勇于将自身置于极端恶劣的环境中，寻找与挑战自我生理与心理的极限。有了这样一种认知，就不难理解英甫在自己建造的"东方梦都"项目面临重大风险之际，何以毅然消失重返珠峰？这既是他处于你死我活商战中的一种策略，同时也是其灵魂的一次自我救赎。

由于黄怒波拥有攀登的丰富亲历，因而在《珠峰海螺》中主人公英甫再次登顶珠峰时从遇险到脱险的前后三天被处理得一波三折、跌宕起伏，构成了这部长篇小说新作中最为出彩、最为惊心动魄也是最为内涵丰富的一部分。恕我阅读所限，由攀登者亲自口述或撰写的相关纪实性作品我读过，而像《珠峰海螺》这般长篇的虚构作品则是首次遭遇，这个首次的意义不仅只是在于数字上填补了中国当代长篇小说创作的某种空白，而更是一种厚实的填补。在英甫受困于珠峰万仞绝壁上的那几十个小时里，一次次生死的遭遇、一场场商场的恶战、自然的洁净神圣、身边的魍魉魑魅……灵魂的拷问、生命的挣扎……不甘与无奈、期待与绝望……如果能够出现奇迹，如果生命就此终结……生活中的千姿百态，生命中的林林总总，一一闪回于被困在那狭小而无从自处的英甫脑海，一切都被编织得密不透风，令人不忍释卷。与此同时，那些为支持辅助英甫登顶以及为营救英甫而紧张忙碌着的老村长加布和他的儿子以及村民们，那以白玛为主心骨的登山服务向导团队罗布、加措、小巴拉等新藏民形象，尽管只是时而穿插出现于这条叙事线中，但各自个性十分鲜明：运筹整体于自己股掌的白玛、处惊不乱的罗布、智勇双全的加措、忠诚倔强的小巴拉……而支撑在这些新藏民所作所为背后的则是在国家登山产业的整体发展中，他们凭借自己的踏实与勤劳打拼出了一片第三产业发展的新道，并因此而走上了致富的小康路。《珠峰海螺》的社会意义也由此而得到拓展，雪白的珠峰见证了坚强与懦弱、生存与死亡的角逐。

与英甫登顶遇险的这条叙事线相比，山下那场商战你死我活的角力度与血腥味一点也不逊色。英甫承建开发的大型楼盘"东方梦都"一期竣工之际，伴之而来的却不是成功的喜悦，而是一场巨大的商业阴谋，来自几方的黑手对其财富和项目展开了围猎。这既是一段中国几十年改革开放发展历程的浓缩，也是被卷入这场历史洪流中芸芸众生的一幅群像图：从小商小贩到资本大鳄，从能够同甘苦到无法共荣华，还有抱着不同目的与动机的各色人等……这何尝不是中国特色社会主义初级阶段市场经济尚处于发展探索时期各种杂驳世态的一尊微缩景观？血红的商场见证了坦然与阴谋、忠诚与背叛的搏斗。

就这样，《珠峰海螺》将"雪白"与"血红"两条故事线置于同一时空之中展开叙事，彼此有穿插有呼应有比照，但重点又是落在精神的交锋。英甫在自己第三次登顶珠峰的生死挣扎中得以浴火重生，而他曾经的商场伙伴们则在利益的诱惑前分崩离析，这再次应验了太史公的那句名言：天下熙熙，皆为利来；天下攘攘，皆为利往。这样一种双线叙述的结构在攀登者与企业家之间架起了一座精神的桥梁，从而使得《珠峰海螺》的内涵更加丰厚、更具复调性。

当然，如果将山上与山下两条叙述线两相比较，作者处理山上那条无疑更为得心应手、从容自如。尽管面对的同样都是生与死的抉择，但攀登者那边厢显然给读者以更真切、更揪心、更自然的感受，而商场那边的某些场景则多少就有些皮相与生硬。同样皆为亲历，何以出现如此差异？这其实是个很有意思的话题，按理说，在现实生活中，商场上搏杀与生死的强度与烈度一点都不会亚于攀登，且其场景必然可以更多样、出彩的可能同样不会少。但现在《珠峰海螺》表现在文字上偏偏又呈现出一定的差异。这到底是因为对人的认识难于对自然的认识，还是对人的认识还有难以言表之处？据说黄怒波本人对《珠峰海螺》同样尚存言犹未尽之憾，那作为本文的结束，我姑且将此问题留给他在自己的下一部作品中作答吧。

万岁青春歌未老　百年鲐背忆开怀

看王蒙的《猴儿与少年》

1953年，年仅19岁的王蒙开始起笔自己长篇小说的处女作《青春万岁》时，他是那么激情四溢地吟咏：

> 所有的日子都去吧，都去吧，
> 在生活中我快乐地向前，
> 多沉重的担子，我不会发软，
> 多严峻的战斗，我不会丢脸，
> 有一天，擦完了枪，擦完了机器，擦完了汗，
> 我想念你们，招呼你们，
> 并且怀着骄傲，注视你们。

68年过去了，已近鲐背之年的王蒙依然还是那般四溢激

情地在放歌:

> 万岁青春歌未老
> 百年鲐背忆开怀

的确,他新近面世的长篇小说《猴儿与少年》总体上就呈现出这样一种风貌:往事并未如烟,青春依旧万岁,年迈仍然绚烂。

一不小心,他历经襁褓、孩提、髫年、龆年、总角、黄口、舞勺、舞象、弱冠……当真是琳琅满目,花样齐全,因为他老了,他在老着,继续不断。他在温习,他在怀疑,他问自己:这么复杂巧妙充盈奇特文雅高贵的一大套名词,难道都是真实的吗?难道不是国人大雅吃饱了撑的撒豆成兵的迷魂阵吗?他又反刍又背诵,五体投地。髫年垂发,龆年换牙,三十而立,四十不惑,五十六十知命耳顺,六十花甲,七十古稀……

这是《猴儿与少年》开场不久对作品主人公施炳炎年龄的一段描述。如此这般不惜笔墨任性铺陈,大概率地可以判断这就是出自王蒙的手笔，虽然他舞文落墨的辨识度极高，但同时又是一位极不安分地求新求变的"人民艺术家"。七年前，刚刚步入耄耋之年的王蒙创作的长篇小说《闷与狂》一经面世就有中国版的《追忆逝水年华》之誉；七年后，这部《猴儿与少年》又将上演一出什么样的"大变活人"呢？

《猴儿与少年》的故事倒不复杂，如果用一句话来概括，不过只是讲述了一位年逾九旬的外国文学研究专家施炳炎老者的人生往事。再稍具体一点也就是在1958年，青年施炳炎来到一个名叫北青山区镇罗营乡大核桃树峪村的地方，开始了各种不同的生活历练、体验和思考，在这个过程中，他结识了一位与猴子"三少爷"有着奇妙缘分的少年侯长友，并与之开始了数十年的交往……

看了以上这百余字的作品梗概，稍有点文学阅读履历者应该大体可以知道或想象引发故事的缘由及基本走向了。然而，就是这样一个几无任何新意的故事模子却被王蒙折腾得风生水起、兴味盎然。

作品中主人公施炳炎六十三年前开始的那段个体经历在某种意义上何尝又不是新中国七十年历史的某种折射。正是在那个时代的风云际会中，施炳炎才"有缘""摊上事儿了"，才"进了一道道山，一道道水"，结识了大核桃树峪村的少年侯长友等人。然而在过往其他同类题材作品中出现的那些近乎非人的体力劳动与精神折磨，现在在施炳炎的记忆中却演变成了带有某种田园牧歌式的劳作以及与大核桃树峪村村民间的日常生活：学习背篓子、学习骑马、一顿臭鸡蛋的温暖、可亲的猴儿"三少爷"、同事老杜留下的一把鲜枣、在积肥等劳动中得到的关心和鼓舞……关于这段时光，老施那亦真亦幻、亦庄亦谐的有关"七个我"的自我总结颇有意味。当然，之所以会有如此效果，是因为这些终究出自王蒙之手笔；施炳炎的这段回忆很容易令人自然地联想起王蒙上世纪60年代初起在新疆的那十余年。关于那段经历，王蒙曾有过如下"夫子自道"："不能简单地把我去新疆说成是被流放。去新疆是一件好事，是我自愿的，大大充实了我的生活经验、见闻，以及对中国、对汉民族、对内地和边疆的了解，使我有可能从内地—边疆、城市—农村、汉民族—兄弟民族的一系列比较中，学到、悟到一些东西。"而这些"学到、悟到"的东西体现在王蒙的笔下，尤其是愈往后，那种理解、宽容、体恤的调性就愈是浓厚，生命中曾遭遇的那些挫折、怅惘、不幸和痛苦仿佛都在岁月的流逝中渐渐得到了和解，而这种和解在这部《猴儿与少年》中的表现似乎更为突出。当然，这样一种和解又是建立在反思前提上的有区别与有尺度，只不过在不同的作品中，作家的侧重有所区别、有所差异而已。

另一方面，这样一种阅读效果的形成在我看来还与王蒙在这部长篇小说新作中所运用叙事策略有关。《猴儿与少年》的叙事者就是那位已经年逾九旬的施老先生，而倾听者竟然"明目张胆"地设置成了作为小说家的王蒙，只不过在作品中，这位倾听者时而是王蒙、时而是"我"。更有意思的是，本应作为倾听者出现的王蒙或"我"在作品中的表现又不那么安分，他有时竟然会按捺不住自己只是倾听者的身份而跨界成为作品中的另一叙事者。尽管我们很清楚，作品的叙事者说到底就是作家自身，但这样一种既是倾听者又是叙事者双重身份的设置，就使得《猴儿与少年》在形式上出现了两个叙事者的身影，他们之间时而重叠、时而游离，于是作品的叙事既可能是统一的，也可能呈现出某种对话性或曰复调。正是在这种叙事的对话性或复调中，一种奇特的艺术效果得以形成：本该令人唏嘘的人物命运竟然同时也夹杂着和解的混响。这大约就是所谓"有意味的形式"那"形式"的"意味"之所在吧。

本文开篇不久即提到王蒙的语言具有极高的辨识度。对此我还想补充的是，所谓王氏语言的辨识度绝不仅限于他那竭尽铺陈之能事这一点，其他诸如调侃、幽默、讥诮、华丽、俏皮、飘逸等等都是王氏语言库中的常用兵器，而且他不用则已，一旦使用起来则至少是数词连发，狂放时更是一场排山倒海式的语言狂潮。在这次《猴儿与少年》的创作中，老王可是过足了瘾，痛痛快快地"嗨"了一回，包括对"嘉年华狂欢节开幕派对666"这等时尚新词的玩耍。

面对《猴儿与少年》的问世，王蒙声称："当读者看到这小小的文字的时候"，对他来说，这些也就"都变成回忆了"，老王还准备"鼓捣着新的小说写作"。

那好吧，我们殷殷期盼他新的小说"鼓捣"成功，更衷心祝福老爷子快乐开心、健康无疆！

一个"哭着来笑着走"的传奇老头儿

看黄德海的《读书·读人·读物——金克木编年录》

在报刊上见到《江南》今年第5期的目录广告，黄德海的那部"长篇非虚构"新作《读书·读人·读物——金克木编年录》（以下简称《编年录》）立即引发我强烈而急切的阅读期盼，这首先当然是因为作品主人公金克木老先生那传奇般的学术生涯；其次则是德海在这作品后面还附了一则题为"尝试成为非虚构成长小说"的"后记"式文字，又是"非虚构"，又是"小说"，还竟然要将这两个基本要素相逆的文体糅在一起，这不得不令我充满了好奇，急于要看看德海究竟是如何"尝试"的。

关于金老，我和他说不上熟悉，但上世纪80年代中期的确有过几面之缘。当时，我还在《文艺报》负责"理论与争鸣"版的编辑工作。这个专版除刊登一些探讨文艺理论问题的长文外，也会有意识地邀请一些作家和知名学者写点千余字的文艺随笔以楷体文形式刊出。当时我注意到《读书》杂志每期辟有一名为"燕口拾泥"的专栏，文字虽不长，但内容很别致，作者就是金克木先生。作为刚走出校园不久的我这个"生瓜蛋子"虽不知天高地厚，但又还有股子"初生牛犊"的愣劲儿，辗转打听到金老的通信地址后，便给老人家写了封约稿信，无非就是将自己与所属版面情况简单介绍了几句，便请老人家"不吝赐稿"之类。不曾想到的是几天后老人家就回了信并随信寄来了短文，文章写的什么现在已全然记不清了，记得的只有当时自己的欣喜和对老人家由衷的感激与尊敬。随着自己年龄与阅历的增长，我才意识到这样的"奇迹"或许只有在那个年代和那一代学者中才可能出现。又过了一段时间，我正好要去北大公干，便觉得应该顺道拜谢一下老人家，便事先又去了一信，简言自己的意图及造访时间，老人家依旧很快回复并认可。记得那是一个风和日丽的上午，在北大朗润园老人家居所外的一块草坪上，我第一次见到金老，不是想象中的那般仙风道骨，而就是一慈眉善目的长者模样；简单寒暄几句后，老人家就开始向我频频发问，而问题大抵都是当时文坛的一些热点话题，特别是一些作家刚面世于某文学杂志的新作，而这些新作从老人家的言谈中可以肯定他一定是看过。这的确让我很是吃惊，他完全不同于当时大多数老先生那不加掩饰的"厚古薄今"做派。我也耳闻老人家不仅通晓英、法、德、梵语、印地语和世界语等多个且还全然不是一个语系的外语，而且博学，这短短一个小时左右的拜访也算是亲眼坐实了坊间传言不虚。老人家那并不硕大的脑袋与并不魁梧的身躯又何以容得下如此渊博的学识？何况当时他已是年逾古稀之人了。

德海的这部《编年录》在很大程度上解答了存于我脑海多年的上述疑问：自学成才，尽管这个词儿用在金老这样一位"奇人"身上有点俗不可耐，况且金老也"从不承认自己是自学成才，总是强调他是有老师的，而且老师都是最好的"。姑且不论金老如何成的才，但他对各种知识的吸纳与理解力绝对令人惊异和叹服。金老出生之时恰逢中华民国成立，在清王朝任知县的父亲不仅花翎顶戴落地，且在次年身亡，家道开始中落，而金老既非嫡母所生又非单传，其家庭状况与地位不难想象。

《编年录》上篇"学习时代"，德海严格逐年完整地记录了金老35岁前的"求学"生涯。我之所以要为"求学"二字打上引号，是因为这段时光中不仅穿插着金老间或的一些工作经历，且整个"求学"生涯也完全不同于我们习见中的那种连续性、规范性与系统性，而是呈现出时间上的碎片化和内容上的虽非系统性但又极为广博的两大鲜明特征。概括1930年金老到北平求学前那19年所受的教育状况，无论是启蒙阶段还是中小学时期，拼接起老人家那些零碎的自述，便不难看出这一点。所谓正规的学校教育既断断续续也不完整，但个人的阅读从未中断，且面也是越来越宽、越来越杂，从文言到白话、从国学到西学、从人文学科到自然科学，包括一些左翼进步书报刊以及英语、世界语……都是在这个时期走进了金老的视野与脑海。1930年刚满十九岁的金先生到北平求学，尽管三哥相送时嘱其"一定要想法子上大学"，但又囿于经济窘迫，"大学的门进不去，却不妨碍上另一类大学"：读报、入头发胡同的市立公共图书馆、入"私人教授英文"处、入"私人教授世界语"处、入中山图书馆、松坡图书馆、中国政治学会图书馆、逛旧书店和书摊；至民国大学，听教育学、国文、公共英文和专业英文，复听生理心理学、德文、法文课；至中国大学，听俄文、英国文学史、英文课；至北京师范大学，听外国人教英文课，窗外听钱玄同、黎锦熙课；旁听熊佛西戏剧理论课；再读屠格涅夫；写小说；泡北大图书馆；搞翻译；组读书会读马列原著；听章太炎、胡适、鲁迅演讲……1933年他带着在山东德县师范挣到手的一点微薄薪水再回北平，在北大做起课堂上的无票乘客，听德文、日文、法文课，迷上天文学；结识徐迟、沙鸥、吴宓、朱锡候等；1935年在北大图书馆任职员，业余从事创作与翻译；结识邓广铭，成为学术指路人……包括1941年金老经缅甸到印度任一家中文报纸编辑同时学习印地语和梵语，后又到印度佛教圣地鹿野苑钻研佛学直至1946年到武大任教前大抵都是这种状态。

从上述不厌其烦地按时序排列，我们的确不难看出：其一，说金老属"自学成才"大抵不谬；其二，自学者众，成才者寡，但金老的阅读力、记忆力、领悟力、耐受力以及实践力确非一般人所能抵达；其三，虽无缘接受正规系统的教育，但金老的学习因此有了更大的自主性与选择度，于是我们看到他学习的领域格外宽，阅读的学科特别多，这亦可谓失之东隅，收之桑榆吧。

在《编年录》中，德海的用语极简约，但偶尔也会出现或摘录一点带有某种画面感的场景，这很有趣，不妨信手举例一二。

场景一：金老还在北大图书馆做管理员时，"有一天，一个借书人忽然隔着柜台对我轻轻说'你是金克木吧？你会写文章。某某人非常喜欢你写的文'"。这个轻轻说话者就是后来大名鼎鼎的有20世纪中国宋史研究主要开创者和奠基者之誉的邓广铭先生,当时他正在胡适先生指导下完成自己的毕业论文《陈亮传》。即使他当时只是北大历史系四年级的学生,也未必要主动向这位并无学历的图书馆管理员示好,而且还将自己的毕业论文给他看;后来,更是主动邀请当时还基本是默默无名的金克木为《益世报·读书周刊》撰写并发表了与当时早已是名声显赫的周作人辩论的万字长文《为载道辩》,而正是此文成了金老"发表大文章的'开笔'"。

场景二:在1947年前后武汉大学校园中的珞珈山下,时常有四位中年人一边散着步,一边"谈得不着边际,纵横跃跳,忽而旧学,忽而新诗,又是古文,又是外文……雅俗合参,古今并重,中外通行"。这便是当年在武大被称为"珞珈四友"的周煦良、唐长孺、金克木和程千帆共同呈现出的一景儿。

其实还有,比如发表自己的作品并不需要啥名流的引荐,比如一封信件就可能结识某位名流并与之交流,比如可以免费看到或旁听到许多书刊及名家的讲学……看着金老年轻时的这些经历,我也明白了自己当年何以一封普通的信函约稿就很快得到了先生的回复及大作,同样还是一封普通的信函就能得以拜见金老。

这样的人际关系与这样的场景的确令人感到温馨与神往。如果金老没有遇到这样的人与这样的环境，即使他有过人的天赋与才能，自学虽无妨，成才则未必。胡适当年在为金老证婚时就说过：当时"北大有一特别制度，就是允许青年偷听。金先生当时不仅听一门，而且听很多门。他已成为今天很好的语文学者了"。

最后要说一说德海这部作品的写作。作品的主题叫"读书·读人·读物"，这应该概括的是作品的主体内容，即将金老毕生的主要经历概括为这"三读"；副题叫"金克木编年录"，这应该是指作品具体的写作方法，即如德海自己说明的那样，全书"以金克木回忆文字为主，间以他人涉及之文，时杂考证"。这样的作品称其为"长篇非虚构"自然无妨，换句话也可以称其为是一部金老生平年表的文字版。可以想象，为完成这部作品，德海下了多少硬功夫、死功夫，耗去了多少心血。如同他自己在作品后所附的那则近乎"创作谈"的文字中提到的："金克木的自学几乎成了传奇，可他自学的方法是什么？金克木曾有近三十年中断了学术工作，晚年奇思妙想层出不穷的原因何在？"类似这样的问题在德海这部作品中都是可以悟到一些答案的。我这里说的是"悟到"而非"找到"，即答案是需要读者的参与思考而形成而并非现成地出现在作品中,而这也恰是德海本作品的重要价值之所在。

还是在这则近乎"创作谈"的文字中,德海留下了一句令读者要费点思量的话:"希望这个编年录有机会成为并非虚构的成长小说。""希望有机会成为"指的似乎是未来而非现在这部《编年录》,"并非虚构的成长小说"则是将"非虚构"作为未来那部"小说"的特征与限定,这很令人好奇。倘如此,那可真就颠覆了小说这一文体最基本的特性——虚构。这当然是一个大胆的设想,不是本文要讨论的问题,但德海这部《编年录》在写作上的确是比较严格的编年录笔法,惜字如金,无一字无来处。而我在阅读这部作品时的状态则的确比较"分裂":一方面是严格按照时序跟随着作品前行,另一方面作品的某一句或数个句子又的确会立即在脑海里出现一幅画面、一个场景甚至一段情节。前一种状态是在读史,后一种状态则是在读小说。我相信,后一种状态在其他读者那也会存在,只不过是他们想象中出现的画面、场景与情节与我的未必完全一样。那么是否可以说,读史是被德海牵着在走,读小说则是读者和德海一起的"共谋"或"同构"?倘的确如此,德海期待的那种"并非虚构的成长小说"就已然是一种无形的存在了。

瞧，那些"刹那"间进出的诗句

看何向阳的《刹那》

在公众心目中，何向阳给人留下的印象我想多半应该是一位文静内向的女子，这不奇怪。大约 30 年前左右，我去郑州参加当时文艺理论界风云人物鲁枢元先生操办的会议，其间，枢元兄让他的在读弟子向阳来看我。我原以为，跟着枢元读研，且又是当时河南文坛著名作家"二丁"（何南丁与于黑丁）之一的何南丁之女，大约会是很活跃的。殊不知相对落座后，交流竟是十分艰涩，向阳几乎不主动说话，我只好东一句西一句地找话说，而她的回答又是简洁得不能再简洁，这着实令我颇有一些意外。此后很长一段时间就是不时在各种报刊上读到她长长短短的一些论文，或纵论文坛某种现象、或单篇点评某部新作，角度各异、语言讲究，时有新见。由此想起我俩那唯一的一次艰涩交流更认定了这是一位嘴拙笔秀的女子。再见到向阳其人则是好多年后她到中国作家协会创研部工作了，从副主任到主任一路成长。中国作协的研究部可不同于高校或其他研究机构，平日里多数时间只需自己埋头于课题笔耕便是；而这个创研部固然也有自己的研究课题，但同时又是作协的一个职能部门，包括不时要给上级领导机关及作协相关部门提供一些综合性的文坛信息、组织若干文学评奖、主持重点文学项目的评审与研讨等，而这些场合其工作人员尤其是负责人的"口力劳动"则是少不了。不知向阳过去究竟是在"藏拙"还是在这个岗位的修炼，反正再见她时已完全不是那个相对无话而是一位讲起话来滔滔然的职业女性了。

绕了这么一圈，无非是想说明：第一，人的可塑性其实极强；第二，一个人尤其是看上去比较内敛的人身上究竟蕴藏着多少潜能确是很难估量，不知道哪个"刹那"就会给你爆出个啥惊异。这不，向阳近期在"刹那"间就爆出了一本新创作的诗集《刹那》。说实话，从事文学评论近40年，我写作的诗评不会超过5则，术业毕竟有专攻。但不写诗评不等于完全不读诗，当向阳新出版的这部精美诗集《刹那》呈现在面前时，我确是为之而惊异。当然这也许是自己的孤陋寡闻，但《刹那》确有令人惊异之理由。

"刹那"者，本为佛教中的一个术语，亦可引申为瞬间意，进而又可转化成形容某种爆发的力量。向阳将自己的这部诗集命名为《刹那》的确是一种"实至名归"、十分贴切。首先，创作的冲动源自"刹那"间诗人连续遭遇三桩突发的人生大事：从2016年5月6日到6月24日的这48天中，母亲遗骨海葬、自己确诊乳腺结节并做局切、父亲确诊胰腺占位早期；其次，108首诗的创作完成于"刹那"间；那"一行行几乎不曾细想"的诗句"是纷至沓来的"；第三，诗作的内容定格于"刹那"间，诗句中呈现出的诗人心境、玄思及意象无论是静还是动，莫不具有强烈的冲击感与爆发力。

"刹那"间迸发出的诗章，特点之一就是短。108首诗作中，全篇仅有一行者有7首；占比高达56%的61首诗作只有两行，这其中有10首两两相连者情绪与意象彼此连贯，合成一首好像也未尝不可，但可能诗人创作的时间是分开的；最长的一首也不过区区7行。每行字数最少的仅有1字，最多者也不过17字，且只有唯——行如此。如此篇章，以至令我一度产生怀疑：诗就可以这样任性吗？有些一两行的诗篇称其为格言警句也未尝不可。细想下来，在向阳的这个系列中，它们还真就是诗而非格言警句。就创作主体而言，出现这样的短章短句完全是诗人在一种特别境遇中那种特别的情感与特别哲思的迸发,是一种抑制不住的冲动自然流出;从诗世界看,自打上世纪初开始的"诗界革命"以来,"革"的就是格律约束的命,主张的就是"自由"。我们在冰心的《繁星》和惠特曼的《草叶集》中都读到过这种短章短句,而泰戈尔在《飞鸟集》中的三百余首"无题诗",其中绝大多数也不过只有一两行,或捕捉一道景观、或论述一个事理。因此,仅就"短"而言,这并非向阳的首创与独占;但就其诗中所传递的情感、意象与玄思则又是无可替代的独一份。

向阳本人十分看重自己的这部诗集:"这部以断句面目呈现的诗集之于我个人的价值超出一切文字,这可能也是生命的隐喻。""一行行几乎不曾细想而是纷至沓来的句子,如长长隧道的一束束阳光,让我看到的不只是隧道中的暗的现实,更是暗黑隧道外不时闪现的光芒与明媚的召唤。"说实话,如果孤立地、不明就里地看这些"独白"并不会十分讨喜,但一旦知道了她在 2016 年 5—6 月间那特别的 48 天,这些"独白"就成了读者理解《刹那》的一把密钥。

那特别的 48 天,或许当是向阳生命中迄今为止最为艰难、纠结乃至灰色的一段日子。在这段阴霾弥漫的时光中,诗人的思维与脑海中各种追问、情景与想象的闪烁、跳跃乃至停滞都可能成为一种常态,"刹那"般的短句短章由此应运而生。"群山如黛/暮色苍茫"、"暮色渐暗/夜已露出它狰狞的面容"……这样的诗句指代的是彼时的一种心境;"一心不乱"、"请握住我的手/还有臂膀/再请握住我的乳房/请问它是否像今夜皎洁的月亮"……又是彼时另一种心境的写照;"你相信神迹/神迹即会发生"、"你若信神/神必会为你降临"、"一条路的尽头/另一条路缓慢地开端"……这同样还是诗人心境的写真。虽同为诗人"刹那"间心境的写照,既见出置身于那种特定、非常境遇中诗人内心的各种挣扎与纠结,但整体又呈现出一种向稳、向上和向光的轨迹。而再往后,"不妨邀请死神偶尔来喝喝下午茶/席间再乐此不疲地与之讨价还价"、"原谅我不能身随你去/只把这一行行文字/深入海底/陪你长眠"……这样的诗句,云雾、阴霾渐渐遁去,拨云见日,诗人与死神开始了轻松的调侃与对话。

这就是生命之诗,当然远不限于上述所引之诗句。这样的诗句在向阳的第一部诗集中完全不见踪迹,它只能出现在一个特定的"刹那"间,那就是当自己与至亲的生命受到威胁、病痛、别离的距离被拉近之时才会于"刹那"间迸发喷涌而出,那些平时觉察、体会不到的存在、情感与感觉在自己与死亡距离可能拉近的那一刻自然地得以被触动、被发现直至不吐不快,这就有了《刹那》的诞生与成长。极短的诗句中虽透着揪心之痛,但诗人并非一味沉溺于此,而是将其视为整个人类或许难免要遭遇的一种命运来直面,进而坦然勇敢地迈过去走出来,从而抵达人生的一种升华。

　　说实话,视《刹那》为一部诗集、一个文本,要对向阳表达钦佩之意;但作为朋友,我衷心期望在这本《刹那》之后,更多的是读到她的恒久与绵长!

一次成功的"破圈转身"

看范稳的《太阳转身》

大约还是在2019年的下半年，人民文学出版社在上报有关脱贫攻坚主题出版的重点选题中就有范稳的长篇小说《太阳转身》，随后这个选题又被中宣部列入"2021年主题出版重点出版物选题"。老实说，对这个选题我当时心中并不是特别有底。这当然不是对范稳创作能力的不信任，而只是对他能否胜任这种类型的创作心里没底。范稳过往的长篇小说创作，重要的作品不是由以《水乳大地》、《悲悯大地》和《大地雅歌》等三部长篇组成的"藏地三部曲"就是《重庆之眼》和《吾血吾土》，这些作品特色鲜明也堪称优秀，但所涉内容不是有关藏地的历史文化就是中国现代史上的若干重要事件，而近距离的现实题材写作并不多见，更何况还是"脱贫攻坚"这个对小说创作来说确有某种挑战性的题材。

时间很快便转到了去年的11月下旬，人民文学出版社给我送来了这部《太阳转身》的打印稿，让我抓紧看，社里在近期要就此召开一个小型专题会。于是，我便抱着一种好奇的心理进入对这部成品的第一次通读，而卒读下来的基本判断有二：一这是我看过的脱贫攻坚题材长篇小说中特别"小说化"的一部作品；二毛病也不少，有的说是"致命"也未尝不可。一周后，人文社邀请了包括本人在内的四位专业人员为之会诊，"坦率"是这次会诊的主旋律。对此，范稳除去间或笑眯眯地做点回应外，大部分时间都是点头或埋头（记录），其内心到底是否真的认同也只有他本人知道了。再往后三个多月，范稳妥妥地交出了现在这稿。我之所以不厌其烦地复盘这个过程，其用意无非想说一部好作品固然可能一气呵成，有时候也是需要打磨的。

对这部作品的创作难度，以及为完成而且要出色地完成这部作品的创作，范稳自己其实也有清醒的认识，尽管这已是他进入"新世纪以来的第七部长篇小说"，但"过去我更倾注于历史叙事，把民族文化与历史作为我的学习和表现对象，藏族、纳西族、彝族、哈尼族等。这次我把目光转向了当下、转向了壮族。我知道这是一个极大的挑战"。面对这种挑战，范稳明白自己"需要去选种育苗，精耕细作，接上地气，吸取养分，在田里走一走，在大地上去发现"。为此，他深入到云南文山壮族自治州，这个"地处南国边陲，拱卫着国家的西南大门，四十多年前这里还战火纷飞、英雄辈出，到上世纪九十年代中期才完全对外开放。因此它是云南贫困程度最深、面积最广的地区之一"。这里，范稳"走访了数十个边境村寨，见证了偏远山乡的巨变，结识了许多脱贫致富的带头人"并清醒地意识到"能够置身于'脱贫攻坚'这场伟大战役中，是一种荣幸。我们是见证者，也是记录者。对于一个作家来说，如何去呈现，就显得尤为重要"。没错，"如何去呈现"至关重要。

如果不了解上述过程而只是初看作品，视《太阳转身》为刑侦破案小说其实也未尝不可。作品的一号主角儿全然不是常见脱贫攻坚题材中的村长或支书，也不是被组织安排到基层挂职扶贫的"第一书记"，而是从省公安厅刑事侦察局刚刚退下来不久的老局长卓世民。而且，这个"一生戎马倥偬、身经百战"，视"波澜壮阔的人生是显英雄本色，可风平浪静的日子才是生活"的老刑侦还没享受几天"生活"的"日子"就因为自己胰腺上的"一个占位"成了"等待死刑判决书的人"；作品的故事主体则是这个刚一退下来虽给自己制定了"不插手局里工作，不掺和任何案件，不帮人说情"这"三不政策"老刑侦,又不得不被卷入对一件拐卖儿童案的成功侦破,直至自己在胜利曙光降临前壮烈牺牲的全过程。至于与脱贫攻坚相关的那个南山村恰巧正是与这桩刑侦案有重要关联的所在地,这个村从极贫到扶贫到脱贫的全过程都是因此而穿插在整个破案过程中,被自然带出,无论是为村里脱贫而殚精竭虑的老村长曹前宽还是因极度贫困而迷失人生方向走上犯罪之路的曹前贵等皆无一例外。

不仅如此,《太阳转身》在这两条重要但并非平行的叙事线之外,还有不少颇有意味的设置也是十分精心与讲究。比如,将被拐骗儿童依阳阳之母韦小香设计成壮族,且她的老乡包阿姨恰是在卓世民家服务多年的老保姆,而卓世民正在攻读博士学位的女儿卓婉玉之研究方向正好又是壮族的族源和迁徙,这一连串"巧合"不仅将卓世民看似偶然地"卷"入这场"奇案"成为一种必然,而且还不动声色地引入了壮族文化这一要素,于是,"找一把稻穗喊魂"、那个"令看客们只能想入非非的活动——裸浴"、"开秧门"等壮族民俗以及意味深长的《祭祀太阳古歌》的进入都是十分自然的了。还有,作品开篇对卓世民退休生活的一段描写,诸如与老搭档兰高荣打打网球钓钓鱼、伺候患有阿尔茨海默症的老父亲、陪夫人肖玉做做头之类的日常生活,所有这些看似"闲笔"

之笔其实都是作品中一些颇有寓意的点睛之笔,十分自然而贴切地厚植了作品的意味。

尽管看上去为辅,但《太阳转身》对"脱贫攻坚"的叙事设计其实也依然颇为用心,这同样是作品另一条沉重的叙事主线。范稳将脱贫攻坚的主战场放在脱贫攻坚领头人曹前宽和因贫而"转身"误入歧途的曹前贵、杨翠华、赵四毛等人所在的南山村与杨家寨,而这里又恰是 40 年前那场南线战争中身为侦察连长的卓世民与村支前民兵连长曹前宽在战争中结下生死情谊的地方,范稳将发生在这里的那场战争作为南山村这个古山寨脱贫攻坚战一段荡气回肠的"前史"进行铺垫,在他看来:"四十多年前这里还战火纷飞、英雄辈出,到上世纪九十年代中期才完全对外开放。因此它是云南贫困程度最深、面积最广的地区之一。'脱贫攻坚战'打响后,边陲之地的人们义无反顾地向贫困宣战。这是一场丝毫也不逊色于当年那场保卫边疆的战争。世代戍边的人们……不应该贫穷,不应该永远落后于时代。"于是,因贫困而引发的两场当下"战争"在这里同时打响:一场是卓世民毅然告别原本安逸的生活,与长期志同道合的战友兰高荣来到了他们曾经共同战斗过的地方,在这里,他们最终惩恶扬善将依阳阳解救,卓世民更是在与歹徒的奋勇拼杀中走完了自己生命的最后历程。另一场则是生活在这里的村民侬建光和韦小香夫妇以及曹前贵、杨翠华、赵四毛等曾因贫穷一度"转身"误入贩卖人口的歧途;与他们形成鲜明对照的则是老村长曹前宽对于修路的执著,他始终以愚公的毅力和精神要为南山村修建一条通向现代文明之路,他曾是卓世民的得力战友,生命中有着一股永不言败的血性和韧劲。在他眼中:"对于那些生存条件险恶的村庄,像南山村这种被判了'生态癌症'的村庄,再苦再难,我们也要像当年打仗一样,向贫困开战。'生态癌症'不可怕,可怕的是人没有了脱贫攻坚的干劲,缺少了为国戍边的精神。"曹前宽的"修路史"在某种意义上就是一种隐喻和象征,浓缩着这片土地上脱贫攻坚战役的发展史:从村民个体的人挖肩扛到善良人的热心帮扶到党和政府一系列精准扶贫措施的落实到位,南山村的脱贫攻坚事业如火如荼地不断深入人心直至走向胜利,被拐儿童侬阳阳成功获救、白血病患者林褚承得以医治、村民们开始致富……这一切又何尝不是整个中华大地脱贫攻坚取得历史性伟大成就的一幅缩影?

回到本文开头不久即说到的"这是我看过的脱贫攻坚题材长篇小说中特别'小说化'了的一部作品"上来。本就是长篇小说又何言"特别'小说化'"?这相对于我所看到的另一些以脱贫攻坚为主题的长篇小说来说，这部分作品虽名为长篇小说，但整体上其实更像长篇非虚构写作，拘泥于就人说人、就事论事，一看作品就大抵明白其原型是谁。这样的写作明显悖逆了长篇小说赖以立生最基本的特性，而且还由此形成了某种新的"圈套"，而误入这种"圈"中的长篇小说即使它的主题再突出也不可能有多少生命力可言。相比之下，《太阳转身》则是将脱贫攻坚纳入一个更加广阔的社会、时代与文化背景中去思考、去表现、去书写。包括从一位迟暮的英雄警察被动地卷入一桩跨越千里的拐卖儿童案这样一段脱贫攻坚的"前史"切入，包括以壮族文化为作品某一局部的背景，包括40年前的那场南线之战等……这些看似与脱贫攻坚平行且相对独立的情节细节与场景，实际又都是和"贫"与"脱贫"客观上存在着种种剪不断的历史文化关联，也正是这些因素合理而巧妙地植入，不仅使得《太阳转身》的深度、厚度与意味得以大大强化，而且保证了《太阳转身》作为一部长篇小说立得住、站得稳、行得远。正是在这些意义上，称其为范稳"一次成功的'破圈转身'"就是实至名归的了。

"一切境"究竟是什么"境"？

看庆山的《一切境》

"境"者，境界、处境、境况也，在这个可大可小的名词前再加上"一切"这个代词，其所指也就大了去了。庆山新近出版的散文集以"一切境"这三字命名，内容之宽可想而知。诚如作者自己所言"在《一切境》中，记录了写作和出版《夏摩山谷》后的这几年生活。独自在家静闭，令人思考更多。对自身也有全方位的整体性回顾与检查"。这就意味着《一切境》所涉时间大体在三年左右，至于空间，既是"思考更多"，又是"全方位""整体性"，如此这般，以"一切境"命名也是实至名归的了。

无论如何，在中国文坛，庆山也罢、安妮宝贝也好，都是一个特立独行的客观存在：她的创作1998年始于网络却又很快远离，始终以一位个体自由职业者的身份旅行、思考与写作；自打 2000 年元月出版首部小说集《告别薇安》后，迄今已公开出版作品 20 余部，尽管出版时间不是完全均衡，但平均下来就是差不多每年一部新作，大体是小说与散文创作交替进行；作品之题材不能谓之为宽，但所涉话题不能称其为窄，尤其散文创作更是天马行空；为人安静低调、为文唯美典雅，每一部新作的面世总会激起不小的涟漪，虽未必算得上"爆款"，但绝对又是少有的每部作品都能持续畅销的作家……正是这一连串特立独行的"顽强"存在，想无视她都难，包括这部《一切境》。

庆山的小说，无论是长篇还是中短篇，尽管每一部都有不同的艺术呈现，但总体上倒也还是有迹可循。而她的散文创作，早期的还算中规中矩，一则一题；但自打 2013 年的散文集《眠空》问世之后，干脆连这样的基本规矩也不守了。全书只是切分成四个大的板块，各占据 50 页左右的篇幅，每个板块下再用若干星号分割，星号与星号之间就是一段段文字，多的五六段，短的仅一段，每段文字长不过百余字，短的则甚至不足 20 字，一种典型的"絮语体"。这部《一切境》虽继续延续了这种"絮语体"，但至少外在自由与模糊的尺度则更大。如果说《眠空》中的四个板块分别以"电露泡影"、"荷亭听雨"、"心如秋月"和"人杳双忘"这样的表述为题，我们大体还能猜出其所属板块的内容主旨，那么到了《一切境》中，四个板块的命名就分别成了"当作一个幻术"、"曙光微起，安静极了"、"简单与纯度"和"佛前油灯"这类不无禅意和玄像的表述，也更无从猜测其所属板块的主体内容，最多只能断定其多半充满了作者的主观意念而已。

这样一种自由无度、放荡无羁的结构与文体必然带来一个具有颠覆性的质疑：散文固然以"散"为其特征，但"散"成如此这般没规没矩、没心没肺的，还是散文吗？乍一看，这似乎的确是个问题！只是转念再一想，又有谁规定散文创作只能这样不能那样呢？好像也没见过这样的"立法"，更何况还有"文无定法"一说。如果阅读这样的文字给你带来的不是心烦神散，而是心旷神怡、心有灵犀，那又何尝不是快事一桩？

据庆山自述：《一切镜》，外观固然是碎片化的，但"内在是一条延绵而持续的心流脉络，传递对我来说，极为真实的记忆、情绪、感情与观念"，"散文裸露自己，一览无余"。作者有如此"夫子自道"，再读其文，确也大抵吻合。

比如，说到阅读，《一切境》中有这样的文字："循着日记中的信息，陆续买了梭罗、卢梭、蒲宁、陀思妥耶夫斯基、黑塞、托尔斯泰的几本书。现在读，时间正好。如果二十几岁就读,有可能武功报废。"或许担心上述文字为人不解,作者紧接着特地补了另一小段:"就像学打拳,先什么理论都不知道,上手就打。打一阵之后,再仔细琢磨理论,心领神会,领悟极深。不让阅读成为认知上的障碍,以致影响出拳。"说实话,第一段与我个人的认知与经验并不吻合。我一直以为,大量经典只有学生时代(无论什么生)才有可能阅读,进入职场后的阅读在很大程度上就要被职业牵着走,所谓什么样的年龄什么样的职业读什么书说的就是这个意思。况且这也不仅是我个人的经验,也是拜我前辈所赐。待看了庆山的第二段文字后,我就理解了她的前一段言说,作为一位职业作家持这样的认知很正常也很正确。我与庆山的差异很难说孰对孰错,无非是各自所持立场不同所导致。而且我还可以很自信地说,自己的说法可能更主流更正统,庆山未必不知道这一点,但还是勇于直抒胸臆,这就是她的率真与袒露,而且肯定凝聚着她自己的思考。

比如,说到道德,庆山认为"不是独占,而是不剥削他人。但在某些男女关系上,已无欢愉可言。彼此剥削金钱与肉体";说到母爱,在庆山看来"真正的母爱都夹杂着疲惫、愧疚、悲伤、艰辛、愤怒、孤独感等各种情绪";说到中年危机,庆山觉得"大概是发现自己与变化的社会价值观慢慢拉开距离";说到神秘主义者,庆山则直言这"是深感人生与物质世界受限因此愿意去探索的人们"。《一切境》中这样极简的语言和直觉式的表达比比皆是,既是庆山对自己过往生活的一次梳理,也是一路探索与成长轨迹的某种呈现,恰似将自我内心置于阳光下的一次巡游,关乎物质与精神两个层面的多个维度。态度简明直接,深刻记忆和隐秘情感率性袒露,在看似随感式的三言两语中裹藏着智性的成分。《一切境》所触及的话题当然远不止于上述四例,但基本模样大抵如此,也是这部散文新作在内容上最为突出、最为显著的一个共同特征。

再比如,"故乡花园里茶花正在绽放。鲜红繁复的花瓣,一层一层铺垫。这样扎扎实实地开着,沉浸在露水中轻轻呼吸",这是庆山的"安妮宝贝时代"在长篇小说《莲花》中对花的描写;"兰花是一种特别的花,山谷里野生的那种幽兰,根须粗长,有动人心魄的香气",这是《一切境》中对兰花的介绍。同样写花,两相比较,前者文字显然更唯美,后者则要清简得多。这细小的差异或许也可从中窥探出庆山对小说与散文这两种文体语言所持的一种态度:后者她更是讲究快速直接,单纯率性,敞开心灵,与人共享。

结束本文之前,还想说几句虽与《一切境》基本不相关,但与庆山多少又有一点点关系的题外话。她自1998年以安妮宝贝之名从网络开始出道，对这段历史，她本人的态度同样率真："我2000年就离开了网络。对网络文学不感兴趣，不关注，与其无关。"

的确，庆山在所谓"网络文学"的领地驻足时间很短，但时间短毕竟不等于不存在。如果"网络文学"此说成立（现在的客观事实是：无论是否认同，"网络文学"一说似已成定论且还有蔚为大观之势），那"安妮宝贝时代"的庆山客观上无论如何都当仁不让应是其鼻祖之一。

我当然高度认同庆山这样的看法，即"根本不存在所谓网络文学网络作家的概念。文学只有好的作品和差的作品的区分"。所谓网络不过只是一方平台、一类传播渠道而已，它绝不意味着出现于这方平台或这条渠道上的文学在标准上就可以另立门户。网络既不是文学的"飞地"更不是文学的"特区"。在文学的基本标准上虽肯定有执行的高下之别，但这并不意味着可以另设一套标准，更不是降低标准。我曾经设想：假如一开始允许在网络上流通的文学作品其水准大体上与当年安妮宝贝的艺术表现相差无已，那"网络文学"这个词儿还会出现吗？即使有这个词儿，也绝对不会肿胀到现在如此庞大的体量。文学就是文学，"只有好的作品和差的作品的区分",依托于什么媒介承载与传播在理论上并不重要。

然而,这个理论上本不重要的问题现在竟然变得重要起来,甚至还要为之完善与重构评价体系。这倒的确成了一桩无法解释的咄咄怪事,也无怪乎那个简单率真的庆山要与之撇清关系了。

就这样,农民们进入了城市……

看朱晓军的《中国农民城》

2019 年 9 月 25 日,位于浙江省南部、南邻苍南北近平阳的龙港市正式挂牌!

这不仅是中国第一座实现由乡镇直接跨入到目前唯一一个不设立乡级行政区的县级市,而且还是我国第一座没用国家一分钱投资、完全由温州农民自己掏钱建设而成的新型城市。

朱晓军的《中国农民城》就是将目光聚焦于这座奇迹之城,历时两年,对龙港"造城者"群体进行深入采访后书写而成的一部长篇纪实文学新作。

在纪实文学创作领域,朱晓军是一位不时引起读者关注的重量级作家,其作品《天使在作战》获第四届鲁迅文学奖;《一个医生的救赎》中的主角儿陈晓兰医生入选中央电视台举办的"2007年十大感动中国人物"……而这一次，他的目光虽依然聚焦于中国都市生活的点点滴滴，但是"这一个"特别的都市：一座完全由农民自己掏钱建成的全新都市。在长达两年多的时间中，他对龙港"造城者"群体进行了深入采访，从一路带领龙港发展的陈定模、陈林光、李其铁，到进城创业一心创造财富的林国华、陈智慧、杨恩柱……透过这一个个鲜活人物的个体命运，既呈现出龙港这座中国目前最年轻都市的前世今生，也折射出我们改革开放发展历程中的风起云涌。

说实话，《中国农民城》不是一部读起来令人酣畅淋漓的作品，在创作这部近30万字的作品时，朱晓军实在是过于"老实"而"拙朴"。全书分为十六章，每章又由五个左右的小题组成，每个小题的主体基本就是一位普通人或一个小故事，比如第二章"江南垟的'猴子'（苍南人用'猴子'代称万元户）"共六个小题，说的是当年苍南六个"猴子"发家的故事，其中一位就是日后大名鼎鼎惜又英年早逝的著名青年企业家王均瑶。如此这般粗略一估算，全书涉及人物近百位，由此也不难想象，朱晓军为完成这部作品的创作，实际采访量一定是超出了这个数据。因此，在某种意义上也可以说，《中国农民城》的创作就是作者践行"笔力、眼力、脚力和脑力"这"四力"创作的结果。

《中国农民城》读起来虽说不上酣畅淋漓，但因其作者在创作过程中对"四力"的充分践行，因而作品透过一个个凡人、一件件琐事令读者生发出深沉而长远的思考。

——严格来说，龙港并不是中国首个由镇一跃为市的地方。比如石狮，这个同样由福建省辖泉州市代管的县级市早在1987年就经国务院批准由镇改市，所不同的只是将当时同属晋江县管辖的蚶江、永宁两个镇和祥芝乡一道并入。因此，龙港由"镇"改"市"，其意义并不在于它的"名头"变得更体面，也不在于它是否是唯一一个不设立乡级行政区的"镇改市"，而在于这是一座由温州农民自己掏钱自己建设而成的城市。1984年，作为国家设立的首批24个沿海开放城市之一，温州市急需一个物资进出的港口和进行经济活动的区域，龙港镇虽由此应运而生，但国家并未投资，因而集镇建设极为缓慢。而此时周边地区的许多农民却已经赚到了"第一桶金"，然而，这些先富起来的农民虽有到龙港镇投资的意愿，却又面临着巨大的现实障碍，包括土地如何征用？剩余劳动力怎么安置？进城后吃饭、看病、子女读书怎么解决？水电路等基础设施建设由谁搞？……真说不清究竟是"时势造英雄"还是"英雄造时势",反正就是在这个档口,陈定模开始主政龙港,他在当时能看到的文件与报刊中,终于在那著名的"一号文件"中找到了"尚方宝剑"——"允许农民自理口粮到集镇落户"。于是在县里的支持下,龙港镇出台了一份影响深远的文件:"凡在龙港镇购地建房、经商办企业的农民,都可自理口粮迁户口进龙港镇。"他们将规划好的镇土地分为六个层级,不同的层级标以不同的价格,鼓励周边农民在龙港投资盖房并享受城镇居民待遇。消息一出并经当时镇领导宣传动员,龙港镇和周边地区的农民潮水般涌入,城建步伐显著提速。仅30天,镇里专设的"欢迎农民进城办公室"就收到了5000多户农民的申请;两个月的时间中共收到近千万元的"公共建设费",并集中了一大批能吃苦、愿建设集镇的农民。天时、地利加人和,集镇建设在1985年进入高峰,3000多间楼房同时兴建,参与农民多达万余人。此后的两年时间,龙港镇雏形初具。这就是中国第一个不要国家一分钱、完全由农民自己投资建成的集镇;这也是龙港从小渔村到农民城、从农民城到小城市培育、从小城市培育到撤镇设市迈出的第一步。

——从《中国农民城》中,我们可以清晰地看到自上世纪70年代末开始一直到当下,从新时期到新时代,脱贫攻坚、让农民过上体面的日子，一直是中国共产党秉持的重要的基本执政方针之一。建党百年之际，习近平总书记在天安门城楼上庄严地宣告："经过全党全国各族人民持续奋斗，我们实现了第一个百年奋斗目标，在中华大地上全面建成了小康社会，历史性地解决了绝对贫困问题，正在意气风发向着全面建成社会主义现代化强国的第二个百年奋斗目标迈进。"在这40余年的持续奋斗中，《中国农民城》告诉我们：质朴勤劳的广大农民过上幸福生活的意愿以及为此付出的艰辛劳动、领头人陈定模的智慧与胆识固然可贵，但整个脱贫攻坚的历程中，中国共产党人坚持以人民为本，发展才是硬道理，不折腾的执政理念更是至关重要。在龙港由镇到市的发展历程中，陈定模固然是不可忽略的一个重要人物，但在不同的发展阶段，他也不时面临被"折腾"的风险，如果没有时任苍南县委书记陈万里、时任温州市委第一书记袁芳烈、时任浙江省委第一书记王芳乃至当时党和国家领导人的坚定支持，陈定模也许早就下了台、甚至会被"抓起来"。这个过程生动地告诉人们：不折腾，发展才是硬道理是如何的重要。

——龙港从"渔村"变"小镇"既而再成"城市"后，曾经的"渔民"们逐步学会并适应了"城里"的过日子，这片发展的热土为他们提供了新的生活方式。依托龙港深厚的文化底蕴、独特的手工工艺遗产技艺和地理区位优势，礼品、台挂历、印刷包装产品从一家家作坊运向了全国各地，为龙港赢得了"中国印刷城"、"中国礼品城"、"中国台挂历集散中心"和"中国印刷材料交易中心"四张国字号名片，年产值超百亿元，实现了从农民城向产业城的平稳过渡。2019年镇改市时，设73个行政村、30个社区，一年后，这个年轻的城市实现地区生产总值316.40亿元，财政总收入25.33亿元，整个龙港的经济社会发展步入了快车道。与此同时，通过平整土地、修建水利设施、绿化环境等措施，整个社会环境也在向着有利于提高人们生活水平和促进社会发展的方向转变。可见，龙港作为我国目前唯一一个不设立乡级行政区的县级市，它的整个发展历程实际上自觉不自觉地走过了一个由以农业为主的传统乡村型社会向以工业和服务业等非农产业为主的现代城市型社会逐渐发展转变的历史轨迹，这也是一个从本能的求生存求过上好日子的岁月自觉不自觉地走向城市化的演变历程。而城市化程度的高低往往是衡量一个国家和地区经济、社会、文化和科技水平的重要标志，也是衡量其社会组织程度和管理水平的重要标志，是人类进步必然要经历的一个过程，尽管在这个过程中难免还会夹杂着诸如发展不尽平衡等问题，它们还有待完善与治理。在这个意义上说，龙港的变化、农民城的成长所代表的这条城市化发展之路也是中国社会正在奔向现代化的一个缩影。

《中国农民城》正是这样通过这样一个个普通农民的"转身"揭开龙港的成长之谜，透过这些个体命运演变的过程无疑是中国现代化进程历史风云的一个缩影。尽管作品的创作风格朴素无华，但叙事的真诚所引发的思考使得这部纪实文学作品焕发出另一种独特的光芒。

带着复杂的微笑与往事干杯

看老藤的《北障》

对长篇小说《北障》的阅读,于我个人而言至少有三层新鲜感:

一是对老藤这位作家的新认识。只能怨自己的孤陋寡闻,过往我既不认识这位作家也几乎没认真地读过他的作品,当然,从一般信息而言,我当然知道他先后创作过《刀兵过》《战国红》《北地》等长篇小说,目前还是辽宁省作协的"掌门人"。而读过《北障》,我对这位作家的创作能力刮目相看。

二是对《北障》这部长篇的阅读充满了好奇心。作品的主角之一是当地声名显赫的猎户,既然有猎人的作品就免不了各种捕猎的技能,而且在这些技能的背后,又穿插着一辈又一辈猎人中所流传下来的种种"道理"与"智慧",这无疑是一种专属于猎人世界的生活哲学,说得高大上一点,亦可称之为所谓文化传承的某些元素，既然有狩猎，也就必然少不了猎场，于是，在《北障》中，我们看到了那片叫北障的山林中各种独特新奇的地方风俗与物产，其中既有被并称为"东北三大名木"的水曲柳、胡桃楸和黄菠萝，更多的则是遍布各处的飞龙、红鼗、野鸡脖子蛇、菠萝河的山鲇鱼等珍禽野兽。我相信，所有这一切对长期生活于都市中的读者无不充满了新鲜感与好奇心。

三是对《北障》中两大主角儿的博弈充满了吸引力。一面是有过巡警队长经历的复转军人走马上任三林区派出所所长，这位胡所长上任伊始就撂下狠话：要当三林区猎手的终结者，当地播出的"今天不交枪，明天进班房"这样的宣传语也如山枣刺儿般扎人；而另一面的三林区又偏偏是个猎手辈出的地方，这里的居民大都是旧时驿站人的后裔，尽管驿站已消失了百余年，但历史上曾有的彪悍已经融化在他们的血液之中，且今日之三林区，尤以刘大牙、宋老三、李库、唐胖子和冯麻秆这五大猎手为甚，至于有"一枪飙"之誉的金虎则更是声名显赫，更何况胡所长在这位"结下了梁子"的猎手面前更是放下了"咱早晚事儿上见"这样的狠话。于是，两大高手如何对决？这样的悬念对读者来说当然会有相当的吸引力。

如此三层特别是后两层的新鲜感固然只是一种浮在作品面上的外观，但即便如此，这也是对我们长篇小说创作在面上或曰题材上的一种拓展。不是说我们过往的长篇小说创作中完全没有这方面内容的涉猎，但仅就本人阅读所及，如此集中、如此传神者至少是比较鲜见。当然，如果《北障》仅仅只是停留在这种面上的掠影或展陈，那充其量也只能是令读者觉得好看或新奇而已。这当然也是优点之一，但如果仅仅只是局限于此的长篇小说最多也只能称为有可读性，还不能谓之为好，也谈不上优秀。所幸《北障》在具备了可读性的同时还营造了一个可思可虑的深度空间，这当是它另一层更重要的价值之所在。

表面上看，《北障》的故事是围绕着胡所长与"一枪飙"金虎之间的对决而展开，但掰开来说，支撑起《北障》整体结构的内在基本支点还是"狩猎"与"禁猎"的矛盾，推动《北障》情节发展的动力同样也源于此。而将这种冲突的本质置于一个更大的背景下来考察则合逻辑地转换成狩猎与现代这两种文明的冲突。

作为一种原始而古老的生产与生活方式，狩猎作为人类文明进程的起点也曾经在它的发展历程中发挥着十分重要的作用。为了解决当时人类食物不足的问题，制造并使用各种工具，改进狩猎工作方式，研究动物生活习性，并在长期实践中形成了与地理环境相辅相成的一种生活方式，构建起一套有关生产、禁忌和规范的文化传统。而这种文化传统在一定程度上自觉不自觉地还起到了控制野生动物种群，维持自然生态平衡的积极作用，这些大抵都是狩猎文明的一些基本所指。然而，伴随着时代车轮的滚滚前行，农业文明、工业文明等现代文明相继应运而生，人类食物的富足，原有的那种原始的带有浓郁血腥色彩的狩猎文明开始逐步退出历史舞台，注意生态平衡的保护已经成为当今人类可持续发展的重大主题。对此，作为全球最大发展中国家的我们也不例外，自上世纪 90 年代以来，我们的国家也相继建立起越来越多的自然保护区，以保护不同类型的生态区域和生物多样性，除非特许，狩猎已日益成为一种违法行为。这样一些新兴的文明方式必然与长期以来形成的"靠山吃山靠水吃水"的传统文明发生冲突，偷猎与反偷猎之间的博弈变得异常复杂，有时甚至因此而产生激烈的对立情绪乃至流血冲突。因此，从一般的打击盗猎到如何在保护文化多样性与生物多样性之间建立起一整套行之有效的有机联系也随之成为现代文明建设的一个重要课题。

置于这样一种大的背景再来反观《北障》，感受就绝不是止于新鲜与好看，而是还有一份深沉与厚重。作品中主场景是一片藏于群山老林深处的黑龙江北障林区，这里作为几代驿路后人的栖居地，面对近乎最后通牒式的"猎手终结令"，世世代代以狩猎为生的猎手们内心的焦虑与不安可想而知：传统与当下、习惯与变革、自然与社会、自由与限制……面对这一双双捉对厮杀、相互冲撞的法则，一面是自己曾经熟悉的行为举止将遭到严禁、一面是将来生活的未知带来的惶恐与惘然。猎手们这种内心的煎熬与行为的犹疑十分自然地构成了一种强大的张力。从北障三林区的五大猎手到身手与声名均高于他们的"一枪飙"金虎都不得不在规定的时间内如期交出了他们心爱的猎枪，金虎甚至不得不到自己的兄弟苗魁处沦为一个羊倌。看到一身绝技、一世英名的金虎竟"沦落"到如此境地，相信读者心中也免不了平生几分悲凉。老藤似乎也意识到这一点，于是在金虎交枪后还特意为他设计了若干显示其身手不凡的"戏码"，试图以"悲悯"替代"悲凉"。然而，最终连徒弟唐胖子也背叛了师傅，逼使金虎不得不与胡所长"事儿上见"，好在胡所长终究还是个脸面冷酷内心温暖的真男儿，两个真男人和解于不言之中。然而，无论《北障》结局透出何种暖意，但"该结束的一切都结束了"。象征着过往传统的生活方式不可挽回地成为了过去，在老藤的笔下，这一代成为终结者的猎人，只能是带着复杂的微笑与往事干杯。在这个意义上说，《北障》又何尝不是既在为末代猎手画句号，又是为缓缓开启的新时代文明谱新篇。

老藤在接受媒体采访时有过如下的"夫子自道"："我可能是一个保守型的作家，很看重作家的责任感，所以我不会玩文学，只能敬畏文学。"就《北障》而言，这段"夫子自道"中的"责任感"与"敬畏感"的自绘像还是准确的，但"保守型"则显然有失真之嫌。一个有着敬畏自然、尊重环境这般"责任感"的作家当然是前卫而非保守！

无中生有的"创造"与"真实"

看叶兆言的《仪凤之门》

三年前因为职业的缘由,我以近乎终审的角色拜读过叶兆言创作于2017年的长篇小说《刻骨铭心》,那是一部以上世纪二三十年代南京城为背景的作品,讲述了正处于军阀混战、日军侵华那样一种风口浪尖之上南京社会各色人等在这里所经历的一段刻骨铭心的人生。据兆言事后回忆:在这部小说写得很累、很苦、最艰难的时刻,他曾经非常沮丧地对女儿说,这很可能是自己的最后一部长篇。

接下来,兆言的笔头果然转向了非虚构的写作,但主场景依然还是南京。一部《南京传》,以史为纲,爬梳剔抉南京城从公元211年孙权迁治秣陵始一直到1949年百万雄师过大江,南京如何一步步走来?从秣陵到建康,南京二字意味着什么?从孙权、李白、颜真卿、李煜、王安石、辛弃疾、朱元璋、利玛窦、张之洞到孙中山……一个个风流人物在南京又留下怎样的传奇？

今年开年伊始，兆言新的长篇小说《仪凤之门》正式公开亮相，由此来看，几年前兆言声称《刻骨铭心》"很可能是自己最后一部长篇小说"之言不是有"撒娇"之嫌就是他小说创作又一次的"满血复活"，而在《仪凤之门》面世前后，我们还几乎同时看到了他《通往父亲之路》等中短篇小说新作的陆续面世。

在兆言40年的创作生涯中，一个显著的特点便是南京这座历史文化名城不仅是其作品中最重要最常见的叙述平台，而且还不时将其置于作品之"C位"，无论是非虚构的《南京人》《南京传》，还是虚构写作皆大抵如此，这部《仪凤之门》也不例外。历史和现实、文化和物质，多维度刻画南京与南京人的精神图谱，构成兆言创作的一个重要标志。之所以如此，我想不仅是因为这里是兆言生于斯长于斯的故土，更由于这座城池不断被建设被伤害，又不断重生发展的历史以及它在N个重要历史节点上浓墨重彩的表现，无疑构成了中国历史沧桑的一个缩影。

与此同时，追怀民国时期前尘旧事的写作是兆言文学创作中与南京这个元素同等重要的另一个标志。仅就长篇小说而言，从上世纪90年代的《一九三七年的爱情》到新世纪的《刻骨铭心》再到这部《仪凤之门》莫不如是，可见兆言被有的文学史家称之为"从民间的角度来重写民国史"也并非浪得虚名。于是，在南京这个空间和民国这个时代中，《仪凤之门》上演了一出从晚清到民国风云变幻的大戏：清政权垮台、国民革命军进入南京、国民政府正式成立，以及此后南京城内外不同军政势力的搏杀与更迭。

作为兆言这部新长篇小说之名的仪凤门既是南京通往长江边的北大门，也是从南京北上出征或凯旋的必经之门。光绪二十一年即1895年，时任两江总督张之洞重修仪凤门并配之以一条"江宁大马路"，这是中国历史上第一条官家出钱修筑的现代化公路，从江边下关码头出发，穿过仪凤门进入南京城直抵总督衙门，再与城南最热闹的夫子庙相连。而此时恰逢南京下关开埠，外国人经商做生意成为合法之事。《仪凤之门》的故事就此拉开帷幕：在仪凤门重修完工那一年，作品主人公杨逵拉着黄包车与仪菊、芷歆这两代女性相遇，估计他做梦也不会想到：不远的将来自己不仅竟然会从人力车夫一变而成为一名革命党人，而且还要和这两个女子陷入剪不断、理还乱的纠葛之中。不仅个人情感生活如此，这个人力车夫还抓住了下关地区的发展契机，一跃而成为商界名流。

杨逵和他的一道拉车的兄弟水根、冯亦雄皆以各自的方式卷入这个动荡的时代，从懵懂的无知少年到饱经风霜的中年，涉足革命、商界、政坛，好似时代的宠儿，却又为时代付出了代价。个体与历史与时代一同在仪凤门内外上演了一出轰轰烈烈的变奏曲。

这个故事看上去有点离奇乃至荒诞，用老百姓的话说就是"不靠谱"！上述梗概虽是一种概括，但作品呈现出的场景、人物与故事走向就是这样。兆言自己也承认"《仪凤之门》是一部发生在长江岸边的故事，风云变幻，从晚清写到民国，写到国民革命军进入南京，国民政府正式成立，以及之后南京城内外多种军政势力更迭"；"这本书写到了女人如何给男人力量，写到了爱和不爱如何转换，革命如何发生，财富如何创造，理想如何破灭，历史怎么被改写。"与此同时，兆言也坦陈："我不会说它是一本靠真实取胜的小说……一部好的小说，真实又往往可以忽略不计。真实可以随手而来，真实不是目的，好的小说永远都是要写出不一样的东西，要无中生有，要不计后果地去追求和创造。"的确，这就是小说这种以虚构为基本特征的文体存在的理由，顺着这样的创作规律，我们不妨看看兆言的《仪凤之门》又是如何"无中生有"的"创造"以及创造出了一种什么样的

"真实"。

《仪凤之门》故事发生的那段时间先后就有38届内阁轮番执政，最短的两届仅存六天。这个时期给人的外在印象就是一个乱字：十几场仗同时开打，几十个人物轮番登场，所谓元首就换了好几位，从袁世凯、黎元洪到徐世昌、曹锟、段祺瑞、张作霖，至于内阁更是像走马灯一样，平均一年换好几届。当过总理的人能编成一个加强排，绝对一番"乱哄哄你方唱罢我登场"的景象。但如果用历史唯物主义和辩证唯物主义的眼光看也必须承认，相对于清朝，这个时期还是有着不小的进步意义：存续了千年的帝制终于不复存在，孙中山等革命先贤以其毕生之奋斗终于将民主、平等、中华、民族等近现代的概念开始传播开来。在这个也可以称作为色彩斑斓的时代里，各色人等理论上都有自己施展的舞台，大家各有其道，但前提是你要有这个本事。

当然，对一个成熟小说家来说，这种历史的巨变更多的只是为他们的创作提供了一个巨大而丰富的时空场景，他们更专注的是历史长河中个体命运的小历史并进而由此去折射大历史。兆言的《仪凤之门》就是通过许多当时的历史人物和相关史料，将真实历史与虚构小说巧妙地杂糅，既反映了那个特殊时代南京城的历史风貌，更着意刻画出作品主人公命运的起伏与曲折。民国初年的那种种"乱象"作为仪凤门内外人物行为的大背景，让那些在常态下或许不易表现出来的各种可能性得以展示：无论是主人公杨逵和他的车夫兄弟水根、冯亦雄这些男性，还是仪菊、芷歙这姑侄两代女性，男人们带着民间草莽的气息，集血性与鲁莽、狡黠与执著、侠气与流氓于一身，时而英雄，时而市井，时而无赖，个性因时势而变，人性随境遇而改；而女性即使是大家闺秀的基本伦理秩序也因此而得以逾越，一些潜在的、乖张的人性获得了表演的空间。这些人物的威猛与劣迹、情感归宿与伦理丑闻都在沉沦与救赎的震荡与摇摆中挣扎，那群红男绿女在常态下或许很难表现出来的各种可能性都在那个乱世中得以呈现。这一切都是兆言在《仪凤之门》"无中生有"的"创造"以及创造出的那种"真实"，呈现的虽是上世纪头二十年的故事，然其意却不在写史而是写人，尤其是小人物，他们的青春与热血，得意与失意，欢乐与悲伤，爱情与兄弟情，都终因自己所处的那个时代而生发出种种斑斓。

需要补充说明的一点是：兆言无疑是一个书卷气十分浓郁的作家，但这种书卷气更多的则是表现在他的散文随笔写作中，与此形成鲜明比照的是其小说则充满了烟火气，虽不乏文人的笔调，但又常以市井生活、平民视角切入，这样的艺术处理无疑为他那大历史小切口的创作特色平添了文学的真实与真切。

"场"是啥？你在吗？

看何平的《批评的返场》

何平教授的中国当代文学批评新著《批评的返场》引发我阅读兴趣与好奇的就是"返场"二字："场"是啥？为什么要"返"？

初看"返场"，本人想当然地以为无非就是返回现场的意思，但查了一下辞书，竟然还是特指演员演完下场后，应观众要求再次上场表演，而返场的前提当然是节目要演得好。既然如此，何教授在这里的对"返场"的使用显然就是一种借代，细想一下又好像不完全是。那么问题来了：所谓"返"，意味着曾经在，后来离开了，现在需要返回；所谓"场"又是特指哪些场景？为什么要返回？

这样的追问虽不无"掉书袋"之嫌，但如果拎不清这样一些前提，也就无法认识与评价何平教授这部新著的意义和价值。《批评的返场》整体虽分成了"思潮"、"作家"和"现场"三个部分，但在我看来，全书要旨更在那则题为"返场：重建对话和行动的文学批评"的"序"上。正是在这篇"序"中，何教授全面阐释了自己对"返场"二字的观察、理解与主张，而正文三个部分则是他自己围绕着"返场"从事中国当代文学批评亲历亲为的若干实践。

说实话，虽然我对何教授那篇题为"返场：重建对话和行动的文学批评"的"序"中所涉及之对极少数现象的判断与定义并不是完全认同，我还认为有些话其实还可以说得更直白、更晓畅一点，未必需要过多学术语言的包装，但对该"序"的总体意见我持高度认同的立场。为了说明这一点，我试图用比较直白明快的语言将何教授这篇"序"中的主要论点加以必要的归纳和复述。概括起来，这篇序文总体上要表达的要义是：一方面，新世纪前后，由于市场化，以及资本入场对新媒体影响等因素的综合作用，文学写作出现了分众化、圈层化和审美降格的变化；另一方面，面对这种越来越膨胀和复杂的文学现场，文学批评是不是有与之匹配的观念、思维、视野、能力、技术、方式和文体？而新入场的文学批评从业者又没有前辈批评家"野蛮生长"和长期批评文体写作自由的前史，他们从一开始就被规训在基于大学学术制度的"知网"论文写作系统里,因此,并不具备也不需要充分的文学审美和抵达文学现场、把握文学现场的能力,而只需借助"知网"等电子资源库把文学批评做成"论文"即可。

由此可见,何平教授有关"返场"二字的基本所指及意图。所谓"场",即文学的场域,只是今日之"场"已非昨日之"域",姑且不论今日之"场"的审美力是否已经降格,但它变得越来越分众化和圈层化则是不争的事实;所谓"返",说的是无论过去那个"场"的品质如何,文学批评和批评家好歹都是置身于"场"中;而在发生变化后的今日之"场"中的许多"圈层",文学批评与批评家不仅缺席,而且还未必有能力在"场"。正是基于这样一种现状,因而,文学批评和批评家确有"返场"之必要。

如果上述概括没有曲解何平教授本意的话,那么我对此总体上持高度认同的态度。之所以如此,一是因为何教授的描述的确是一种客观的存在;二是我也认同这些现象所折射出来的问题确实是中国当代文学批评建设中一项重要缺失。在下大约可归于何教授所描述的"'野蛮生长'和有长期批评文体写作自由前史"的那一类,作为那个时代的亲历者和见证人,无论高下,只言事实。自上世纪70年代末开启的新时期到90年代中叶,无论是否认同那是一个文学的时代或是文学的流金岁月这种积极的判断,但那时的几代批评家大多的确是作为在场者而存在,他们不仅是见证人,同时更是参与者乃至创造者,从所谓"伤痕"到"知青""反思""改革""寻根""先锋""新写实""新状态""女性""青春"……这一连串的文学思潮或文学现象;从"歌颂与暴露""现实主义回归""文化寻根""方法论""主体性""现代派""后现代"……这一系列的文学争鸣与讨论,当时的老中青三代批评家除去扮演着见证者这一角色外,更多时候则还同时充当着参与者乃至发动者的角色,包括但不限于对某种新的文学现象的发现与研究直至推动,发现其新芽,总结其成败,推动其发展,绝对是一种全程"在场"状态。尽管当时的那些发现、研究与推动或许也还存有生涩、粗糙乃至机械的不足,但敏锐、坦诚和建设性无疑是其主流,因而也有学者称其为那既是一个文学的时代也是一个批评的时代。尽管文学轰动效应的失去在上世纪80年代末就已初露端倪,"文学失去轰动效应""昔日先锋今何在"的声音已然出现,但这样的传统依然还顽强地存续到90年代上半叶。再往后何教授所描述的那种"不在场"状态才开始冒头并确有愈演愈烈之势,而此时又差不多恰是文学的多样化状态更趋典型的起点。一方面是文学轰动效应的进一步弱化,一方面又的确是很难用一两个关键词来总结或概括所谓某种"文学主潮"。但没有"主潮"不等于没有"小潮",更不缺"浪花",问题在于此时还能否保持一种"在场"状态,深入其中潜心观察敏锐发现。但遗憾的是,差不多就是从这个时点始,何平教授描述的那种"不在场"状态开始愈演愈烈,那种"以不变应万变"的自言自语或大而化之或视而不见的所谓文学批评开始渐成气候,看似"在场"实则缺失或失语成为不少批评文字的共性特征。至于何教授所言的那种"新入场的文学批评从业者""从一开始就被规训在基于大学学术制度的'知网'论文写作系统里,因此,并不具备也不需要充分的文学审美和抵达文学现场、把握文学现场的能力,而是借助'知网'等电子资源库把文学批评做成'论文'即可"的现象则是在新世纪开启之后的事儿了。

打个不太恰当的比方,如果何教授和在下各自描述的事实大抵不谬的话,那还真是应验了那句"风水轮流转"的老话。我记得在上世纪最后 20 年,对文学批评诟病较多的一点就是认为其过于感性和零碎,缺乏"学科性"与"系统性",而现在何教授又觉得现在批评存在的一个突出问题就在于"不具备也不需要充分的文学审美和抵达文学现场、把握文学现场的能力,而是借助'知网'等电子资源库把文学批评做成'论文'即可"。两者看似矛盾冲突，其实也未必。在我看来，这种表面上的分歧其本质终究都是一个应该如何完整看待文学批评、科学建构文学批评系统的问题。这也是我认为何平教授所提出问题十分重要的根本理由。

从学科建设角度看，科学的文学批评本该是一个完整的系统。处于底层的首先应该是对各种文学现象包括作家作品、文学思潮、理论批评的观察、鉴赏与评论，这些都是展开正常科学文学批评的基础；中间层级则应是从不同角度不同专业展开文学研究的若干专业学科，诸如语言、文体、结构、社会、原型……这些都是由底层通向学科建设的中介；而顶层则是相对宏观抽象的文学基本原理。我理解何平教授笔下的"场"主要指向就是那些处于底层的不同场景，所谓"返场"也是就此而言，这的确是切中肯綮。现在不少的文学批评的确鲜见批评者对原作的细读与品鉴以及情感的投入，更多的只是拿一些现成的、时尚的理论或术语生搬硬套，貌似高深，实则只是在最基础的"场"域边缘游弋甚至根本没有进入，如此这般，所谓科学的文学批评自然就无从谈起。在这个意义上，何教授提出"批评的返场"之主张既十分重要也具有很强的现实针对性。不仅如此，他构成这本新著主体的"思潮"、"作家"和"现场"三个部分就是其自身在"场"

的种种实践,包括"文学策展"这样的主张也是如何在"场"的一种方法。这些结论与判断如何自然可以讨论,但"在场"这个前提的正确与重要以及付诸实践则是本书最重要的价值和意义之所在。

一种别开生面的"红色叙事"

看孙甘露的《千里江山图》

说实话，差不多一年前在中宣部办公厅公布的 170 种"2021 年主题出版重点出版物选题目录"中，看到孙甘露的长篇小说《千里江山图》赫然在列，我是颇有一些好奇与期待的。当然，这种"好奇与期待"也并非只是由此而生，这部长篇小说此前就已先后被列入中共上海市委宣传部"五年百部"优秀文艺作品原创工程和 2021 年中国作协重点作品扶持项目等地方和国家级的重点名录之中。只不过伴随着时间的推移，甘露新作其名虽早已在各种"重点出版物"名录上频繁亮相，但其实始终是"犹抱琵琶半遮面"，这又怎能不令人期待？

至于"好奇"当然更是有其缘由，且不说距离甘露上一部长篇小说《呼吸》的面世已过去了长达 25 年，更有"主题"这个特定的所指,而去年纳入这个范畴的只有纪念建党百年和全面脱贫攻坚这两个主题,那个在上世纪80年代后半叶就曾以《访问梦境》、《我是少年酒坛子》和《信使之函》等一连串"先锋文学"闯入文坛的昔日"追风顽童"如今又该如何进入规定主题的"红色叙事"?更何况我也知道甘露为自己这部新长篇的写作做了大量的"功课"。在一次小聚时,就曾听他如数家珍地聊起共产国际当年的一些运作方式以及与我党的电文往来、苏俄十月革命前后的一些社会情景,特别是上世纪三十年代上海、广州和南京的城市地图、报纸新闻、档案、风俗志等文献档案材料……这些又将以什么样的形式进入新作并如何得以呈现?这一切又怎能不令人好奇?

上世纪30年代位于上海的中共中央总部遭到严重破坏,时任中央局做出了一项绝密的重大决策:即"安全地将中央有关领导从上海撤离,转移到瑞金,转移到更广阔的天地里去"。"除了领导人,其他人员、机关、文件、电台、经费都要做好相应的安排"。为此需重建一条绝密交通线,并组织了若干特别行动小组负责打通从上海到汕头这段距离三千多公里的通道,这次行动因此而被命名为"千里江山图计划","上海临时行动小组是计划中关键的一环"。甘露的这部新长篇就是以此为题材创作而成。仅就本人阅读所见,以这段真实历史为题材而成的长篇小说这是首部。从这个意义上讲，这部作品被纳入纪念建党百年主题创作的重点项目不仅是实至名归，而且还具有某种填补空白的重要价值与意义。按时下一般通行形象的说法，这也是一部地道的"红色题材"或曰"主题性"小说。

被归入这一大类者，无论是革命历史题材还是重大现实题材的长篇小说我们并不陌生，而艺术上由此展开的叙事也随之相应称其为"红色叙事"或曰"主题叙事"。如果说题材上的这种划分还只是一种自然归类的话，那么相应叙事上的表现则呈现出一种说不清从什么时候开始形成的"集体无意识"。虽不能言所有，但确是不少重大题材或主题性小说，在叙事上似乎不约而同地会烙上若干鲜明的印记：人物安排必有几个主要角色捉对厮杀，且各自情绪饱满、行为张扬、身怀绝技；调性处理重理想、好激情、喜极限；整体布局大板块、粗线条、敬写意……看似竭尽个性张扬之能事，实则形成了一种新的"集体无意识"或曰"叙事范式"。

正是在这样的大背景下，作为主题出版国家重点项目之一的《千里江山图》面世，为当下文坛带来了一种别开生面的"红色叙事"，这绝对是十分有价值、极具现实意义的一个话题。当然这部长篇可阐释的空间十分宽阔、可言说的其他话题还有不少。

《千里江山图》表现的是一段不太为公众所知晓但又颇为惊心动魄的革命史，其中蕴藏着诸多的悬疑、智慧、勇敢与胆识等要素，充溢着饱满的理想主义和革命英雄主义情怀。面对这段腥风血雨的历史，甘露整体上却是以一种冷峻、平实而质朴的文字与调性在展开叙述，表面上虽波澜不惊，几乎不见多少大的起伏与刺激悬念一类的铺陈，但在阅读过程中不时能够清晰而强烈地感受到作家所营造出的那种凝重、某些局部甚至不乏压抑的整体氛围，于不动声色中重现了党中央总部那次大迁移行动背后的英勇悲壮与腥风血雨，12位中共党员为此献出了自己的生命。于无声处听惊雷，这是一种艺术或许还是大艺术。

"千里江山图"既是中共中央总部那次大迁徙的行动代号，也是北宋王希孟创作的那幅被誉为"中国十大传世名画之一"的画名，虽属写意一类，但又不乏工美之笔法。甘露以此作为自己新作的命名当有双关之意。全书近25万字，正文被切分成34个小节外加"一封没署名的信"和两个"附录"，每节平均也就五千字上下，这样的安排多少折射出了作品叙事的节奏，总体就一个字：快；而嵌入龙华、赛马票、旋转门、牛奶棚、北站、黄浦江之类具有明显海派特色的名词作为部分小节之题，则既有明显的地理标识，又彰显出在快节奏大写意笔法中也不无细腻的工笔。而节奏上无论是快抑或是慢，其语言则是一如既往的优雅、精准和凝练。写实与写意、节奏的快与慢、语言的精准洗练，正是这些"工具"运用的精心与合理，"千里江山图"计划的整体安排与实施在这种既平实又错落有致中得以完整呈现。

《千里江山图》所叙述的事件本身注定了这是一场曲折迂回、惊心动魄的生死较量。敌我双方基本以团队形式亮相，没有特别的头几号角色设定，用于叶启年和陈千里这对曾经的师徒身上之笔墨虽略多一点，但他们充其量也只是双方的领队而已。虽没有一号与A角之类的角逐，但丝毫不影响这是一场曲折复杂、惊心动魄的生死较量。一群理想主义者用自己的激情、信仰、鲜血乃至生命照亮了那段风雨交加的夜空，展现了历史进程的曲折与艰辛。这也是一群凡人，在父子、兄弟、夫妻等亲情面前，他们不乏柔情蜜意，但他们更是战士、是一群有信仰的革命者。这个群体中也出现过贪婪与恐惧直至变节者。正是有了这群鲜活的、合符真实人性逻辑的人物叠加，历史进程的沉郁悲壮和理想主义者们的信仰与精神丰碑才得以自然呈现。

"千里江山图"这个大迁徙计划本身就天然蕴含着两层基

本的信息：一是不难想象当时魔都上海的白色恐怖已经到了何等无以复加的程度，以至于中共中央总部都难有立锥之地；二是这三千里的迁徙之旅又是何等的艰辛与凶险。面对这个叙事对象，《千里江山图》的叙事策略总体上是落笔虽处变不惊，读下去则惊心动魄。信仰与牺牲、忠诚与背叛、悬疑与谋略、挚爱与别离……在冷静平实的叙事中栩栩如生，让人揪心又烧脑。这主要得益于他落笔前做足的功课和落笔后极强的收敛与控制力。作品在还原环境的历史真实，营造彼时彼地日常生活的氛围上下了不少功夫，以重现上世纪三十年代上海的建筑、街道、饮食、风俗和文化娱乐等日常生活为切口，就连穿街走巷的脱身路线也有据可循……这种细腻而逼真的氛围营造所放射出的那种强大艺术吸引力，无声地牵引着读者进入那个时代、感受白色血腥、体会红色力量。而这样一种不动声色复刻一幅幅充满烟火气的生活场景，写出一场场曲折迂回、惊心动魄的生死较量的文学功力，使得党史、军史研究专家刘统在读过这部作品后认为：作品参考了大量革命文献史料，内容力求贴近历史真实，人物、事件、地点与历史背景相符合，作品体现了历史真实性，是作者的一个创新。

概括起来，《千里江山图》既是孙甘露个人在长篇小说创作领域的一次全新亮相，20多年前的那个"追风顽童"对自己当年"反小说"的写作进行了一次扬弃性的"革命"，同时也带来了一种别开生面的"红色叙事"。作品中所呈现出的那种对中国共产党人面对敌人疯狂血腥围剿屠杀时所表现出的不屈不挠、英勇顽强的革命意志与坚强抗争的艺术性书写，对其中充盈着的革命英雄主义精神进行文学性的礼赞……这些当然都是名副其实的"主题性"写作，但同时又是一部用纯小说的形式，艺术地表现腥风血雨时期我党艰难成长历程、特色突出、个性鲜明的虚构性作品。它完全没有本文开始时所描述的在当下"主题性"写作中所普遍存在的那种"叙事范式"。因此，《千里江山图》是"红色"的，又是艺术的；是"主题性"的，又是个性的。或许也可以反过来讲：这是一种艺术性的"红色"和个性的"主题性"。本人翻来覆去地如此啰嗦，绝无玩文字游戏之意，而只是因为，倘以文学的形式从事"主题性"创作，那么唯有艺术性更鲜明、个性更张扬，"主题性"方可更突出更鲜明，由此而产生的社会效果也必然随之而更强更佳。

现实，还是罗曼蒂克？

看石一枫的《漂洋过海来送你》

北京鼓楼旁一条胡同里一户普通得不能再普通的人家，爷爷那年枝的陡然去世，孙子那豆在手捧爷爷骨灰盒时意外发现其中多了一块不该有的"异物"。这个"异物"究竟是啥？多了这个"异物"的骨灰盒究竟是谁的？爷爷的骨灰又去了哪儿？……围绕着这些连环大"梗"，一场"漂洋过海来送你"的大戏缓缓拉开了帷幕，而这场大戏的幕后导演便是有着"京派文学"传人之称的石一枫。

说起这个石一枫，他还是我当年在人民文学出版社供职时从拟不录用名单中"捞"出来的一个年轻人。因其这个缘由，无论是出于好奇还是其他原因，石一枫的创作我虽说不上特别关注，但隔段时间也会不时读上一篇，像《玫瑰开满了麦子店》《世间已无陈金芳》《心灵外史》这些有着不错口碑的作品都看过。留下的是整个儿一北京"胡同串儿"加"大院"合体的印象,有特点,但也缺那么点"亮点"。而这次读到他新出版的长篇小说《漂洋过海来送你》时,心里不禁悄然惊呼:这小子这回可玩大了、也玩嗨喽。

小说中的男一号是一个名叫那多的年轻人,这位来自"那个民族"、动辄就要"起范儿"的"鼓楼花臂"颇有点当年王朔笔下的京城"顽主"那"混不吝"的劲儿;故事开场,这位京城青年陪同爷爷遛鸟的场景与对话差不多都是石一枫过往不少作品中的调调。但接下来的故事便开始了石一枫的狂欢。因其家境的缘由,爷爷的墓地只能买在与帝都相邻的河北;而与爷爷同日同场火化的则还有另两位"不速之客":一是因孙子黄耶鲁急赴美国办理入籍手续,即便拥有了紫檀雕花骨灰盒那般优越的生活条件,却不得不在诸多"隐情"的限制下凭借着"钞能力"选择旧炉加三儿的办法将祖母沈桦尽快火化;二是海外务工者贵州籍民工田谷多在高空作业时遭遇横风不幸离世,施工队虽从埃及将他的骨灰带回国但又要立即启程前往阿尔巴尼亚,工友何大梁便只好趁在国内略作停留间隙匆忙办完田谷多的后事。而将这三桩风马牛不相及的后事儿给"拴在一块儿"的联结点则是那位患有"美尼尔氏综合征"的昔日劳模——能够操作旧式焚化炉的炉前工李固元，他在操作这三具遗体火化过程中"晕"病恰恰发作，其结果就是三桩本来毫不相关的火化因为"盒子"摆放秩序的"混乱"而被纠缠到了一块儿，也自然牵连出了北京胡同平民、红色后裔、海外劳工三种身份背景的家族故事。换回爷爷的骨灰不仅成为那豆的执念，而且也将故事的发展推进到太平洋彼岸。于是，从北京胡同连线阿尔巴尼亚，从首都机场到美国芝加哥与密歇根湖，一场"漂洋过海来送你"的大戏得以隆重上演。

通过十分概括地对这部长篇故事的复述，不难看出"巧合"二字绝对是《漂洋过海来送你》在结构上的关键词，没有作品中那连环套般的巧合，这个"洋"也罢"海"也好，无论如何都是"飘"不起来更是"过"不去的。"无巧不成书"固然是许多小说排兵布阵的法宝，也是推动不少作品情节前行的动力，但这个"巧"如果玩大了，也不无弄巧成拙的风险。说实话，单从技术层面看，石一枫在《漂洋过海来送你》中的这个"巧"就玩得不是一般的大，几乎到了"扯"的边缘，只不过这小子好歹不仅总算是玩圆和了，而且在这些"巧"背后所裹藏着的诸如代际、时代、环境等诸多元素所彰显出的丰富与厚实，又着实冲淡了玩"巧"的因素。读者毕竟更是被作品所呈现出的丰富与厚实所吸引，而这也恰是石一枫的这部长篇较之他自己过往创作更胜一筹的地方。

所谓将"巧""玩圆和"了,是指石一枫在"巧"的设置上的确十分用心而周密。既然是"巧",那某种偶然性、偶发性必是形成各式花色"巧"的机缘,石一枫似乎深谙此道。《漂洋过海来送你》中的各种"巧"莫不都是由偶发因素所促成,而那些偶发因素又总有其内在必然。比如三家骨灰彼此交叉错位持有,绝对是一次偶然性事件,而恰是这一次偶然事件铸就了无巧不成书的那个"巧",在这个"巧"和"偶然"背后的那个必然就是炉前工李固元终究是个"美尼尔氏综合征"患者,虽然说不准他会在何时何处犯一次"晕",但会犯"晕"总是必然,况且这个老劳模身上的认真、顶真、较真也是一种必然,偶然一旦撞上了必然,"巧"的发生也就水到渠成,而且还不至于那么生硬、那么造作,相反倒是还多了些意味。对石一枫来说,这或许是他创作时一桩十分烧脑的活儿,但这个脑"烧"得值、"烧"得有意味。

既然是"巧",那这"巧"的背后难免就会有新人或新事儿来支撑。随着情节的推进,读者陆续知道了三位逝者以及与他们相关联的亲友都是一个个"有故事的人"。以遛鸟而亮相的那一枝其实曾经也是一个劳模,这个新中国成立伊始"刚参加工作的爷爷就跟着三个老师傅一夜之间搬了二百多口五尺深的大缸",而此后又亲历了"从酱油厂工人变成股东,又从股东变回工人"的变革;黄耶鲁的奶奶引出的是老一辈革命者的风采,骨灰盒中的那块"异物"就是老人家在抗美援朝中留下的一块无法取出的弹片;在工友何大梁那里,那豆直接感受到的是他对逝者田谷多的情谊,力促他完成田"锅"的遗愿。此外,那豆的"发小"阴晴存在的意义也颇有意味,这位因家庭变故而远走美国、又因生活意外而有抑郁疾患的留美学生,一直在寻找"世界为何如此"的答案,但她又恰是在帮助那豆的关键时刻顿悟了只有面向更宽广的人群,勇敢地跨出去才能走上自我救赎的大道;而纨绔子弟黄耶鲁终于冲破利己主义的泥淖而为他人奋力一搏的转化也颇有意味。与上述种种人设形成鲜明对比的则是那些看似革命了"一辈子"的各色人等的欺骗与贪腐,诸如酱油厂姚厂长的儿子"姚表舅"显然在工厂股份制改革中扮演了不光彩的角色;而老革命沈桦的儿子即黄耶鲁的父亲则勾结地方政府,利用"庞氏骗局"展开金融诈骗,然后卷款逃亡海外……凡此种种,作品的格局便不动声色地与抗美援朝、国企改制、国际援建、海外追逃等历史与现实、本土与世界勾连在一起。

立足北京的胡同看全球,再从世界回归本土,年轻一代在家庭的变故和"漂洋过海"的过程中,透过历史进程和全球视野对家国命运开始有了更多的了解与理解。

一连串的巧合促成了北京胡同"顽主"的"漂洋过海",一连串的巧合使得三位逝者的魂灵最终得以安息。而支撑起这一连串巧合背后的则是一个个现实中的人与一桩桩现实中的事儿,这就是石一枫在《漂洋过海来送你》中煞费苦心用现实编织起来的一张巧合之网。他笔下的这些人和事在现实中的确都能找到原型或影子,毕竟世界那么大,毕竟世界无奇不有。但如此之多的奇人奇事置于同一偶发事件则只能称其为"巧"遇或"巧"合了,而这样一种"巧"劲儿与其说是现实的不如说是想象的概率更大。当然将这种合情合理的想象植入小说恰是小说家的本分之所在,但我更想说现在石一枫笔下的这种巧合与想象与其说是现实的不如说更是罗曼蒂克的,与其说《漂洋过海来送你》是"无巧不成书"的集大成之作,不如说这是一部超越世俗的罗曼蒂克之作。其实这没什么不好,无论是现实,还是罗曼蒂克,出发点与归宿处终究都还得源于对现实的关注,只不过前者是直面现实直面书写,后者则是直面现实理想表达,无非只是现实骨感理想丰满而已。

人总是要有点理想的。尤其当现实骨感的时候，有理想总是强于随遇而安。当然，石一枫给自己的罗曼蒂克裹上了一层京城胡同串子的痞气，这固然有着石氏的烙印，但是否一定是最好的处理则是另一个见仁见智的问题了。

"镜中"的"映画"
看艾伟的《镜中》

"映画"二字本为日语中えいが（电影）一词的汉字书写，大约是因为在日本人当时的认知中，电影就是映晒出的一幅幅画面吧。将这二字借用过来描述艾伟长篇小说新作《镜中》那五光十色的画面和光怪陆离的场景倒也很是妥帖。这部作品不仅有不少由造型与光影组成的奇特建筑，也有穿梭于中国、缅甸、美国和日本等四个不同场景而巧妙编织成的一张因爱恨情仇结成的谜网，更有对人生与人性、灵魂与凡胎、自我与他者、生存与死亡、光明与暗淡、历史与现实等多重复杂关系的拷问与探究。如果用电影来表现，则差不多应该类同于一部艺术大片吧。

《镜中》已是艾伟创作的第七部长篇小说，单看他过往那些单刀直入被冠以《爱人同志》《爱人有罪》之名的长篇，就很容易令人联想起罪感与忏悔、绝境与救赎之类与"心灵"相关的主题,相比较而言,这次以"镜中"为名则要含蓄许多。当然,艾伟笔下的这面"镜子"究竟是哈哈镜还是透视镜?隐匿于镜子背后的究竟是一锅"心灵鸡汤"还是一把灵魂解剖刀?这些或许都是我们考察《镜中》的重点之所在。

"听到出事的消息,庄润生一时有点反应不过来。"由此艾伟展开了自己的叙事。究竟出了什么事?又何以出事?围绕着这样的悬念,《镜中》分阴阳两面布出了一个由四部分编织而成的复杂迷局,进而结构出了一个有悬念的好看故事。故事的主人公庄润生是一位获得过阿迦汗国际建筑奖的国际著名建筑设计师,看上去他与妻子易蓉相敬如宾,并拥有一铭与一贝这一双儿女组成的幸福之家,私下里则早与专事电视人物访谈的单身女记者子珊坠入爱河,只是始终没有勇气向妻子坦陈自己的移情而已,殊不知妻子对这一切早已知晓。于是,一场可怕的车祸夺走两个可爱孩子的生命,驾车的易蓉也严重毁容并最终了结自己的一生,子珊由此远走美国,只留下润生孑然一身孤独而陷入痛苦的挣扎之中……然而这一切还只是艾伟在"镜中"呈现出的阳面。背阴的另一面则是易蓉其实也早已爱上了自己丈夫建筑设计事务所的主管、助手与密友庄世平,但无论是出于舆论的压力还是名人之妻的优越身份，她都没有勇气去考虑解除既有婚姻与事务所主管重建家庭的选项……恍惚中上演出一场车毁人亡的大悲剧。凡此种种错综复杂地交织在一起的所有谜团，直至最后由易蓉离世前发出的一封留待一年后方可打开的邮件解封才得以真相大白。

一个有悬念且编织得周密严谨的故事就可以称之为可读的小说，以此为核心并配之以诸如语言、人物等其他元素的作品就至少是一部不错的小说，而一部不错的小说在看完之后还意犹未尽、不忍释手大约就可称之为一部特色鲜明的好小说了。在我看来，《镜中》至少当可归于这一类别。"特色鲜明的好小说"固然没有"优秀""杰出"一类的评价显得给力，但更具体更质朴。《镜中》那个好看而耐看的故事是由建筑师润生和妻子易蓉、事务所主管及助手庄世平以及女记者子珊等四位主角儿联袂完成。将这四位主角儿拎出来单独考量，个个莫不拥有自己活色生香的多面人生和独特鲜明的个性：润生的单纯、执著以及家庭破碎后自我的多方挣扎与疗救；子珊的善良、委屈和出走他国后的独自坚守与拓展；世平的处惊不变与隐忍；易蓉既保守贤惠又开放叛逆，既有母性的温柔慈爱又不乏风情的诱惑，既不舍丈夫声誉又抛不开恋人的温柔体贴……就是凭这四位主角儿的独特个性以及各自特立独行的生活态度和处世方式，使得《镜中》在拥有一个好看的悬念故事之余，还有这一拨有个性、有意味、有故事的角儿在那撑着。一般的悬念故事中每个角色大都具有某种规定性与单一性，进而再由此共同构建与破解一个悬念，而艾伟笔下的悬念则显然大悖于此，恨不能每个人都有自己的小悬念，进而再由这些小悬念环环相扣成一个大悬念。于是，《镜中》不仅是故事的悬念揪人，而构成这悬念的众生则更撩人。

必须承认，《镜中》设计的这个悬念故事与四位主角儿的某些作为在某些方面显然是有悖社会通行的，诸如朋友妻不可欺、夫妻间基本信任等伦理常情，特别是既身处黄金年华又是全然无辜的两个孩子惨死于车祸，不仅令人唏嘘，更是惹人愤怒。面对这样一条巨大的伦理常情裂缝，艾伟必须做出足够合理的修复与弥合，否则故事愈好看，遭人诟病必愈多。而且这种修复功力如何将直接决定《镜中》的命运究竟是下"地狱"还上"天堂"？

作为一位成熟作家的艾伟当然不会犯如此低级的错误。纵览《镜中》，这个好看的悬念故事其实只是占到了全书四分之一的篇幅，而且在第一部收尾时，主人公润生在刘庄酒店的监控屏上就看到了自己家庭悲剧发生前的一幕：那天"他和子珊约会时,易蓉带着孩子们一直跟踪着他"。"至此润生明白了他是所有不幸的源头。他意识到自己罪孽深重,不可饶恕。"

既然润生已然意识到了自己"罪孽深重,不可饶恕",怎么办?接下来,艾伟在《镜中》用了作品整体四分之三的篇幅做出了回复。不过,与其将这种回复视为艾伟对自己作品开篇讲述的那个有悬念的好看故事所形成的伦理常情裂缝所做出的合理修复与弥合,不如说这才是《镜中》的主体与主旨更为妥帖,作品第一部中所编织出的那个所谓有悬念的好看故事不过只是为了牵出作品主旨的引子与线头而已。

伴随着故事主要悬念的解除,在导致这场悲剧的直接原因大白于天下之后,作为主要"罪魁祸首"的润生便开始在自责与迷茫中踏上了自我放逐与寻求自我救赎的人生之旅,而故事的另外三位主角,除易蓉以结束自己生命的极端方式而早早退场之外,子珊与世平也都带着各自的伤痛努力挣扎于生活的废墟之上试图重新站立起来。如何实现这种自我的救赎,其实才是《镜中》真正的主体与主旨之所在。

作为这场悲剧导火索的润生自然成为艾伟笔下表现如何走出悲伤与罪感、实现内心修为、自我救赎的重点与主体。这位建筑设计大师能否重新站立起来?那种铭心的悲伤与刻骨的仇恨能否渐渐淡出？诸如宽容、饶恕、慈悲、成人之美一类更为宽阔的情怀能否重建？于是我们看到当烈酒与药物只能提供一时的麻醉而无法从根上解决问题后，润生就开始远走边地，捐赠以子之名命名的希望小学，先是在希望小学义务授课，后又冒着生命危险进入战乱之地充当志愿者，照顾难民直至身陷囹圄……获救后，无助的仇恨依然未能彻底泯灭，但持续的内心修为终究还是产生了些许潜移默化的效果，因此当他与世平单独相处时虽两度心生恶念，但最终还是为海上"光芒"所阻止，直至他与世平在日本遭遇意外火灾，如果不是后者拼死相救以己之死换他之生，才使得润生内心终于走过了从忧伤、愧疚、怨恨到超然的自我救赎之旅。

而这场悲剧另外两位直接参与者的自我救赎之路走得同样也不平坦。子珊远走美利坚，尽管又是进入帕森斯设计学院深造，又是努力地试图移情善良的犹太人舍尔曼，又是尽量融入当地华人圈，只是一旦听到润生身陷囹圄的消息后，上述种种修为便一风而吹，立即舍身远赴缅甸相救，尽管润生刻意与之保持距离，但如果不是舍尔曼在她离开缅甸的前一天适时赶到仰光还真不知会发生什么，至于世平，因其与润生从忠诚、辅佐到嫉妒、报复而导致的严重后果，又因其日常工作与生活是那样紧密地融为一体，以至于无法拒不相见，最终只好以双双共同遭遇一场火灾，世平以拼死相救、身负重伤、自尽而亡这样一种极端的方式，既驱走了润生深藏于内心的恶念，也彻底完成了他自己内心的救赎。

就这样，《镜中》从润生家庭的情感迷局入手，直面其中爱的动荡与悲剧，进入人物内心情感的各种动荡波澜，进而深入探究当代中国人精神历程中的自我救赎，在这个过程中，各色人等上下起伏、脉搏不稳，种种内心轨迹远比激烈的情节更显复杂与微妙。

作为本文结束还必须说到的是：《镜中》相当篇幅涉及建筑，这固然有主人公润生的角色身份确定的缘故，但更主要的恐怕还在于和作品欲表达的"精神自我救赎"这一主题的需要，特别是其中关于建筑美学与设计实践中诸如光线、明暗、造型、宗教等理念与行为的探讨，与作品中情节和人物内心活动无不丝丝相扣，限于篇幅就不一一展开论证了。其实又何止是作品内容与建筑相关，《镜中》的四部结构本身又何尝不是一座结构讲究的精巧建筑。

形式的意味如何被赋予？

看鲁敏的《金色河流》

鲁敏的小说创作虽还称不上特别高产，但肯定是一位有着足够体量与分量的作家；她的作品我虽断断续续地有过阅读，但又谈不上系统。总体上只是朦朦胧胧地感觉与其说她的创作像是一种写实，不如说裹藏于"实"背后的主观性、精神性因素还是要更多一点。无论是早期对人性中浑浊下沉部分的敏感，还是接下来那些被称之为"东坝"系列的作品中多了些"温柔敦厚"的乡土情怀，直至再往后到长篇《奔月》，她用十分生活化的大量细节来表现我是谁，我从哪里来，又到哪里去这样一个人类哲学思考的终极命题……凡此种种，从鲁敏过往创作中缕出的这条线索，我虽不敢言十分确切，但也好像还不至于十分牵强。而到了鲁敏最新问世的长篇小说《金色河流》，姑且放下作家表现力的主客观比重这个话题不论，这都是我看过的鲁敏作品中内涵最为丰富、表现力格外讲究的一部新作。

姑且先粗暴地无视一下鲁敏精心设置的这条"河流"之蜿蜒以及其中泛起的"金色"。一言以蔽之，《金色河流》以近40万字的篇幅讲述改革开放以来作为第一代民营企业家的穆有衡（有总）大开大阖的人生历程，包括与子女的相亲相杀、与兄弟的相依相弃。然而，也就是这样一个企业主的创业故事或一个家族的故事被鲁敏给叙述得蜿蜒起伏、金光四溢，而导致"蜿蜒"产生"金光"四溢的主要元素大致如下。

先来说一说这部长篇小说几位主要角色的设置。

身为一代民营企业家、也是作品一号主角儿的有总，甫一出场竟全然没有曾经叱咤风云过的光彩，哪怕只是一点点遗痕，剩下的只是一位已是风烛残年晚景中的老人。作品就是以他生命的最后两年为时光轴，开始对自己往事断断续续的回溯以及对身后事的处置。

谢老师当是这条"河流"中的男二号，也是我所读过的文学作品中似乎还从未见识过这样一种"人设"。曾经的"良心记者"因报道有总属下"童工瞎眼"的深度新闻而被有总用点"人民币"挑出媒体界，进而再礼贤下士地将他请回自己企业任公关总监，替其承担起"防火防盗防记者"的重任，地位相当于有总那"小小王国的国师，多荣耀，还有独一份的年薪"。而这位"谢老师"既因"哪家报社也不敢用他"，又要"攒钱送儿子出国"而不得不屈就。当然，他如此卖身也有自己的小九九："转身掉头，是为着潜伏与卧倒，要做一个长线的、总账式的选题，搭上大半辈子来干，以揪出有总的黑暗原罪史。"为了使自己的"卧底""有点仪式感"，这位谢老师还"正儿八百启用了专用笔记本"，分别将自己的记录与思考编号为"素材 X"和"思路 X"。"素材"虽在不断调整，但"素材"则累计下了一百多条。有总这沙里淘金的斑驳来路到底是一部"奋斗史"还是"罪恶书"？在这漫漫的"卧底"和隐忍中，谢老师这位本意欲为的"复仇者"竟不知从何时起悄然变成了有总的知己，不是亲人胜似亲人。

再往下排则要轮到有总的两位公子了。一位是自打出生后便患有阿斯伯格综合征的老儿子穆沧、活脱脱的"一个老傻子"；一位则是被有总寄予厚望最终却偏又成为"忤逆子"的次子王桑，在有总的精心设计悉心打点下，大学毕业的他顺利成为公务员队伍的一员，只是殊不知这位逆子在机关改革普查大家意愿时，竟然选择"服从安排"而最终被外放到一个名为"凹九空间"的所谓展馆。不仅是这个"惊天之变"让有总"打死也想不通"，更令他烦心的还在于这位"忤逆子"竟然还是个"丁克",如此这般穆家岂不要"绝后"?

接下来就是那个因身世不幸而不得不野蛮生长的干女儿河山了。这位疑似为有总最对不起的好朋友何吉祥之女成为鲁敏在《金色河流》中既剑走偏锋又颇有神来之笔的一种设计。她的在场既使作品多了位"这一个"的丰满形象,也巧妙地承担着串联起有总内心,以及他与自己家人间那种微妙关联的多重功能。

此外有总发达前结交的生死兄弟何吉祥以及在有总家服务多年的肖姨等角色在《金色河流》着墨虽不多,但也都是作品中肩负着重要使命的主儿。

有了人物角色上这种古怪精灵般的设置,接下来就该看鲁敏在《金色河流》中是如何组织叙事的了。作品用宋与楷两种字体分别排列,其中宋体部分是作家的全知视角,也是作品叙事的主体;而楷体部分则是有总个人的内心独白,或回首往事、或琢磨着自己的身后安排。两种视角构成某种互文性,虽以全知视角为主体,但将有总的部分内心活动与往事回首特别地以其主体视角呈现,除去更加突出外,更有一种逼真感。这样面上的叙事设计似乎不难理解,而更有意味的则在于鲁敏在全知视角叙事时的那种编排与剪辑。

大而化之地看,《金色河流》固然是在内容上放眼中国改革开放以来的发展历程，设立特区、民企兴起、国企改制、下海经商、资本市场、计生政策、结对助学、振兴昆曲等若干重要时代关键词均有闪现。一种勃勃昂扬的时代基调折射出20世纪80年代以来中国百姓物质创造与心灵嬗变的发展历程。但具体到鲁敏的叙事，她的一些编排与剪辑不仅讲究且别有一番意味。具体来说，一是小切口聚焦，将家国宏大叙事转化为家庭叙事。改革开放40余年，中国社会方方面面地覆天翻的巨变在《金色河流》中其实只是通过有总这个曾经的普通国企工人一家所发生的变化而折射出来。所谓家国，虽为没有国哪有家？而国又是由无数具体的一个个家庭所组成。作为一国之最小的组织细胞，家的巨变其实正是国之变革具体而生动的写真。二是即便是家庭叙事，鲁敏又进一步将作品面上的叙事时间浓缩为有总生命的最后两年，尽管有全知和个人两种视角的交替出现，但又终究都处于有总身患顽疾来日无多这特定情景的统摄。所谓"人之将死，其言也善"，这种特定时空条件下的回望与前瞻往往更加真实与真切。三是无论是回望还是前瞻，"罪与罚"始终是缠绕着作品的主调。由于有总得以兴旺发达的启动资金"取之不义"，因而即便"胜之"也依旧"不武"，一种"原罪"感深深地笼罩着有总，尤其是在他生命即将结束之际。这就有了《金色河流》中一连串的"惊艳"之笔:有总的发迹是否光彩?谢老师这个人设能否成立?河山究竟是谁?穆沧与王桑这双"逆子"为何难以为继?"在穆有衡去世之前,兄弟两个,不论谁,生出孩子来,即可共同继承全部财产。若两人皆无生养,那么所有财产将在穆有衡死亡之后,执行全额捐赠",而捐赠后的财产管理人竟然还是河山,这样的惊天遗嘱透出了有总怎样的心计?王桑与丁宁这样的"丁克"之家面对巨额财富又当作何抉择?此外,有总这个"土豪"竟然终身不敢与河山正面相见,河山与穆沧在相处时心中竟然生出一些柔软……仅依本人阅读所见,凡此种种"惊艳"之笔在所谓"折射20世纪80年代以来中国百姓物质创造与心灵嬗变的发展历程"的作品中都是十分稀有的,读者不仅从中可以看到改革开放的壮丽行程这一路走得是何其艰辛,更会感悟到接下去的大道依旧不会平坦。这或许正是鲁敏开掘出的这条"河流"得以泛出"金色"的奥妙之所在。

　　本文开篇,我是以"姑且放下作家表现力的主客观比重这个话题不论,这都是我看过的鲁敏作品中内涵最为复杂、表现力格外讲究的一部新作"这句话来引出下文。经过以上概要的解析,现在可以就此讲得更直白一点了。鲁敏过往创作看似注重客体呈现,实则更在意的是主体探微,但两者转换间多少还是存有些许缝隙。这种缝隙其实不在大小，但凡露出一点便会令人有不爽之感，至少本人会这样。而这部《金色河流》的"内涵"着实比鲁敏过往的创作要"复杂"得多，但因"表现力格外讲究"，那种过往多少要露出点的"缝隙"也随之消失。这其实很不容易，究其缘由，我想首先是有总这个人物被她"惦记了许多年"，"惦记"时间越长，对这个人物也就吃得越透，本是作为客体的表现对象不知不觉中已化为自己主体的一种倾诉，表现在创作上便是通过某种得体适宜的形式进行传输。具体到《金色河流》中，两种视角的使用也好，将叙述时长控制在有总生命的最后两年也罢，以及由此延伸开去的种种，都是鲁敏感觉传输起来得体适宜的形式，而反过来，这种得体适宜的形式也因其对有总的"多年惦记"而产生了浓郁的意味。

将"硬核"之"硬"进行到底

看晨飒的《重卡雄风》兼谈网络文学的品质提升

在以"记录时代变迁,讲述中国故事"为主旨的 2020 年度"中国好书"33 种获奖图书中,晨飒的长篇小说《重卡雄风》是其唯一的一部网络文学作品。我想这不仅仅只是因为它是网络文学的代表,更是由于其现实工业题材的相对稀缺之使然,且还在与众多现实题材网络文学作品的比较中,因其综合优势的相对明显得以脱颖而出。

一

《重卡雄风》以上世纪 90 年代、地处秦川大地深处的西北重型汽车制造厂(以下简称"西汽")为时空背景展开叙事。在那个改革的春风已吹遍大江南北的岁月中,长期以来一直处于"计划"安排下为军队提供重炮越野卡车定制生产的"西汽"人对此既不敏感也不适应,颓势渐显。为此,时年49岁的原副厂长林焕海临危受命,出任处于"下滑"状的"西汽"厂长,为强力挽留技术人才,他不惜让自己在北京攻读车辆工程系的独子林超涵放弃毕业后到部委下属单位工作的机会而回厂工作。在厂长林焕海、书记姜建平、总工郭志寅和青年技术骨干林超涵等人的带领下,"西汽"人克服重重困难,成功研发出部队所急需的七吨重卡,并通过高原试车击败国外竞争强手而赢得喘息之机。接下来,"西汽"人通过一系列深化改革和自主创新进行二次创业,终于在国内外激烈的市场竞争中站稳脚跟,成就了"中国制造""大国重器"的国际声誉。

作为国内"第一部专注重型卡车行业的长篇小说",晨飒在谈到自己创作缘起时认为这源于和一位朋友的交流,"他是汽车世家出身,父子两代都投身于中国重型卡车制造事业。通过与他的交流我了解了一段震撼人心的历史,逐步挖掘出了重卡行业的发展脉络,在充分意识到它振奋人心的现实意义后,我决定用硬核的方式把它写出来。"说实话,在没看到这段文字之前,我一直以为这位作者有过在重型汽车企业或至少是与此相关领域工作实践的经历,而即便看到这段文字,本人的这种判断依然未彻底否定。依本人曾在大型央企一线工作过三年的亲历经验判断,单凭听介绍或看材料,作品中涉及的那些直抵重卡零部件以及具体的工艺流程、销售体系等一类具体的细节是很难如现在作品中这样得以惟妙惟肖的传递。

或许正是因为有了足够的直接或间接的生活积累与体验,《重卡雄风》不仅题材现实,而且故事主体与重要环节的书写和呈现都十分逼真鲜活。包括完成军方定制新型七吨重卡时的技术升级与工艺革新、包括"军转民"后对民用重卡的开发、包括高原试车时的种种细节、包括为提升产能和效率对生产流程的再造、包括为占领市场搭建销售体系时的种种细节、种种波折和种种规则与潜规则……所有这一切,作者的书写无不惟妙惟肖、逼真传神。而这样一种十分注重细节真实的书写,在过往本不多见的现实工业题材之长篇小说中的确少见。

当然,如果只是因为有这般鲜活逼真的表现,《重卡雄风》还不足以称之为好小说。在这种基于"生活真实"的前提下,围绕着一部好长篇小说所必需的若干艺术特性,作品同样呈现出一些可喜的、独特的艺术风貌,具体来说其相对突出的表现至少还有如下两点。

一是对社会主义市场经济条件下新型工人群像的塑造。

平心而论，在新中国长篇小说人物形象的谱系中，论农民、说军人、议知识分子，我们或许都能比较从容地列出一串长长的令众多读者所熟知的名单，但要说工人形象则恐怕要困难得多。而在《重卡雄风》中，对"西汽"核心骨干群的着墨虽有多寡之分，但其个性特征大都十分鲜明。一号主角儿林超涵自不必多说，尽管作者在这个人物身上赋予了浓郁的理想色彩，但总体上还是把握住了一个刚进入职场年轻人的那种冲劲、单纯与率真；至于对厂长林焕海、书记姜建平、总工郭志寅、销售总监徐星梅，包括反面人物副厂长潘振民等各色人等着墨虽各不相同，但于总体简约中还是清晰可见各自鲜明的特点，这不容易。

二是作品整体氛围的营造不单调不枯燥。工业题材长篇创作之所以会被认为有难度，除去生活不熟悉之缘故外，车间流程的程式化、工种划分细且单调也是其客观原因之一。相比之下，《重卡雄风》很会抓场景主动营造丰富与色彩，比如牢牢抓住"西汽"在成功研发出部队所急需的七吨重卡后还需通过高原测试这一环节，漾开来予以充分状写。无论是高原之艰难、高原之绮丽、高原之偷猎……这些高原特有之风情都被作者一一抓住，又因其与造车这一主体环节相勾连，不仅毫无生硬游离之感，反倒成为作品中别有风情的一个有机组成部分。诸如此类还有在"军转民"过程中的市场调研以及组建自己的营销体系等环节的铺陈与描写也不例外。

二

当然,《重卡雄风》存在的若干不足也较为明显。现在版权页显示全书长达 76.5 万字,一部长篇小说固然从来就不是简单地以字数的多少论优劣,但具体到这部作品,冗余之处的确存在,不乏足可浓缩凝练的余地。此外这部作品的确塑造了一群特色鲜明、具有各自代表性的人物、特别是当代工人的新人形象。但有的人物也存有过于简单化、脸谱化之嫌,范一鸣便是其中的典型。作者主观上显然是将他作为与林超涵形成矛盾的一方而设置,并在他们之间构成某种冲突,这种设置的主观意图固然不错,但现在这俩人间形成矛盾冲突的原因及范一鸣所采取的手段和作为都实在过于表浅与下作。这样的冲突无论对作品整体价值的提升还是对丰富人物形象都不会产生任何积极的作用,相反在某种程度上还形成了一定的阻滞力。

类似这样的不足与问题,其实也是许多网络长篇小说普遍存在的一种通病。因此,将《重卡雄风》置于整个网络文学的大视野下来考察或许更有普适价值。

先说大体量。动辄二三百乃至五六百万字的规模在网络文学领域已是某种常态。《重卡雄风》在网络上的初始篇幅也长达200万字,据这部作品的责任编辑透露,他们在将其转化为纸质出版物时主要是做"减法":"弱化枝叶突出主干,将笔墨集中于科技攻关、国企改革和市场竞争上",从而使之成为一部"硬核工业小说"。能够一气坚决删掉120余万字这个动作本身的确够"硬"的了,但作品现存明显的"赘肉"还是清晰可见。如何将"硬核"之"硬"进行到底?

长篇网络文学体量大,且许多作品"大"得又不是必须,更谈不上优秀。这个"病根"恐怕就得从网络文学的生产机制、激励机制和盈利模式等创作之外的因素去寻找了。如果真的是因为网络文学作品的体量达不到一定规模,其运营方就无法盈利,对作者的激励也无从谈起的话,那么,在文学创作自身的客观规律与网络文学现行运营机制之间就必然存有某种致命的天然矛盾。这个矛盾如果得不到有效解决,那么长篇网络文学作品普遍存在着的"注水"现象就会一直存在下去。而在这对矛盾中,文学创作自身已然形成的客观规律不宜轻易改变,那可变的就只能是网络文学运营与盈利的规则,毕竟这种规则具有某种阶段性,特别是人为的某种设定。

再说题材与所谓类型化。自打有网络文学起,题材上始终就呈现出多样性特征，尔后才逐渐有了某种阶段性的热点。因其网络文学起始时的低门槛和草根性，现实题材必然占有先机和主导地位，而那些所谓悬疑、玄幻、穿越之类则是网络文学发展到一定阶段后才出现的新鲜事。因此在我看来，现在相关方面倡导、强调重视现实题材的网络文学，需要解决的根本不是数量的有无而是质量的高下。至于网络文学的类型化问题其实也不宜简单地"一勺烩"。能创作高端类型小说，如阿加莎·克里斯蒂、斯蒂芬·金、丹·布朗、金庸、琼瑶者其实也是凤毛麟角；退而求其次者亦已不易。需要明确澄清的是，类型化不是雷同不是粗俗更非庸俗，它同样需要个性与创造，这些其实都是文学已有的一些基本特性与规律。而所谓网络不过只是一个平台一种载体，它的出现并不意味着就此需要改变文学的基本特性与规律。尽管现在也存有建立网络文学评价体系的呼声，但我的确想象不出这另立门户、另起炉灶想要建立的"评价体系"究竟会是个啥模样？总还不至于让网络文学目前比较普遍存在的"严重注水"和"高度简单雷同的类型化"之类现象"合法化"吧？那么，在这种新的"评价体系"未建成之前，依"陈规"对《重卡雄风》提点不足与建议并由此延伸到整个网络文学恐怕也不是多余之举。

"夜航"于"深海"中的新气象

看朱文颖的《深海夜航》

当人类还在顽强地与"新型冠状病毒肺炎"（以下简称"新冠"或"COVID‑19"）缠斗之际，一部以此为背景（严格来说，还不能称其以此为题材）的长篇小说已悄然应运而生，这就是《钟山》2022年长篇小说A卷上刊出的朱文颖新作《深海夜航》。由此想起去年岁末在南京参加"朱文颖创作研讨会"时，她自己在会议结束前的一段发言："我刚完成一部长篇小说，写到中途的时候我发现小说里有几个人物在《凝视玛丽娜》《高跟鞋》中都出现过。但是当时写他们，我不能站在一个很高的高度，我不知道他们来自哪里，我不知道那个时代和现在这个时代有什么关系。我很欣慰的是，当我来到这个年龄，当我觉得我的视野在打开，我也希望它能更打开的时候，我看到人物的来历、命运和他们今后的一个走向。"那么，我们先不妨顺着作者的"夫子自道"，看看她在"视野打开"后所创作的长篇新作《深海夜航》中，"人物的来历、命运和他们今后"究竟又会呈现出一种怎样的景观。

自上世纪90年代出道以来，朱文颖的创作留给我的总体印象是看上去明白放下后却又难以言说得十分明白，作品充满了多义性与不确定性，具体来说则是呈现出"辨识度高"和"耐读性强"这两个十分鲜明的特征。所谓"辨识度高"，换言之也就是指她的艺术个性十分鲜明：比如将南方融入世界。江南一带特别是上海和苏州等地特有的地域文化色彩，无论是人物还是场景，南方的神韵与气息无不十分浓郁鲜明，像男性的"细"、女性的"嗲"、南方的雨之类都是她笔下的常客，然而，这些又都只是一些外观，至于精神、灵魂、观念等内在成分却绝不安于"南方"，而走向更广阔的空间直至世界的倾向十分明显。比如在可读中呈现多义。她的作品基本都有一个好看可看的故事，但掩卷之余又会觉得这个故事的指向既不简单也不单一，似乎说清楚了但又似乎没说透，可读性的背后存有多义性的阐释空间。比如爱情之外裹挟着的其他元素。所谓"耐读性强"则是指她的作品具有某种潜经典性。看上去多是现实主义那种常见的平实细腻流畅的叙述方式，实则悄然嵌入多义的内涵乃至种种不确定的元素，再加上那些纠缠迷离而又有些诡异的氛围。"隐匿性"与"距离感"构成了她作品的别一番风采。

带着对朱文颖过往创作的印象进入她新开辟的"深海夜航"。单是这四个字，便既富于诗情与想象，又不无神秘与动感。尽管如此，作品依然清晰明白。

故事还是发生在南方一座小城，主场景则是位于城中一家由法国人克里斯托夫开办的"蓝猫小酒吧"。这里也是小城内中外民间文化交流的一个"集散地"，一场大流行病的即将到来是故事展开的时点。在这片时空中，克里斯托夫扮演着近乎串场与连接的角色，而主角儿则是由中年历史学家欧阳教授和他的太太——评弹演员苏嘉欣，以及他们那位患有自闭症的儿子组成，这是已陷入困境等待情感宣判的家庭；再配有苏嘉丽、阿珍、阿玲、梁老师、姚小梅（萨拉）、比尔、卡斯特罗等一干中外人设。来自世界各地的这些不同人等与小说主人公的家庭成员同台演出，东西方文化间的自然交流是"蓝猫"的某种常态：当下与过往、中国与世界的纷繁与比照在这个"小沙龙"轮番呈现，既有"同一个世界、同一个梦想"，亦有异质的文化、微妙的碰撞。

在"蓝猫"这片空间里，既有"默片俱乐部"这样的艺术鉴赏，也有那个带有某种寓意的名为"沙箱庭院"的占卜游戏和画作鉴赏，而更多的则是音乐的相伴。我注意到，《深海夜航》中出现的音乐除了肖邦的那些小调夜曲外，唯有一次响起的马勒第二交响曲则选择在欧阳先生的书房中。我想这应该是朱文颖的刻意安排，而唯一出现的那次马勒第二交响曲让我联想起的竟然是她这部长篇的内容结构：一般交响曲大都由四个乐章组成，细想起来，《深海夜航》的总长度虽不过14万字左右，但内容十分丰富，大而化之地归结起来恰好也是四大板块。尽管这四大板块不同于一般交响曲四个乐章间存有的那种递进关系，但其内容的丰富及内在逻辑的关联又恰是《深海夜航》的独特重要价值之所在。为了说清这一点，不妨对其作一个极为粗线条的概括描述。

首先是现实的部分。这由欧阳教授的家庭撑起，包括欧阳教授和太太苏嘉欣以及他们的儿子家家——一个自闭症患者，还有欧阳太太与姐姐苏嘉丽及母亲的关系，还有她的同事阿珍、阿玲……这些有关爱的永恒性期待以及对所谓人类原罪说的探究。

其次是历史的部分。由欧阳教授和他的导师以及博士、硕士研究生唱主角儿，通过这些学者或未来学者们的历史研究，再现与探讨东西方文明的碰撞、冲突及交融。

接下来是现实世界的部分。法国人克里斯托夫之所以来中国经营这家蓝猫酒吧，其梦想就是希望促进东西方文化的和谐共存与交融；而他的朋友、美国人比尔则被一种神奇的力量所左右，在大流行病开始前后坚决往返于墨西哥城，最终死于失控的疫情之中；"雅思女孩"姚小梅与西班牙留学生比尔的交往则意在探讨东西方文化差异以及第三世界处境的变化与发展；酒吧厨师卡斯特罗的经历涉及所谓"南北方混合的国家"公民之处境。

最后是未来世界部分。自闭症患者家家的奇异视角、人与科技/智能机器人的关系、对生命科学的探索、投资无意识领域、征服太阳系……种种光怪陆离的奇思妙想。

经过上述这样一番拆解与梳理，回过头再来看朱文颖在《深海夜航》中来上一笔马勒的交响曲在某种程度上或许就是刻意为之。一般认为马勒的音乐目标意在展现自然万象，特别是丰富而多变的心灵。在一个空间宏大的结构中，通过变幻无穷的配器、突如其来的情感变化和鲜明对比来展示复杂多样的精神内涵，以增强其作品被不断阐释的巨大潜力。而马勒交响曲这样一些基本特征与《深海夜航》欲表现的内容与情绪既有某种精神上的契合，也有艺术上得以合适呈现的需要。如果本文对《深海夜航》上述四个方面基本内容的概括与描述大抵不谬的话，以14万字的有限篇幅，完全遵循以自然物理时间为准绳的线性叙述恐怕很难呈现当下的这个世界——至少是2020年以后的世界。

立足于内容，可以说《深海夜航》呈现的就是一场突如其来的疫情降临时人类赖以生存的这个世界的一幅小缩影。它的内容是现实的甚至更是即时的，它的表现是艺术的或者更是"朱文颖式"的。既有她过往创作中一以贯之的种种坚守，又有在这一新作中的新开拓。我将这种新开拓概括为国际视野、人类命题、中国表达、文颖风范。

所谓"国际视野、人类命题"指的是《深海夜航》故事本身所承载与折射出的意蕴。"蓝猫"的物理形态固然只是一方小小的酒吧，虽地处中国南方小城，老板却来自法国，出没于此的常客更是来自世界各地不同肤色、不同民族的各色人等，他们与作品主人公家庭成员一道在这里同台"演出"，平等交流：东西方文化间的差异、当下人类精神生存状态与沟通交流之重要、文化认同尤其是中国文化的身份认同……这样的"小剧场"无疑只有在全球化时代才得以呈现。而一场疫情的不期而至，"蓝猫"即将"寿终正寝"，这里的常客开始各奔东西，他们未来的命运理论上充满着不确定性。在某种意义上，这也是对何谓"人类命运共同体"及其重要性的一种生动形象的典型阐释。

所谓"中国表达、文颖风范"说的是上述那些形形色色的"同台演出",命题虽宏大,却是小切口的进入与展示,暗潮的涌动被隐匿于平静的表象背后。本文开始不久所概括的那种文颖式的高辨识度及隐匿性、距离感等特征即便是在"深海"中"夜航",也不时忽明忽暗地闪烁、忽强忽弱地显现。一切又不限于的这一切,我想都是朱文颖的创作在这部《深海夜航》中呈现出的新景观吧。

撩开这层"隐秘"的面纱

看罗伟章的《隐秘史》

应该差不多是15年前,我还在人民文学出版社供职时曾终审过罗伟章的长篇小说《磨尖掐尖》,那是一部揭秘在中国制造"高考状元"内幕的作品,由此也留下了这位作家对现实保有高度敏感和深切人文关怀的印象;去年为他赢得无数声誉的长篇《谁在敲门》以"父亲退场"和"子孙登堂"的交替来指证时代发展变迁的主旨同样延续了作家的这一特点,当然其艺术表现则更加娴熟与丰富;而到了这部《隐秘史》,作品尚未面世就闹腾出了些许动静,在去年由凤凰出版集团主办、江苏文艺出版社承办的首届"凤凰文学奖"评比中,这部作品与鲁敏的《金色河流》和叶弥的《不老》一道被由十余位著名作家评论家组成的评委会共同推举为"优秀奖"获得者,并称其"把即将逝去的乡土社会中人性的扭曲放大在现实世界的长镜头聚焦之下显影",可见,伟章对现实社会情状之关切依然十分深切。

在谈到自己由《声音史》《寂静史》等组成的"史"系列收官之作时,罗伟章坦言:"《隐秘史》正如其名,是对'隐事实'或者说'暗事实'的揭示,但揭示本身并不构成目的,与作品中人物进行诚恳、坚实而平等的对话,分担他们的软弱、苦恼、恐惧乃至罪孽,共同修复精神的平庸、匮乏与残缺,是我所理解的小说的责任。……我个人崇尚介入型的、有社会关怀的文学,小说,特别是长篇小说,其强大背景是时代与人生、大地与万物。"聚焦的依然还是"社会关怀"。

然而,当我看到所谓"声音史"、"寂静史"以及"隐秘史"这样的说辞时,内心还是有些犯嘀咕的:这样的"史"当如何书写?又怎样体现作家的"社会关怀"?还是罗伟章的"夫子自道"为本人的这些嘀咕给出了答案:"虽名为史,其实只是一种修辞,当然说成是未来指向也可以,真正的书写对象,则是现实观察、人性解析。"

尽管伟章自己表白"真正的书写对象"还是他小说创作中一以贯之的"现实观察、人性解析",但为"声音"、"寂静"和"隐秘"这种具有某种抽象性质的状态修"史",是否也意味着或者说决定了罗伟章观察现实、表现现实、剖析现实的落脚点、观察点和关注点都在随之发生些许变化?

《隐秘史》的故事外壳是一桩凶杀案。主人公桂平昌进山挖麦冬时一不小心坠入了一个隐秘的山洞,一具人体白骨赫然进入他的眼帘。死者是谁?凶手又是谁?被杀原因、行凶动机?……一连串的问号接踵而至。这是典型的悬疑小说套路,因而也有论者称其"可读性极强"。殊不知这些都只是一种面上的假象,所谓"悬疑"、所谓"可读"、所谓"好看",基本只限于作品96页之前的部分,尚不足全书的三分之一。往后看的三分之二,虽说不上特别难读、费解,但绝对称不上可读性极强,有的地方也不无小小的"烧脑",这些大约就是罗伟章自己所言的那种"隐事实"或"暗事实"。如果硬要说这是一部悬疑小说,那最多也只是一部由悬疑之外壳包裹着的一个个内心何以隐痛的集束故事,但作者一以贯之的社会关切"向内转"的走向则是十分清晰。

既为"向内转",作家聚焦的重点自然是人物的内心及心理,但引发或触动人物内在心弦、荡起人物心理涟漪之根依然是罗伟章一直坚持的"社会关切"。《隐秘史》中有这样一个场景既颇有意味也很有代表性:当作品临近结束之际,作品主人公又一次进入那个曾令他心悸不已的山洞,只是这时桂平昌的表现不再是恐惧,他竟然还搂着那具疑似为昔日村中一霸苟军的白骨，亲切地为他盘点起村里现在究竟还剩下几个人，只是数来数去也数不出第八个，连两桌麻将都凑不齐。村里的这种凋零在作品开始不久其实就已显现，当陈国秀打算抬着平昌到山外就医时就是因为凑不足够强壮的人手而不得不放弃，连最年轻的杨浪都已年过半百，这种现状只不过在平昌搂着一具白骨絮叨时重复出现来得更为震撼。村庄在凋敝，村民在老去，屈指可数的那几个留守者虽因其对土地的依恋和血脉相连并不感到凄惶，但这个村庄正在走向整体的消失则是不争的事实。这样的场景自然只是一种典型文学呈现，背后所折射出的社会关切则无非是伴随着国家整个现代化、城市化进程的推进，特别是那些交通不便、资源匮乏的小村落正在消失，昔日的农民正在转化为新市民。就社会发展而言，这毫无疑问是一种巨大的进步，但对留守者个体来说，出现种种"留恋""生活更加不便"等现象与心理也完全合符逻辑。对这种反差的表现与关注其实是"五四"新文学以来始终被关注、被书写的一个母题，罗伟章的《隐秘史》当是这一文脉的传承，但其"向内转"的艺术呈现方式则不无自己的创新与个性。

《隐秘史》除去上述以自己独特的艺术呈现方式传承着"五四"新文学以来这个重要的文化母题外，也的确书写了藏于深山中的千河口村老二房院子中那些有关个体命运的种种隐秘：首当其冲者当还属主人公桂平昌，在他身上，牵出传说中去了非洲塞拉利昂打工的村霸苟军、关于自己的老婆陈国秀、关于他这一辈子莫名的种种恐惧和怯弱，再就是在那个可以预料自己归期、也是村中年岁最长、为人最慈悲的张大嬢身上竟然还深藏着一段惊天地、泣鬼神的爱情故事；还有吴兴贵和陶玉这对亡命鸳鸯，生活虽窘迫却依然吟唱着属于他们自己的歌谣；还有终日等待丈夫的留守女人夏青和那位在《声音史》中就已然登场的无声者杨浪，他一如既往地收集着村庄中的各种声音，在光阴的流逝中记录唤醒着人们的记忆……凡此形形色色，莫不固执地坚守着自己的秘密。出现在罗伟章笔下的这些"隐秘史"看似以一种夸张、扭曲乃至变形的艺术手段展现出最底层普通人日常的生存处境，名为过去时的"史"、实则为正在进行中的"今"。种种深藏于凡夫俗子们内心的恐惧、卑微和伤心，因为某个偶发事件或不经意的细节而触发，构成这部《隐秘史》独特的艺术表现与十足的艺术魅力。

概括起来看，在《隐秘史》中，罗伟章用了"世上没有什么会消失，它们只是表面上消失"这样一个判断句来诠释他的"隐秘"二字，进而再用"向内转"的艺术表现，连接起心理与现实两个共存的时空。浮现在面上的是将流逝的岁月和正在走向荒芜的村庄化为人物内心,袒露普通人那种"一地鸡毛"式的心灵秘史,记录隐藏于人性深处的逝水流年,包括自己和他人的微妙关系,包括那些最隐秘的、那些试图遗忘、忽略甚至竭力想否认的情感;实际形成的客观效果则是透过这种种微妙、复杂的"隐秘"拼接并折射出大时代浪潮中一幅幅生动的剪影。如果将《隐秘史》这些特色与罗伟章过往的创作相比较,似也可用一句话概括描述为蕴不变于变,在不断的艺术求索中开拓前行。无论是直接还是间接,无论是直面还是隐匿,对社会、对现实的关切始终如一,无论是写事还是写人,人始终是作家的聚焦点,无非是或偏于行为,或重在心灵,《隐秘史》显然属于后者。而如此多几种笔墨的探索与修炼,对一位作家来说,无论如何都是值得赞许与肯定的,更何况这还是一次成功的修为。

"岁月"虽"静",真的"好"吗?

看杨争光的《我的岁月静好》

恕我直言,在新时期以来的文坛,杨争光本是一个很难抹去的客观存在,虽称不上十分高产,但上世纪80年代中期至1992年移居深圳之前,他较为集中地冒出的那些短篇《从沙坪镇到顶天峁》《蓝鱼儿》《高潮》,以及中篇《黑风景》《棺材铺》《赌徒》《老旦是一棵树》等,都是风格十分鲜明的独特存在。仅凭这些就足以奠定他在整个中国文坛而不仅止于陕西的独特位置,这些作品即使放在今天来看也依然并不逊色。长篇小说创作每一部间隔的时间虽长了点,但也有《越活越明白》、《从两个蛋说起》到《少年张冲六章》这样三部可圈可点之作。谈不上多,但肯定也不能谓之低产。说句俗套的话,这样的产量特别是质量与杨争光现有的"知名度"与"江湖地位"显然不够匹配。

赖谁呢？"开罪"于整个文坛显然不全是客观事实，只好从杨争光本人身上找缘由了。我想了一下，至少可以数落出两条原因：一是此君"用情不专"、有点"花心"，写小说就好好写小说，但他不时又飘移到影视圈中去"票"上一把，不少人未必知道或已然遗忘，这个杨争光还是电影《双旗镇刀客》的编剧、电视连续剧《水浒传》的编剧之一和《激情燃烧的岁月》的总策划，这些影视剧虽都有不错的口碑及市场影响力，但就接受者而言，为人们所记住的往往首先是明星角儿，其次是导演，至于编剧嘛，则且往后排着呢。更何况杨争光在这一领域也无"长性"，若真像刘恒、朱苏进那般一猛子扎了进去也绝不至于此。二是自打他1992年从西安移居深圳后，小说创作的产量也着实少了点，特别是彼此面世的间隔时间还不短。在当下这个以"急吼吼"为特征的岁月中，又有几人还能耐得住性子惦着您、记着您呢？

就是这部小长篇新作《我的岁月静好》距他自己上一则作品《驴队来到奉先畤》面世的时间又过去了整整十年。当然，从这部新小长篇的"后记"中，我才得知杨争光在2012年竟突如其来地患上了抑郁症，那种既"没有纵身一跳"的勇气，又终日"生不如死"的感觉能撑出头已属不易，哪还顾得上写作的节奏。说句不太厚道的话，也正是因为杨争光能够从这场"劫难"中死里逃生的遭遇，才勾起了我阅读他这部新作《我的岁月静好》的强烈欲望。

据杨争光自述，"冀望岁月静好者似乎越来越多，自以为岁月静好们在微信朋友圈的晒好也就格外显眼。"于是，这就刺激了他"想探究一下静好们的静好以及何以能够静好"？说实话，争光想"探究"的亦是我所好奇的，当然，我还有一层好奇就是想知道杨争光在经历了这样一场生死劫后会产生哪些变化？当然，真正的"岁月静好"也确是本人心向往之的一种境界。

如果作品不署名，只是看其文字，大概率不会将《我的岁月静好》与杨争光其名联系起来，不仅语言，包括结构、故事和他过往作品的差异都比较大。作品的故事倒是很简单，那个"我的"的"我"就是一个名叫德林者，作品主要说的就是他从青年到逼近中年的那段"岁月"。在他所在的那个县城，这"也是有影响力的人"，县档案馆至今还保留着他初二时的一篇作文。德林在县城一个中专任教时与自己的同事马莉也算是自由恋爱成婚，后来他考上了师大哲学系，继而又攻读了师大新传院纪录片专业的研究生而留在了省城。夫人马莉为了来到省城，也考上了研究生，一家人在省城过上了平平淡淡的日子。其实，就过日子而言，大多数国人何尝又不是如此呢？不过，在这个普通的家庭里，平淡的日子并不意味着没有冲突没有波折：或许是因其过于平淡，倒是在这个家庭处于相对被动一方的妻子马莉率先有了外遇而提出离婚，而还在县城郊外的德林家老宅因其拆迁补偿的纷争又面临着被强拆的风险……

杨争光在自己的这则新作中所表现的大抵就是这样一段"岁月"。依常理，一个家庭的日子过得平平淡淡并不稀罕，但这个家庭在面临夫妻解体、老宅被强拆这样尴尬的"岁月"时，恐怕也就很难继续"静好"了。但杨争光偏要"静好"如故，这是因为在他看来："在并不静好甚至疯魔的岁月里，却能拥有静好的岁月，是要有一些超常的能耐的。"因此，"探究一下静好们的静好何以能够静好"就成了这部小长篇的主旨。

那么，这种"探究"的结果如何？杨争光在自己的新作中给出的答案就是那个曾经在县城"也是有影响力的人"德林进入省城后竟然活成一个十足的以"看客"为生活之法则的所谓读书人：看邻里现场杀人，看自家老宅被强拆，看夫人提出离婚，看自己在夫人有了外遇且已经提出离婚诉求还依然故我地继续与之过着夫妻生活……而作品的二号人物马莉的言行虽不及德林那般"淡定"，但其表现也是够"可以"

的了，尽管是自己率先提出的离婚，但面对丈夫要求的夫妻生活，虽也有不从之时，但更多的时候则还是给予配合。如此荒诞不经的"岁月"，竟然激不起半点涟漪，不吵不闹、不怒不打，反正就是"不折腾"，的确十分"静好"。

　　这样的逻辑自然是反常态反逻辑的。一个敏锐的作家不就是要抓住这个"反"字做文章吗？而且还要做足。我想，杨争光的《我的岁月静好》就是这种牢牢抓住反逻辑的典型。其实，当这种反逻辑行为一旦走向极端时，问题也就随之浮出了水面：这样的"静好"真的"好"吗？面对这样的问题，作家在自己的作品中大概率都不会给出答案，而是让读者自己去认识、去直面、去思考，这，或许恰是这部作品最大的价值之所在。

　　面对生活中的如此尴尬，依常理，置身于其中者即便是外在言行上可以尽力克制掩饰，面子上也可以做到波澜不惊，但内心不时泛起些许涟漪总是难免，也是再正常不过的反应。然而，杨争光笔下的德林与马莉，无论是行为还是内心的表现统统就是"静好"，仿佛一切都不曾发生，仿佛一切与他们无关。如此"静好"如果不是那种"精致利己主义者"的一时之忍，就只能是极端十足的麻木与麻痹，德林与马莉显然是后者，他们彼此实在没有隐忍的半点理由。

由十足的麻木与麻痹导致的这种"岁月静好",在某种意义上其实也是当下我们社会相当程度存在着的一种病态。目前在我们社会生活中两种比较司空见惯的极端现象一是"喷子"不少、戾气太重;二是"躺平"者众、"静好们"多。在我看来,杨争光创作《我的岁月静好》其锋芒所指正是后者,他不仅用一种近乎荒诞的艺术手段平静地将这样的"静好"呈现于世人,也冷静地观察到"静好们"之所以能够"静好",既有他们个体"与时俱变的创新",更有"悠久的祖传"。"静好们"貌似冷静平静理性,其实这不过只是一种假相,他们对社会之危害在某种意义比之于那些"喷子们"更恐怖、更具欺骗性。

"岁月"如此之"静",真的"好"吗?

"吃里头"的那些个"道理"

看葛亮的《燕食记》

这是葛亮继《朱雀》《北鸢》之后又一部新的长篇小说。关于葛亮，我自然不能说陌生，但面对他的新长篇，我又的确多少存有些许"忐忑"，吃不准他的新作究竟又会给你啥样的体验？

我之所以这样说绝非凭空而论。还是在2009年，本人曾受邀至浸会大学做了半个月的访问学者，这段时间校方给我的刚性任务就两项：一是给这里文学院的学生讲一次大课；二是和学院文学教研室的六位老师分别作一次交流，而葛亮就是其中之一。大课我自然会事先做些准备，至于与六位老师的单独交流则本以为兴之所至便可，但恰恰是那个最年轻的葛亮偏要给我"出题"，在交流之前先给我留下一扎厚厚的手稿并美其名曰为"请指教"，这就是他的长篇小说处女作

《朱雀》。对当时的我来说，这可真是一次难忘的"烧脑式"阅读，作品确有许多吸引我、感动我的地方，但也有一些令我"头大"之处，说白了就是整体叙述在某些地方留有明显"作"的痕迹，"作"得令人读起来费劲；再往后就是差不多过去了六七年，曾经的同事告诉我说葛亮将他的新长篇《北鸢》交给了人民文学出版社，总体蛮不错，让我给看看。看就看吧，大不了再"烧一次脑"！结果掩卷后的印象竟然是那种惊喜的生疑："这还是我认识的那个葛亮吗？"我除了在前后两部分的衔接上还有点不满外，其余的评价就是三个字："非常好！"现在时间又过去了六七年，葛亮的第三部长篇《燕食记》杀青面世，这次带给我的又会是啥感觉呢？

曾经有人将葛亮的《朱雀》、《北鸢》和另一部短篇小说集《七声》概括为书写近现代历史之家国主题的"中国三部曲"；现在又有人将这部《燕食记》称作是葛亮继《朱雀》《北鸢》后"中国三部曲"长篇小说系列的收官之作。不能说这些概括完全"不着调"，但毕竟只是一种局部的描述，而在这种描述的背后则意味着大量的省略。关于《燕食记》究竟是一部什么样的作品？葛亮在自己这部新作的首尾都有十分清晰的交代。作品以汉代经学大师郑玄为《周礼·天官·膳夫》中出现的"燕食"二字所作的"注"——"燕食,谓日中与餐食"为开篇,又在本书的后记《食啲乜》中明确坦言:"想写一部关于'吃'的小说,是很久以前的事情了","我念念不忘这个主题"。

食,怎么制作?如何品尝?的确是葛亮这部长篇新作的重要切口,但又绝不仅仅只是切口,同时也是作品文本一个重要的组成部分。《燕食记》关于美味佳肴的制作与品鉴不仅占有相当的篇幅,而且写得十分出彩。无论是白案还是红案,无不被葛亮状写得浓妆淡抹、活色生香;炒、煎、贴、炸、熘、烩、焖、扒、汆、涮、卤、酱、炝……烹饪的十八般武艺在葛亮笔下被表现得静若处子、动若脱兔。比如本帮菜中红烧肉因其"肥而不腻、甜而不黏、酥而不烂、浓而不咸"而广受食客欢迎,这是因为从食材开始就要有连上皮肥瘦夹花共七层的挑剔,以及大火烧、小火炖、中火稠的制作过程,只有这样才能呈现浓油赤酱、焦亮糖色的效果。这样一种描写的确令人心动,恨不能立马亲自动手一试。不仅如此,所谓美食之美,需要的还不仅仅只是制作者的匠心与手艺,品鉴者的"懂"与"会"同样重要。《燕食记》中在写到邵公偕夫人到"十八行"用餐时有如下一幕:面对上来的生煎,夫人先是不以为然,但在邵公"内里有乾坤"的提示下,"夫人便撷起一只,轻咬一口,才发现,这生煎的皮,不是用的发面,而是透明脆薄,里面的汤汁流出来,极其鲜美。再一口,原来内藏着两个虾仁。还有一些软糯的丁儿,混着皮冻化成的卤汁,咬下去十分弹牙爽口。夫人品一品。眼睛亮了亮,说,你们快尝尝。这花胶,用得太好。"……凡此种种,从制作到品鉴,不仅是一门功夫也是一种文化,不仅是作品的一些引子,也是作品主体的重要构成之一。

烹饪也罢、品鉴也好,都离不开一个个活生生的人。一部《燕食记》,出场人物中有名有姓者好几十,主角儿自然是"大按师傅"荣贻生和他的高徒陈五举,这师徒俩"相亲相杀"的故事构成作品的主线,他们各自艰辛曲折的成长历程固然令人手不释卷,而推动整个故事发展和紧紧抓住读者心房的则是他们彼此个性的鲜明和命运的起伏。除此之外,在葛亮笔下的众多人物中,无论主次、不分男女,随便拎出三五皆可见出鲜明的个性,而这些又是与他们的血缘、经历和成长环境紧紧勾连。比如锡堃、颂瑛、慧生、叶七、风行、司马先生、露露、谢醒……还有其他,无论葛亮着墨多寡,个个都是"有故事的人"和个性鲜活的"这一个"。有这样一群大大小小"活色生鲜"的人物支撑起《燕食记》的"四梁八柱",作品想不抓人都难。

从作品面上的呈现看，同兴楼、十八行当然是荣贻生、陈五举师徒俩活动的主空间，般若庵、太史第、安铺、湾仔、观塘……等则是作品里各色人等展示自己的次场景。但整部《燕食记》则是笼罩于一块巨大的自然时空之天幕下，这里上演了自辛亥革命以来粤港两地先后经历的诸如抗战、新中国成立、改革开放等一系列时代风云变幻，无论作品中人的选择与作为如何，在某种程度上其实都是可以从那片巨大而斑斓的时空之幕上寻找到些许缘由。荣师傅出生在20世纪20年代之初的广东，这当然是一个时代的开启，他的人生自然不得不伴随着此后一系列的时代变革与风云际会而起伏；而弟子五举活动的主场景则主要在香港，六七十年代那里的经济腾飞，八十年代中英联合声明的签署及粤港澳大湾区开始启动等一系列重大历史变革对于个人命运的兴衰起伏或多或少都会激荡起种种微妙的涟漪。比如作品行将结束之际，谢醒在动员露露去说服五举参赛时曾说道："你们这个观塘的店，不长久。"理由就是"如今大陆开放，多了四个经济特区，吸引外资。观塘的老板们，心思活络的，都想着把厂子北上移到内地去"。寥寥数语，80年代经济特区建设的魅力跃然纸上。

"食"之成为《燕食记》的切入口是因为"中国人的道

理,都在这吃里头了",这个"道理"固然很多,但葛亮这次选择的则是如何顺时、怎样做事、哪般立人?孤立地看,三者都很精彩,但对一部长篇来说,各有其美并不等于整体之美,稍有不慎还有可能前功尽弃。如何将这三块独立之美和谐完美地糅合成一个整体之美就成了决定《燕食记》成败之关键。

比之于《朱雀》《北鸢》曾出现的遗憾,葛亮这次在结构上做足了文章。从文本表层看,《燕食记》全篇由上下两阕共十六题组成。上阕九题以师傅荣贻生的传奇身世为主体,展示的是辛亥革命以来粤地的时代风云变幻;下阕七题则以荣氏弟子陈五举的成长为核心,呈现的是香港半个多世纪以来的发展历程;终曲则以师徒二人在一场电视烹饪大赛中重逢而走向大团圆。这当然是一种典型的双线叙述结构,其长则在于脉络相对清晰,其短则略显机械,灵动感不足。为了补强抑短,葛亮在作品中特别设置了"我"这个角色来贯穿上下,这是一个赴港读书又留在那工作的青年学者,因其祖辈与荣师傅也算世交,因而多有交往,为此,"我"还特意申请了一个关于粤港传统文化口述史的研究项目。不曾想到的在研究尚未展开之时,竟传来了同钦楼即将结业、荣师傅出走的惊雷。为了抢救这段历史,"我"便加速了该项目的研究,也成了自由游走于上下两阙间的一个"自由人",他可以将荣师傅和五举师徒俩在上下两阙之间自由调度,容易混淆处也不妨加点近乎注释类的文字。这样一来,上下两阕结构的短板在"我"的调度下就变得自由灵动起来,而且"我"的出现也使得读者在阅读《燕食记》这一虚构文体时自然产生一些非虚构的"幻觉",增强了作品的真实感。

当然,《燕食记》之成功也还有其他因素共同促成。或许是一种巧合,在进入对葛亮这部新长篇的阅读之前,我正在集中阅读东方出版中心新近推出的《七声》、《戏年》和《问米》这三本葛亮的中短篇小说集,总计18则中短篇虽各有长短,但善写人则是其共同特点,不多的着墨将作品主人公的主要特点给勾勒得栩栩如生,令人难忘。这一点在《燕食记》有了更宽广的表现舞台,作品中先后出场的人物大大小小几十有余,着墨虽有多寡之别,但活灵活现则是其共同特点。还有语言,葛亮的叙述语言和人物语言其实都值得琢磨,在中国传统文化中汲取营养是葛亮语言的显著特色,但《燕食记》因事发粤港二地,一些粤语的嵌入在所难免,但在具体处理尺度上葛亮的掌握十分得体,不仅不显生硬,反倒更见丰富。

《燕食记》的题材不能谓之为重大,但它所表现出的主题分量不轻，且感染性极强。这样一种阅读体验再一次告诉我们：对创作来说，写什么和怎样写同等重要；对文学来说，只有具备了强大的艺术感染力，读者才会心悦诚服地接受作品本欲传递的内容与主题。

寓"宏大"于"日常"

看王安忆的《五湖四海》

王安忆那个新长篇《五湖四海》你看了吗?

看了;

怎么样?

好,非常好!

大概写什么啊?

一句话:改革开放好呀,改革开放真的好,就是好!

是吗?没开玩笑吧?

没有啊,是真的。

上面这几句简短的对话发生在前些天我与一位年轻的文学编辑之间。也正是因为这几句对话,使得我有了尽快地阅读这部作品的冲动。说实话,对安忆新作的这种评价如果不是出自一位改革开放后出生的年轻人之口我或许不会有这样一种阅读冲动，因为我一直顽固地认为：只有出生在改革开放之前且已形成记忆了的那一两代人对改革开放才会有如此积极的正面评价，毕竟他们亲身生活经历的前后对比实在是太强烈、太刻骨铭心了。

　　卒读整部作品后掩卷一想，近九万字的《五湖四海》似乎还真的是安忆创作中最直接、最同步、最正面表现改革开放时代生活的一部大中篇或曰小长篇。尽管作品中长三角流域的那些大场景在她过往创作的《上种红菱下种藕》《富萍》等作品中也出现过，但的确不如这部《五湖四海》来得如此直接、如此清晰、如此具体。整部作品所呈现出的时空与改革开放40余年的发展轨迹几乎完全吻合，而主场景则被安排在从计划经济到市场经济到城市化这段历史进程中的长三角地区，活动在这个历史舞台上的主角儿们则是上世纪50年代出生的这一代"水上人家"和他们的后人。至于"五湖四海"这个在六七十年代曾经被广泛使用的"流行语"被移植到这里倒也有了某种"双关"的语义，既不无那个时代的某些特别烙印，又恰是这部作品所表现内容的一种形象写真，如同安忆在作品中所言："吃水上饭的，多少都有五湖四海的气势，水流到处，就是他们的家。"

既然以"五湖四海"如此磅礴之气势命名,那作品便总是要有一些与之相匹配的内容。于是,作品便从被当地人称之为"猫子"的"吃水上饭的"人们落笔。在安忆看来,"'猫子'自己,并不一味地觉得苦,因为另有一番乐趣,稍纵即逝的风景,变幻的事物,停泊点的邂逅——经过白昼静谧的行旅,向晚时分驶进大码头,市灯绽开,从四面八方围拢,仿佛大光明"。作品中,头号男主张建设虽早年失去双亲,但在时任大队支书大伯的帮助下,勇敢扮演起长兄如父的角色,从自己辍学在大队挣工分供弟弟读书开始起步,再到由一条旧船的老大到一条新船的老大,继而成长为拥有四条船的老板,船呢,也是从水泥船到机轮船,再到最后发展壮大成为建船拆船厂的厂长和公司老总。业务范围更是从家乡一直延展到周边,进而一直发展到位于上海的崇明岛直至海外……与修国妹结成夫妻后,从以船为家到上岸建房,从在村中的五间平房、公寓楼到县城的别墅、芜湖的别墅一直到上海等地随意买房……一句话,日子过得越来越好,生活愈来愈有奔头。而罩在个人与家庭如此大发展之上的大背景又恰是近半个世纪以来我们国家整体所走过的一条发展之道:从封闭逐步走向开放、从计划经济到全面转向社会主义市场经济、从各自为营到长三角一体发展……没有这个大背景,就绝对没有张建设的小春秋。在这个意义上说，王安忆这部《五湖四海》表现的就是"改革开放好呀，改革开放真的好，就是好"。这个大主题的概括不仅一点错没有，且绝对是实至名归。

当然，作为一部小说，如此宏大的主题终归还需要通过小说艺术的有效转化才能够得以有效实现，而且其艺术转化愈彻底、艺术表现力愈丰富，主题的表现也才能够更生动、更形象、更真实，也更为深刻。这一点，《五湖四海》的表现同样堪称十分成功，具体映射在那张改革开放时代大背景高清天幕上的当是由张建设与修国妹组成的这个"水上人家"的家庭生活史、经济活动史及心灵动荡史。而关于前"两史"固然是小说家施展自身艺术才华的广阔天地，但心灵动荡史则更是一位作家特别是优秀作家个性与才华得以充分发挥与展示的用武之地，也是一种典型的寓"宏大"于"日常"。

于是，王安忆在《五湖四海》中设置好大的时代格局后，便开始在人间烟火中细致入微地着力考量起生活与成长于这个时代大变局下的人性与伦理，这也恰是安忆长期以来的创作之所长。作品中与男主角张建设同为一号角色者其实还有他的妻子修国妹，在某种意义上这位女性在作品中的"戏码"显得还要更多一些。这对夫妻成婚之日也恰是分田承包、土地流转开始渐次登场之时，于是他们才得以"上岸"，有了自己的地、有了自己的房，小日子过得甜甜蜜蜜；同时作为长子与长女，他们又凭借着自己的见识和胆识，抓住每个机遇下出先手棋，为自己整个大家庭的日子过得舒心称心、尽心尽责。这时作品的叙事重心开始转向女主修国妹，面对自己成功的丈夫、乡下的父母、成长中的弟弟妹妹，自己的儿女以及和这些亲人相关的种种关系，集妻子、长女、长嫂、母亲等多重角色于一身的她又当如何面对、怎样处置？从家乡到外地、从国内到国外，事无巨细渐次打理，时代变迁，人心起落，于不经意间跃然纸上……而就在他们的事业与日子蒸蒸日上之际，月满则亏、水满则溢的法则似乎开始显灵，一种淡淡的忧伤与阴影逐渐显现。表面上看，依然不外乎是男人有钱了就花心就变心之类的套路，只是到了安忆的笔下即便是套路也必然被处理得不同凡响。《五湖四海》中，有关成功商人张建设与妻弟女朋友袁燕和小姨子小妹之间这两场疑似"花心"的故事都被设计得颇有意味：袁燕的父母本来住着修国妹老家的房子，忽然提出要搬回上海去住，而给他们在上海买房子的竟然就是张建设；还是这个张建设在上海给自己的小姨子也买了房，而小姨子对姐夫也是直呼其名；更奇葩的是张建设在上海的这两次买房事先竟然都没有和妻子商量，甚至连招呼都没打一个……到底发生了什么？安忆没往下写，只是有一句嘀咕："日子怎么会过成这样？"再加上一点点愤懑的小举动，只是还没容展开，立即就被其他事由岔入，转而又是一地鸡毛般的日常琐碎：处理乡下的院子、打理芜湖的公寓、一次又一次大小不同的聚会……在其他作者那里极有可能大做文章甚至被视为"戏眼"的重头，在安忆笔下就这样不轻不重地数笔带过。这恰是高手的过人之处，无非就那么几种可能，展开即成冗赘，更何况《五湖四海》的重心并不在此。

"修国妹相信凡事都会有个结局，但没想到是这样的结局。"某次"张建设一时技痒"，当他扶着割炬"正走到头，看见一片乌云压顶而来，却动弹不得，纳闷想，发生了什么？即遮蔽在黑暗之中"。《五湖四海》至此戛然而止，一个极富想象空间又充满不确定性的结尾。引发这次灾难的祸首是吊车，而吊车在张氏夫妻关系危机时已不是首次出现，这显然是一种隐喻。隐喻什么呢？《五湖四海》没有明确回答，但辽阔迂回的"五湖四海"本身就有多种可能，这也便是作品最好的答案。

活脱脱、毛绒绒、鲜扑扑的……
看范雨素等的《劳动者的星辰》

这是首次进入本专栏写作以来的一本多人作品合集，所涉作者绝大部分都是文坛甚至也是社会知名度最低的。开篇作如此陈述丝毫没有半点不尊或不屑之意，而只是在客观地陈述一个事实并为何以选择这本合集作为本文讨论的对象作点铺垫。

这本名为《劳动者的星辰》的散文合集由北京大学新闻与传播学院的张慧瑜老师选辑而成，收入集子中的 14 则散文均出自一个名为皮村文学小组的 9 位成员之手，而这个皮村则位于北京的东五环之外，早些年这里大抵可算是北京的东郊，现在已不至于那么边缘了吧。在这 9 位作者中，我唯一知其名且应该还有一些社会知名度的当是一位名叫范雨素的女性。这位来自湖北襄阳在北京做育儿嫂的家政女工，五年前的 4 月 24 日在一个题为"正午故事"的微信公众号上贴出了一则题为《我是范雨素》的散文后,立即在网络上遭遇热捧,不到 24 小时的时间就引来了 10 万+的点击。

而从张慧瑜老师为这本散文集中所作的"序"中,我还知道了,在这个皮村还有一个工友之家,一些住在皮村或皮村附近的工友们在城里工作,业余从事文学写作,每个周末他们都会相聚在工友之家,一起讨论文学和写作相关的话题。有老朋友离开,也有新朋友加入,即便很久不见,也会时常通过微信联系。说实话,张老师在"序"中披露的这种情景真的让我感到一些温馨与感动。如果没有这些默默无闻的文学爱好者与读者,还真是很难想象我们这些以文学为职业者的职业意义与价值了。

就是带着这种一半是感动、一半是好奇的心态,我进入了对《劳动者的星辰》的阅读。收入这本集子中 9 位作者的 14 篇散文,从取材上看,他们的目光及笔力所至,大抵不外乎两大类型:一是带有明显的"自传"或"自传片断"痕迹;一是写自己身边熟悉的人,或是自己亲人、或是自己的工友、邻里之类。《我是范雨素》这篇明显带有自叙传色彩的作品在网络上火了之后,范氏收入这本集子中的《大哥哥的梦想》即将笔墨转向自己的大哥。这位大哥也是一个有趣有故事的人，做文学家的梦碎后，又想当造飞机的发明家。这第二个梦显然比文学家梦更难实现。梦碎，本是一桩辛酸的、苦涩的事儿，但在范雨素笔下不无灵动的美感，更有一种生活磨砺的悲壮。郭福来有三篇作品被收入集中，《三个人，一棵树，四十年》同样带有明显的自叙传色彩，但《工棚记狗》与《工棚记鼠》这两则近乎小品的文字则转向记录打工生活中工友们业余时间的欢乐与寂寞，一条小野狗给工友们带来的快乐不难想象，但一只闯进工棚的小老鼠竟也会成为伴随着工友们打发工余时间的"他者"，这着实有些出人意料，可谁又能否认这其中多少也含有一丝淡淡的心酸呢？有"流量女王"之誉的李若进入集子中的《穷孩子的学费》和《红薯粉条》，一则记录自己儿时因交不起学费而失学的苦涩，一则表现自己12岁时帮父母做红薯粉条贴补生活的艰难。当过兵、复员后种过地的徐克铎在自己的《媒人段钢嘴》中，或许有他在生活中的所闻所见，但虚构成分显然不少，一个"乱点鸳鸯谱"的乡村媒人形象被塑造得活色生香。李文丽的《高楼之下》虽是以保姆的视角呈现的都市中产阶级的生活及保姆与雇主间的界限，但难得的是我们从中还能读出她对家政劳动特殊性的某种思考。至于施洪丽、苑伟、王成秀和万华山等人的作品各自所表现的生活虽不尽完全相同，但基本视角与叙事方法也大抵如此。

透过以上对这些故事的大致复述与概括，再进一步观察还可以发现如下两个共同的鲜明特点：一是他们的生活面与生活视野虽不能谓其为宽，但对自己拥有的那"一亩三分地"则是十分的熟悉，且还夹杂着种种复杂的情愫，在爱之中也不乏种种微妙的悸动；二是他们在表现这些生活时大抵取一种原生态的呈现，因而出现在他们笔下的现实就是本文标题所用的那一组形容词：活脱脱、毛绒绒、鲜扑扑的，不事修饰中依然有一种肌理清晰的质感。

或许有人会说，这些都未必是真正意义上的文学。对此，我当然不能苟同。我也承认这样的文字的确可能还经不住多看，或者说还不够耐看，但这样的文字不时又足以触动我们心灵中最柔软的那块地方，令人为之喜为之忧为之乐为之愁为之酸为之痛，而这样一种心动感在我们阅读一些文字很漂亮、叙事也很讲究的所谓"真正的文学"时却未必能够获得。

由此想到前一段时间本人有幸在评审第八届鲁迅文学奖短篇小说时，有机会集中阅读了近四年问世的近300篇短篇小说参评作品。就我本人阅读体会而言，近四年我们的短篇小说创作的确还是取得了明显的成就，不仅出现了一批年轻或比较年轻的作家，而且其创作在对现实生活敏锐的捕捉及个性的艺术呈现方面都做出了新的探索与贡献,展示出某种生命活力及艺术感染力;但也确有一些作品其艺术表现力不能谓之不娴熟,只是阅读下来总感觉其表现的内容还是表浅浮泛了一些,少了那么点足以能够拨动心弦的力量。

上述两种阅读感受的如此反差不能不让我想到一个老生常谈的命题,即文学与生活。我这里当然无意纠缠于文学创作源于生活高于生活这类抽象的文学原理性命题,而只是想从上述不尽相同的阅读感受中概要地检讨一下在具体的文学创作活动中,一是我们需要的究竟是什么样的生活?二是怎样表现你欲表现的生活?三是具体到每一位写作者,最擅长,或者最适合你的又是什么?

关于第一个问题。只要是一个身心健全的人,时时刻刻都必然置身于具体的生活之中,无非是有的你更熟悉有的你会稍感陌生;有的能够引起你的关注有的则视而不见;有的会引发你的思考有的你则完全无感……在这样双双的比较中,前者无疑是文学创作所需要的;如果你更希望选择后者,那当然需要通过做不同的功课将陌生的转化为熟悉的、将视而不见者提升为关注者、将完全无感者纳入思考的范围。换言之,也就是只有那些自己熟悉的、关注的、有所思的生活才是有资格进入文学创作的生活。

关于第二个问题。即便是面对自己熟悉的、关注的、有所思考的生活，也还有一个如何呈现、怎样表现的问题，也就是说要为那样一堆生活素材匹配上相应合体的且还是自己所能驾驭的艺术表现形式。

关于第三个问题。我只相信有个性鲜明的作家而不太相信有真正意义上的"全能型"作家，因此，正确认识你自己最擅长干什么，当是成就一部优秀作品的最后一步。

如果这样的梳理大体不谬或者说还有一定道理，回过头来再看拙文前面提到的有关两种不同阅读感受或许就能有所心得。对出现在《劳动者的星辰》中的那些作者来说，其作品中那种活脱脱、毛绒绒、鲜扑扑的质感恰是他们创作中最宝贵的特质，至于还不够耐看的原因则在于他们毕竟只是业余创作，而且还是在头顶着巨大生存压力条件下的业余创作，这就很是可贵的了。对他们来说，首先需要的是生活得更好，其他都是第二位的。而对那些已进入"鲁奖"申报层级的作家来说，首先需要解决与提升的或许更在于第一个层级的问题，在个人生活相对无忧甚至已然抵达"小康"的位置上，比之于"怎么写"，"写什么"的问题或许更加突出，需要进一步努力的或许更是表现生活的浓度与理解生活的深度。

当然，对写作者"指点江山"的姿态本身就有点可笑，本人本文也绝无意如此，而只是因为最近的集中阅读触发了这样一些未必准确的感慨，遂留此存档、贻笑大方而已。

柔软的纯真与坚硬的现实

看笛安的《亲爱的蜂蜜》

我是冲着笛安这个名字以及对她在十年前先后创作的《西决》、《东霓》和《南音》这三部后来被总括为"龙城三部曲"的读后印象而进入对她新长篇《亲爱的蜂蜜》的阅读。但说实话阅读过程中这部作品的吸引力对我这个男性读者来说并不是太强,所幸它的篇幅只有 15 万字左右,倘若再长一点,我一时都有点怀疑自己是否还有耐心继续读下去。

以这样的文字作为本文的开头绝无任何低看《亲爱的蜂蜜》的意思,而只是客观坦陈一下自己当时的那种阅读心态。其实,作为曾经的职业编辑,见识过的各种作品、经历的各种心态确是多了去了。经验告诉自己,越是阅读过程中出现"异常"状态的作品越是不该轻易放过。具体到这部《亲爱的蜂蜜》，至少有如下三点就是值得在掩卷之余再想一想的：首先，比之于笛安过往的长篇小说创作，这部新作的故事情节之简单、叙述节奏之缓慢皆创她自己创作之纪录，对一位已有足够写作经验的作家来说，如此作为一定有她自身的特别考虑；其次，以如此简单的故事情节和缓慢的叙述节奏支撑起一部尽管只有15万字长篇小说，肯定有作家创作时自以为不错的自信与任性；最后，这到底是一部情感问题小说还是一部社会问题作品，尽管情感问题也是社会问题的一部分，但侧重点显然还是有所不同。

《亲爱的蜂蜜》的确呈现出笛安创作的某种新变。作品讲述的虽是一段爱情故事，但又不是两位情窦初开的年轻人寻寻觅觅坠入情海后的一往情深，而是一双各自都有过婚姻离异史的成年人再度"入戏"的生活与心路历程，其中还特别插入了36岁的男主人公熊漠北与自己的约会对象崔莲一那个三岁女儿小蜂蜜之间一段"忘年交"的"戏码"，且所占的比重不轻。以"亲爱的蜂蜜"为这部新作命名的缘由即由此而来。作为一部爱情小说，如此"错位"的安排当然都是笛安的刻意为之。理解了这番"刻意"，或许就是找到进入笛安这部新长篇之门的密钥之一。

无论如何"刻意"，《亲爱的蜂蜜》首先终究还是一个爱情故事。这个故事固然出自笛安之手,但那种平和冲淡的调性、种种琐碎细节的排列以及缓缓的叙事节奏又为她过往创作中所罕见。这毕竟是近乎人到中年且都还有过婚姻沧桑经历的一双男女打算再次走近爱情并试图进入婚姻,在爱欲日渐弱化的这个时代依然抱有这样的勇气固然可嘉,但大熊和莲一作为曾经有过不成功婚史经历的两个成年人之间存有一些相互揣度与犹疑,乃至考虑一些实际的功利都很正常。更何况生为"独生一代"的他们,又都经历了从"计划"到"市场"的社会变革,因此,在这个本该充满温情的都市爱情故事背后,依然潜伏着"计划生育""社会变革"等曾经经历的过往所带来的种种精神影响,还有他们与长辈这两代人之间不可调和的矛盾与无法切割的牵绊,如同逐渐老去的崔上校和老熊,虽并不争抢任何风头,却又不留痕迹地提醒着自己的存在和影响一样。凡此种种都使得《亲爱的蜂蜜》在缓慢平和的叙述中又有了几分清淡的历史感。

这样一段爱情故事的角儿固然因为由两位曾有过婚史的离异者来主演而有了点特别的滋味,但作品更特别之处则还在于小蜂蜜的设置与出场了。对此,笛安毫不掩饰自己设置这个小天使的目的:"当一个崭新的稚嫩的生命降临到一个成年人的人生里,TA将如何重新思考自己的人生。"36岁的熊漠北首次听到自己的约会对象崔莲一还有一个三岁的女儿时，心理便小有落差，待到和那个名为"蜂蜜"的小女孩接触之后的第一感受则是"幼儿是洪水猛兽，我们文明人在他们面前都是不堪一击的"。作品的妙处在于这个小蜂蜜不仅没有阻碍这段爱情的进展，反倒意外地成为了他们之间的润滑油甚至是粘合剂。这双年龄差为33岁的大熊和蜂蜜很快成了"忘年交"，熊漠北也迅速蜕变成了蜂蜜眼中的"大熊"：一个有耐心和蜂蜜讨论冰激凌为什么会融化的大熊，一个会在深夜和蜂蜜一道等待花开瞬间的大熊，一个将自己的"特斯拉"喷成蜂蜜最爱的粉红色的大熊……这是一个生命照耀另一个生命的过程，大熊在接纳蜂蜜的同时更在收获蜂蜜的友谊并完成了对自我青春创伤的疗愈。也正是在这个过程中，作品的主角儿被笛安悄然转换，天真无邪的小蜂蜜自然地取代了无论是母亲的崔莲一还是陌生的大熊叔叔。

然而，故事再次出现反转。意欲进入婚姻重组家庭者终究还是熊漠北和崔莲一这两个大俗人，小蜂蜜的天真无邪固然可以充当他们之间的润滑油甚至是粘合剂，但终究还是抵挡不过现实与世俗的力量。业务能力及工作状态均不错的熊漠北要被单位派驻伦敦两年，回来后自然就是升职加薪，而且还不是一星半点。这样的机遇俗人熊漠北自然不愿放弃，至于崔莲一和蜂蜜母女俩这两年怎么办？在他看来，她俩能随自己一同去伦敦生活两年固然好，即使不去也不过只是分开这段时光而已。而崔莲一则偏不这么看，于是俩人迅速滑入分道扬镳的边缘。如果不是那场突如其来的"新冠"大疫情，如果不是小蜂蜜的一次意外事故，他与崔氏母女俩很快就会形同陌路。导致这两次大反转的原因都是现实，此前的爱情与友谊无论是被轻易摧毁还是失而复得的缘由莫不如是，无非只是这个现实更严峻，即便是"幼儿"这个"洪水猛兽"，在严峻的现实面前同样"都是不堪一击的"。

归结起来，笛安在《亲爱的蜂蜜》中借助小蜂蜜与熊漠北之间的一段"忘年交"，推动着一双分别有过离异史的男女开始拉近；在接下来的时光流动中，他们各自面临的现实与利益又使得彼此渐行渐远；最终又因"新冠"这个人类突发的严酷现实让他们相互失而复得。如此这般，个人的情感与更广阔的历史背景和变幻莫测的现实自然地勾连起来。面对这样的历史与现实，懵懂的小蜂蜜只能发出"为沙玛亚"的发问，而笛安则在"我们这些幸存者别无选择，百年好合，是唯一的出路"的铿锵中结束了自己的叙述。这不仅是一个有意味的结束，也使得《亲爱的蜂蜜》固然是在讲述一个爱情故事，但其背后所涉及与承载的历史与现实、情感与理性、个体与时代等元素同样令人三思。而这，又恰是一位优秀作家永远都不会回避且需要加以艺术呈现的基本问题。

是该说"再见"的时候了

写在"第三只眼看文学"专栏百篇之际

不知不觉,在下自 2016 年起在《文汇报》开设的这个名为"第三只眼看文学"的专栏,现在与读者见面的正好是第 100 篇。我想,是该说"再见"的时候了。在这个特别的时点,就不再评说某部具体的作品而说说存于心头的一点感慨吧。

进入这则小文写作之前,我对拙专栏中的 100 则小文从不同角度作了个小盘点,形成了一点小小的"大数据"。在这百篇小文中,除去开篇交代开设本专栏的初衷和这篇在专栏终结时的一点感慨外,其余 98 篇共评说长篇小说 56 部、研究著述 14 部、散文集 11 部、长篇非虚构文学 9 部、中短篇小说 5 部(篇)、文化现象 4 种、新诗集 2 部,总计 97 部(篇)。所涉具体作家既有王蒙、徐怀中和冯骥才这些年过耄耋的老作家，也有张怡微、笛安这样的80后新生代；既有铁凝、余华、王安忆、池莉、迟子建、阿来、格非、毕飞宇、麦家……这些早已蜚声文坛的名家大家，也有杜阳林、王洁、毛建军这样的文坛"新人"。专栏写作前后历时近6年，年均写作近17则，所涉作品16部（篇）。这样的数据清晰地显现出：无论是年产量还是年阅读量，本人都不能谓之为大，最多也就是及格而已。只不过由于各种原因使然，拙专栏的见报频率确有时而集中、时而稀疏的现象，因而难免会造成所谓"高产""阅读量大"之类的错觉。

回想起差不多六年前自己主动开设这个专栏的初衷，至今还是记忆犹新。其主要缘由不外乎如下两点：首先，自打2012年下半年我离开人民文学出版社的工作岗位后，便与自己长期从事的文学编辑工作渐行渐远，除去参加各种名目有用没用的会议外，每天打交道更多的不是宏观的财务报表、就是上市申报、科技项目论证和所谓数字化管理。长期以来文学既是自己的工作也是个人爱好的一统格局不复存在，对文学作品的阅读与品评完全成了自己业余生活的内容之一。而人，至少我这个人也是有惰性的，如果没有一点刚性的约束，长期以来从事的文学阅读及评论很可能日渐生疏甚至荒废。我当然不希望走到这一步，于是就想到了在报纸写专栏的形式，这对我的惰性多少是一个硬性的约束。其次，我在人民文学出版社工作的十年时间里，已是明显地感到"卖书难"的问题愈来愈突出，一部优秀的或者是特色鲜明的文学作品其市场销量明显不及过往，抵达某种正常的预期目标日渐成为一件十分费劲儿的事。其中原因固然很复杂，也是综合性的。而当时诸如直播带货、视频、微营销这类时尚招儿也还没有出现。那么如何增强书评的有效性至少就是缓解"卖书难"的可用手段之一。

文学图书的书评本质上也是文学批评之一种。我理解的文学书评的有效性就是要用大众看得懂、易接受的文字将评论对象的内容、特色、价值及意义明白晓畅地描述清楚并传播开去，而写好这类书评的基本前提无非就是认真读原著，评价紧贴原著，努力寻求原著与读者需求契合点这样三条。只是这类说起来简单、做起来不易的书评在实际操作中其实真不多见。我不能说那些为了建构某种宏大体系、阐释某种新潮理论、大量引经据典以彰显某种学问、以某种时尚理论硬套乃至肢解作品的批评论文毫无价值，它们至少在著书立说、职称评定等所谓专业领域占有相当权重，但能够直抵更广大读者需求的文学书评在我看来应该不是这样，至少不应该全都是这样。

正是基于这样的理解，我开始这个专栏写作时对自己的基本要求就是坚决抛开种种"简单先验的判断，立足文本就作品说作品、就现象说现象"，"真真切切地读作品"，"从写作与接受两个维度找规律而不是简单地以某种'高深''创新'之论来套作品、下判断"。说得再直白一点，就是要紧紧贴着作品细细地读，实实在在地看清楚哪些确是作家在作品中直接表达清楚了的，哪些是作家可能的"潜伏"，绝不将某些所谓高深、新潮的理论和毫无文本依据的"惊人发现"强加于作品，或者将作家的作品简单粗暴地转化成显示自己所谓"新发现"或所谓"创新"的工具。这些说起来简单、看上去不难的要求到了实际操作时才发现真是自己给自己上了一套不轻的枷锁。有些被舆论爆炒的作品，我也难以免俗，第一时间找来拜读，然读下来的结果要么是自己的感觉完全不是那么回事，要么就是完全无感，于是只好放弃。虽不能说"白看了"，但具体到这个专栏的写作而言，还真就是"白看了"。还有一些作品读过后，感觉也确是不错，至少是很有特点，但自己就是找不到合适贴切的叙述角度，最终也只好放弃，这是自己的能力问题，怨不得别人。但就个人专栏写作而言，同样也是"白看了"。因此，这六年在专栏的写作中虽评说到了97部（篇）作品，但被自己"废"掉的作品至少也是这个数字的一半。没办法，这就叫既然不知天高地厚给自己立下了规矩，不成也得自己受着，难受也得受。

在自己的这百篇专栏文字中，有"看文学阅读"、"看'榜单'"、"看'重复出版'"和"看'阅读'"这四则小文是就某种文化现象发声的。说实话，仅就本人听到的或看到的反馈而言，这种文字的反响远比那些就一部具体作品发声的小文要强烈，获得的点赞也会多不少。有好心朋友还建议多抓点问题做文章。但这四篇小文全部写于本专栏开张的前两年，多因实在看不惯而起意，写起来其实容易得多，但无非只是宣泄下一时之义愤。因此，在后面的四年中，本专栏就全是具体作品文本细读的文字了。

要感谢《文汇报》这个既有深厚文化底蕴又在读者中拥有良好口碑的大平台。我一直以为：报业与其他文艺批评专业学术期刊所能发挥的功效并不完全相同，尽管报纸的文艺批评其篇幅有限，但篇幅长短从来就不是衡量批评质量的标准。作为报业的文艺批评，其信息传播的快捷和表达得更直接明快等独特功能都是那些专业学术期刊所无从替代的。如果这一方阵力量不足乃至缺失，对国家文艺批评整体生态建设的完整性显然就是一种缺失，不利于文艺批评事业的健康发展。而在这一点上，《文汇报》以专版或专刊的形式对文艺批评的坚持与坚守的确就是十分有意义、有价值的。

　　本文标题中的"该说'再见'"指的只是拙专栏就此结束。我相信在以后的日子里，本人还会以其他不同形式、不定期地与《文汇报》和读者再见。没有了"专栏"的约束，作者自由的选择空间其实会更大，但于我本人而言，有些坚持并不会因为这种空间的变大而变化。比如，以文本为本的原则不会变。这个"本"的前提就是要认认真真地细读文本，决不将自己的种种"私货"强加于文本之中；比如，坚持有感而发的原则不会变。我一直以为，即便是一个不错的批评家，也不是一个全能的批评家，不是面对所有的文本更不是所有的文体自己都有发言的权力或曰能力，与其硬评倒莫如谨慎一点，甚至三缄其口；比如，坚持"说真话"的原则不会变。我所理解的"说真话"就是实事求是，没什么敏感可言，倒是真正做到不易，如果连文学批评都不说真话，那还有多少存在的价值？尽管说了这样"三个不变"，但变可能更是方向是永恒，一言以蔽之，无非就是使自己变得更专业、更率真、更有亲和力。

附 录

春未老，且将新火试新茶

看王旭烽的《望江南》

继"茶人三部曲"开篇《南方有嘉木》面世26年、收关之作《筑草为城》出版22年之后，王旭烽终于完成了自己第四部长篇小说《望江南》的创作。据作家自述，这部新长篇其实在2013年便开始启动，"但一拖再拖，写下几万字，然而又推翻，甚至都十万字了还推翻。"这究竟是一部什么样的作品需要她如此长时间的准备？一部近40万字的长篇小说竟然耗去了作家长达八年的时光。

《望江南》之主体内容不仅依然没有离开王旭烽所擅长并为之痴迷的茶和茶人，而且我还以为考察这部新长篇的种种特色，依旧离不开她的那"茶人三部曲"。如果用一句话来概括，那就是这既是一部与之相承续又有着诸多不同与创造的长篇小说新力作，在一定意义上称其为"茶人三部曲·补也未尝不可。

所谓"承续",说的是和"茶人三部曲"一样,《望江南》依然是以杭州那个杭姓茶叶世家几代茶人命运的悲欢离合为主体,呈现的仍旧是茶人精神、江南文化、家国情怀,折射出的还是个人史、家族史和民族史中百年中国的一段历史进程。

所谓"诸多不同与创造",不仅是说《望江南》在内容上填补了"茶人三部曲"中所缺失的从抗战胜利后到十年"文革"浩劫前的那段历史,而在这段近20年的时光中,中国这片古老的土地上已然发生了诸多天翻地覆的大事,诸如蒋介石政权溃败龟缩至台湾、中华人民共和国的诞生、社会主义制度的确立及实施、户籍制度改革、土地改革、抗美援朝、"大跃进"……更是指王旭烽在这部新作的创作时所表现出的那种更自如、更自觉的一种创作状态,这种状态如果用一句话来概括,就是更自信,这至少表现在如下三个方面。

首先,作为一部以虚构为最重要文体标识的长篇小说,王旭烽竟然在其中自如地嵌入若干的真实历史。说实话,将虚构与非虚构合体这样的行为是需要胆识与能力的。尽管现在,对什么是非虚构以及在所谓虚构文体中如何嵌入若干非虚构成分这些烧脑的理论之争和创作实践都不是王旭烽之首创,但这样的行为在创作上的确又需要承担一定的风险,一不小心就会落入"失真""失和"这样的陷阱。我相信有着丰富创作经验的王旭烽不会不明白这种风险之所在,但她依然自如执著地在自己的这次创作中逆风而行。作品开篇便是吴觉农这个非虚构的中国"茶圣"与汤恩伯这个真实的抗战胜利后上海地区受降主官之间的一小段交集;接下来就是作品主角儿杭嘉和这个虚构的人物与真实的有蒋某人"文胆"之称的陈布雷在西湖边忘忧茶楼中的一段虚实对话,以及杭嘉和半夜起床独自赶赴五云山最后送别陈布雷的那一幕;再往后还有国民党元老级人物、时任浙江省主席的陈仪在1949年初与汤恩伯、蒋介石之间的交集以及1957年周恩来总理陪同时任苏联最高苏维埃主席伏罗希洛夫参观杭州茶乡梅家坞等历史上真实事件都一一出现在《望江南》中。我承认在上述这些对真实历史人物与事件的书写时,也确有极少数欠讲究之处,但总体上的感觉还是十分自然顺畅,而且每次将这些真实的历史人物或事件嵌入的确也都是出于作品自身的需要,用现在时髦的话说是在为体现作家的某种意图而"赋能",这就是王旭烽的第一重自信。

其次,作为一部茶人茶事占据故事主体的长篇小说,对茶文化、茶知识的描写与介绍自是难免,当然这种介绍通常又都是要通过作品中的人物或故事情节的推进以对话或描写等手段来表现或传递。然而，王旭烽却似乎全然不受这些陈规的羁绊，在《望江南》中，竟也会出现大段大段的完全游离于故事情节之外的介绍性文字。比如，关于中国的茶事，她从神农以降说起，整整用了七个页码的篇幅专事介绍，而这七个页码的介绍还完全独立于作品中的人物或情节；关于中国茶传入俄罗斯的历史，她也是从公元前六世纪讲起，一直说到刘峻周1893年赴俄，整整三个页码的篇幅同样完全可以独立成篇。奇特的是，如此"犯忌"的写作到了《望江南》中阅读起来倒也不觉得游离与突兀，并无"违和"之感。细想其缘由，大约也是因为王旭烽在整部作品中对茶人茶事出神入化的表现与描写已然为这种"游离"开好了道、做足了铺垫之缘故吧，这又是她的第二重自信。

最后，由于《望江南》故事的发生背景主要在新中国成立之初的十几年，这当然是一个辞旧迎新、新旧交替的大变革时代，土地改革、抗美援朝、"大鸣大放"、"大跃进"这些重大的历史事件也都发生在这个时期。今天回过头来审视这些，当然会发现其中的一些不合理、不如意甚至是荒谬的片断，比如对在隐秘战线工作的干部如何甄别，"土改"中的某些过激行为，对抗美援朝中"志愿军战俘"的处置，"鸣放"

中的扩大化,"大跃进"时的泡沫等。而立足于当时特定的历史阶段与时代背景,这些重大历史事件的发生发展又的确自有其自身的合理逻辑与历史必然。面对这种种明显的"悖论",如何处置?这也恰是考验一个作家对历史、对发展等如何领悟的一种测试。在这些环节,我们看到王旭烽的处理是不回避、不绕弯,而是形象而理性地面对,既承认某种历史特定时期存在的合理性,又不回避问题与矛盾,平和而冷静地总结其历史教训。这种以史为鉴、面向未来的态度何尝又不是她创作自信的第三重表现?

在《望江南》的"后记"中,王旭烽坦言:"无论历史如何前进,文化如何演变、人世如何变迁,天地如何撕裂,人的心灵和命运都是在连贯中进行的,中华民族一直在艰难曲折中前行。写这样的长篇必须浸透到历史长河中去。只有这样,我们才不会把一次次的冲击简单割裂成运动,它们是相互影响的文化单元。我相信,永远有着向光明进发的人们,而中华民族的历史不管怎样地迂回曲折,都不曾失去茶人的优雅和稳健风范。"我想,这样的认识与胸襟或许也正是王旭烽的创作走向自信的一种强大的内在支撑吧。

总有一些情愫值得恒久期待

看潘向黎的《白水清菜》

这是一部新版的中短篇小说集，但不是潘向黎近几年中短篇小说新作的首次结集。全书收录作者中短篇小说凡 14 篇，最早的《如果在箱根做梦》创作于 1995 年，最晚的《女上司》则收笔在 2006 年。这就意味着《白水青菜》中所收录的最新作品距今也有 14 年了，而且这些作品在十来年前既分别于文学期刊上发表，也先后由不同的出版社结集出版过，尽管不同集子所收录的具体篇目不尽完全相同，但这一切都改变不了《白水青菜》这部集子呈现的仅仅只是潘向黎 14 年前的创作状况。这以后在我的印象中，向黎除在 2010 年出版过她的长篇小说处女作《穿心莲》外，其编辑工作之余的主要创作精力都集中在文化随笔与古诗词赏析的写作。这当然是另外的话题了。

老实说，收在《白水青菜》中的作品大部分以前我分别都读过，而现在令我产生写作本文冲动的主要缘由就是两个字：好奇！

本人作为一个曾经有过多年文学出版经历的从业者，自然深谙出版方对文学作品集这类选题的选择是十分谨慎的。不是因为作品本身的质量，而只是因为市场；而市场的选择，品质又未必是最重要的考量，倒是时时为一种莫名的"喜新厌旧"感梦魇般地缠绕着。在出版方自负盈亏的大背景下，没有几家财大气粗的出版社能不考虑自身经营的平衡，况且向黎《青水白菜》本次的出版方又是精明的上海人。于是，我之好奇就是想"窥探"一下出版方看中向黎这部"旧作"的理由到底是什么？或者说是向黎这部"旧作"中的什么魅力打动了出版方？

抱着这样的好奇，我重读了《白水青菜》中的14篇作品。我得承认，这次的整体阅读与以往的零散阅读其感受的确不完全一样。我还清晰地记得当年看完《白水青菜》这个单篇后自己的第一直接感受就是一个"馋"字，当然也十分佩服我们"老潘家"这位青年作家的生活洞察力和文字穿透力好生了得。而本次14篇作品连读下来，"馋"字已不是那么重要，倒是对向黎那个阶段的创作更多了一些认识上的整体感。

收录在《白水青菜》中的14篇小说,在皮相上至少可以很容易地找到一些共性的元素:比如场景皆为都市,无论地域是在国内还是境外;比如背景多在当下,即便镜头往远推,也不过只是闪回一下几年前的场景;比如,主题均不离爱情,14篇小说就是14个"Love story",但又各不相同:有女比男大许多者,也有男比女大不少者;有一方有家庭一方没有者,也有双方皆有家庭者;有爱情那层窗户纸被捅破者,也有情感只是暗藏默默注视者……在向黎的笔下,爱情虽然涵盖了多种可能,但哪一种爱情又都不那么容易。

哪一种爱情都不那么容易,这就对了。在当下这个高度物质化、趋利化的社会环境下,爱与被爱的纯度在稀释,难度却在增加。房子、位子、票子、车子……这些纯物质的因素变成了爱与被爱的紧密附着物,面对这样的大环境,又有多少人能够抵御这些爱之外的物质附着?其实导致哪一种爱情都不那么容易的因素又何止是物欲的干扰,爱的自信也在随之磨损,不信地久天长,就怕朝朝暮暮,这种精神状态下对爱的投入度自然可想而知;而与之相对应的则是爱的随意在涨潮,不求相互创造,大不了"另起炉灶"……

面对这样的现实、这样的不易,再来看《白水青菜》中的14篇小说,其珍贵、其价值就凸现出来。在谈到自己的新版作品集时,向黎如下两段"自述"我以为是恰是读者进入理解她这时期作品之门的钥匙:

> 我的小说反反复复讲述了人们对理想爱情的无限向往。这个向往我是很死心眼的,而且笔下所有人物都非常死心眼,百折不挠,一心朝向理想无限靠近。
> 我总希望对人存有善意,无论出于什么样的困境,貌似绝境,也希望能有些余地,留些祝福。

短短的这两段话中出现了两个关键词:理想、善意。其实,细读《白水青菜》,还可以从中抽象出纯净、宽厚、执著这样一些贯注于14篇作品中的主题词。《无梦相随》中的奚宁、《十年杯》中的班长程方、《如果在箱根做梦》中的砚青、《牵挂玉米》中的玉米(郁林)、江至柔和那个送盒饭的男人、《轻触微温》中的秋子和阿瞳、《我爱小丸子》中的姜小姜、《缅桂花》中的纪蒙北和许伊、《奇迹乘着雪橇来》中的"她"、《他乡夜雨》中的芳野绫子、《绯闻》中的江秋水、《永远的谢秋娘》中的谢秋娘、《一路芬芳》中的李思锦与姜礼扬、《女上司》中的钟可鸣和《白水青菜》中的妻子,这些角儿，无论男女，在他们身上，莫不程度不同地烙上了理想、善意、纯净、宽厚、执著这样的印记；而由他们分别演绎出的14个"Love story"真的就是在"反反复复讲述人们对理想爱情的无限向往"。

现实之不足，只好寄望于理想。这是浪漫主义文学出现与存在的根基，也是其最重要的艺术表征。在这个问题上，向黎不仅自己"死心眼"，而且还让自己"笔下所有人物都非常死心眼，百折不挠，一心朝向理想无限靠近"。如果不能理解与吃透作家这样的艺术初衷，那么顺理成章的一个逻辑必然会认为作品的"虚"与"假"；反之则是强烈地感受到作家这样一种主观性极强的创作意图在《白水青菜》这部中短篇小说集中得到了淋漓尽致的表现。

或许有人会以为：这样一种艺术表现及理想也并不怎么新鲜，在类型化的言情小说中这样的艺术表现当不鲜见，那些作品中的男男女女们爱起来同样的非常"死心眼"。的确，如果仅从"爱"这一个字来看，这样的认定也不是毫无依据。但在我看来，比较《白水青菜》中的诸篇作品与那些言情小说，一个最明显也是最根本的区别就在于，向黎笔下的作品与人物是高度个性化与艺术化的，而类型化的言情小说则是走向趋同与共性。向黎笔下的每篇作品尽管在表现"人们对理想爱情的无限向往"这一个点上高度趋同，但这本身就是向黎创作这些作品的初衷之一。除这一点之外，《白水青菜》中的14篇作品，在情节设置、故事走向、人物性格、文字的讲究和叙事调性上都表现出高度的艺术个性，许多篇什不到终局完全吃不准会是个什么结果，这和那些类型化的言情小说绝对存有天壤之别。

行文至此，我对向黎这部"旧作"究竟凭什么魅力打动了出版方这个问题其实已经有了答案，除去个性和出色的艺术表现力之外，作品中所体现出的对"爱"的理想、善意、纯净、宽厚和执著这些印记始终鲜明而顽强地烙在不同的主人公身上。尽管对"爱"的这些情愫在当下十分之稀有甚至缺失，但这并不意味着人们的内心与潜意识中对这些可以统称为美好、纯洁的情愫没有憧憬没有期盼，在一定意义上我们也完全可以说：缺失愈多期待愈烈。

总有一些情愫值得恒久期待。正是这样的情愫再配上精致个性的艺术表现，这就是出版方看中向黎这部"旧作"的理由之所在，也是向黎《白水青菜》的生命力得以持久不衰之妙谛。

"精神的"气候

看邵丽的《金枝》

邵丽的这部新长篇《金枝》我是在正式出版前就已经拜读过,那时的作品名还叫《阶级》。就实话,当时仅看这个命名内心就有些冲击感。"阶级"二字对我这个年龄段的人来说,本能地会触发许多回想,而且多是那种梦魇般的。邵丽当时以此为名是因为在她看来这"是我们如何一个台阶、一个台阶地攀登,努力向我们所希望的生活靠近的过程。特别是'父亲'先后有过两任妻子,留下了两个家庭。我们代表城市这一支,穗子代表的是乡村那一支。几十年来,两个家庭不停地斗争,就像站在各自的台阶上,互相牵制着上升的脚步"。成书后见书名改成了《金枝》,对此我自然能够想象最终弃用以"阶级"为名的一些顾虑,但对"金枝"二字的第一反应便是联想到英国著名文化人类学家J.G. 弗雷泽那部同名的原型批评名著也是文化人类学研究的经典之一,"金枝"缘起于一个古老的地方习俗,弗雷泽在《金枝》中由此提出了"相似律"与"触染律"。而在作品中出现与"金枝"二字有关的则是第12节中周语同将自己的一幅画作命名为"金枝玉叶",因为"她渴望周家的女儿实现自己不曾实现的,完成自己不曾完成的,拥有自己不曾拥有的一切,真的活成金枝玉叶"。照此看来,两者至少在字面上多少还有一点点关联。

《金枝》全书十五万字,分上下两部,每部八个小节,涉及周氏家族五代老小(其实还有四个第六代,但这四人基本只是交代性的闪现,姑且忽略),有名有姓者近三十人,平均到每人身上也就五千字左右。作者当然不会平均用笔,但这样的篇幅即使是用于主要人物身上的笔墨显然也还是有限的。尽管如此,这些人物的前世今生、命运起伏和性格特征总体上又还是十分清晰和特色鲜明的。这样一种效果的取得,既有赖于作者简洁而明快的叙述,又得益于作者巧妙设计的那种树状结构。整部《金枝》以周氏家族第三代中的周语同、也就是作品的主要叙述者"我"为中枢,这个"我"既是作品的主要人物之一,也在叙述上起着承上启下的作用。如果将《金枝》的整体结构比喻为一种树状,那么,它往下一直扎根到"我"的曾祖父周同尧那儿，往上即生长到"我"的女儿与侄子女们。其中"我"与父亲周启明则是支撑整个故事的主干，其他一众人等都是围绕着这条主干轮番出场上阵；在16个小节中，绝大部分小节都是以周氏家族中某一位成员的成长及命运为主角儿，另外几个小节则是以这个家族中的某个事件串起周氏家族成员纵横间的联系。这样一种主次分明又互为联系照应的树状结构使得作品整体虽枝蔓繁杂，但又井然有序。

《金枝》的故事既可以说是周氏家族的故事，但在一定意义上也可以说是"我"与周启明这父女间或两代人之间从爱到"恨"到和解的历史，而且这样一段历史的影响还程度不同地沿袭到了"我"的下一代。正是周语同在作品中所居的承上启下的特殊位置以及她在作品中所承担的既是叙述者又是被叙述对象之一这个特殊的角色，故而周氏父女间的那种爱"恨"交加的拧巴关系自然就成为《金枝》面世后被关注的焦点，所谓"审父"、所谓"代际关系"、所谓女性意识、所谓家族寻根等话题也随之成为评价与研究《金枝》的若干焦点。对此，我都不存异议，也认同这些点的确都是《金枝》的一些重要特点，但我同时又以为在这些散点的背后还存有另一种强大的统筹力将它们归集成一体。在这里我姑且借用

19世纪法国著名史学家和批评家丹纳那著名的"'精神的'气候"这五个字来概括《金枝》中所表现出的那种强大统筹力,而这也恰是《金枝》的重要特色及文学贡献之所在。

19世纪历史文化学派的奠基者和领袖人物、被誉为"批评家心目中拿破仑"的丹纳在自己的重要论著《艺术哲学》中提出了艺术的发展取决于种族、环境和时代三要素的著名论断,并以此为原则考察分析了意大利绘画、尼德兰绘画和希腊雕塑。在这个过程中,他反复强调:"要了解一件艺术品、一个艺术家、一群艺术家,必须正确的设想他们所属时代的精神和风俗概况";"作品的产生取决于时代精神和周围的风俗"。在丹纳心目中,这一切就是一种"'精神的'气候"。站在今天的立场来回望丹纳的这些艺术主张和批评实践,固然有时也存有机械与绝对、对作家艺术家艺术个性尊重不够等不足,但总体上则是为人们理解文学作品提供了一个更开阔的视野,打开了一扇更宽广的窗口。如果以此来审视邵丽的这部《金枝》,那么发现除去审父、代际矛盾、家族寻根、女性意识这些具体的冲突之外,是否更为一种强大而丰盈的"'精神的'气候"所震慑?或者也可以说在那些具体的冲突和矛盾背后,总是能够发现"'精神的'气候"之种种挥之不去的影子。

尽管《金枝》上演的是一场五世同书的大戏，但戏份的轴心显然就是"我"即周语同，戏码最足者则是由"我"这个轴心延伸开去的上下两代。在这个意义上，与其说《金枝》是五世同书，倒不如说是三代同堂更为贴切。"我"的上三辈曾祖父周同尧、祖父周秉正和父亲周启明尽管是血亲意义上的三代嫡传，但在社会学的意义上则仍可视为同一代；"我"的下一代无论是亲生的还是姑表姨表是一代；"我"和"我"的兄弟姐妹们虽是血亲上的同代人，但在社会学的意义上则是介乎"我"的上三辈和下一代之间的过渡代。这里我所说的社会学意义包括了他们生活的时代、所处的环境以及彼时彼处的风俗习性、人情世故等等与社会现状及社会发展息息相关的诸元素。以这样的标准再来反观将《金枝》中的周氏家族五世概括成三个代际就绝对不是主观上的随意为之。"我"的上辈们无论是曾祖父还是祖父抑或父亲，他们所处的大抵就是中国从半封建半殖民地向旧民主革命至新民主革命至社会主义初期这样一个历经激烈动荡变化的时代；"我"的下一代则生长于中国进入了改革开放和实行社会主义市场经济的新时期；至于"我"和"我"兄弟姐妹们的主要经历则是从中国式社会主义的初创到新时期。这三个大的时代，我们所处的时代背景、生存环境及风俗习性莫不发生了地覆天翻的变化，存在着多少天壤之别自然不言而喻。置身于这样的视域中反观周氏三代人迥异的生活态度、生活方式和冲突碰撞，就一点都不会感到新奇和惊诧。从周同尧到周秉正到周启明，这祖孙三代的婚变史何以如出一辙？从老祖母到裳到穗子这三位弃妇那种生是周家媳死是周家鬼的生活态度又何以惊人一致？从周河开、周鹏程、周雁来到林树苗到周小雨这些周氏家族第五代的人生态度又何以各自不同？周雁来笔下的穗子和栓妮子与周语同叙述中的这两位何以迥然有异？周启明与周语同父女间那种既爱且疏的微妙关系何以形成……将《金枝》中设置的这一连串问号置于他们各自所处三个时代的语境之中，答案至少是有了一个影影绰绰的指向与轮廓。

鉴于以上辨析，我固然也会为《金枝》中那奇异的代际矛盾、父女冲突感到心动，但更为作者不动声色地展示出那种"'精神的'气候"的力量和复杂感到震撼。的确，在《金枝》中，邵丽只是在借"我"之口讲述着一个家族的家长里短，几乎没有正面刻意地去书写时代、环境这些社会的、历史的元素，但它们无时无处、无声无息地存在于作品的不同角落，为每个人物的行为与心理提供着强大的内在逻辑。因此，与其说这是一部特色卓著的家族小说，倒不如说这是一部充盈着丰满的"'精神的'的气候"的现实主义佳作。现在人们总是在呼唤着文学创作要关注现实体现时代，殊不知现实与时代之于文学创作从来就不是直不愣登地用文字来书写，而是悄无声息地灌注于作品人物与故事之中，《金枝》的成功亦正在于此。

　　《金枝》全书 15 万字，这当然可以说是一部十分紧凑的长篇，或许也适应当下所谓数字化时代的那种匆忙而碎片化的阅读节奏。但我个人还是以为，具体到《金枝》这样五世同书的内容且又是以展现"'精神的'的气候"为显著特色的长篇小说而言，现在这样的篇幅多少还是显得有一点拘束。现在作品基本只有"我"这唯一的叙述，这样无异于在视角、手段和语言等方面给自己戴上了一具枷锁，倘能适度调动一些其他的呈现手段，整部作品的感觉或许会更加丰满、更加深入一些。当然，这只是我作为一个阅读者的主观感受，未必对，直录于此，仅供邵丽参考吧。

来自之江大地上的几位"特别能讲故事"者
看哲贵、海飞、畀愚和陈莉莉四位浙江作家作品

这是一篇在"中国文学中的浙江青年作家现象"大命题下的小作文,完成这样一篇命题作文本身就是一件大概率吃力不讨好的事儿。该命题的关键词无疑当是"现象"二字,而能够称之为"现象"者,当是指人或事物所表现出来的、能被人感觉到的种种状况,因此,它既不是一个单体,还要具有某种共同性,对文学创作来说,能称之为"现象"级的概括实在不是一件易事儿。

为了完成这则命题作文,我认领了阅读哲贵、海飞、畀愚和陈莉莉四位青年作家的部分作品。关于他们的创作,以前虽有零星的阅读,也留下了若干零星不错的印记,但这次带着总结其"现象"任务的集中阅读则无疑不是一次轻松的阅读之旅。四位青年作家的创作不是不可以找到一些共性,

但更多还是鲜明的个性。万般无奈中只能以"特别能讲故事"作为他们创作所呈现出的共同现象吧。

我知道,尽管在"讲故事"前加上了"特别能"这个修饰词,也依然无从掩饰这还是一个不怎么出彩的概括。然而,无论讲故事这个词组多么平凡,但故事从来都是与小说写作如影相随,成为小说创作不可或缺的一个要素。20世纪以前的传统小说,无论现实主义还是浪漫主义,其优秀作品都少不了一个或多个优秀的故事。直到现代主义的出现,因其信奉反叛一切传统的宗旨,才使得故事一度为种种名目的现代小说所嫌弃,非故事、非线性、非情节、非人物一度甚嚣尘上,碎片、心理、怪异、荒诞、变形成为一时之热捧。

然而,尽管现代小说十分嫌弃故事,又依然无法摆脱故事的缠绕,它们所能做的无非也只能是在传统故事的基础上竭尽夸张变形之能事,以至于到了现代主义后期及后现代时期,故事又不得不回归小说。但现代主义种种艺术主张的余威又的确导致了现在我们还有不少小说不会讲故事、讲不好故事,以至于莫言2012年12月8日在瑞典学院发表文学演讲的主题干脆就是"讲故事的人"。这位首位获得诺贝尔文学奖的中国作家坦言:"我该干的事情其实很简单,那就是用自己的方式，讲自己的故事"；"我是一个讲故事的人。因为讲故事我获得了诺贝尔文学奖。我获奖后发生了很多精彩的故事，这些故事，让我坚信真理和正义是存在的。今后的岁月里，我将继续讲我的故事。"

绕了这么一个大圈，无非旨在为本文的立意正名。言归正传，我认领的四位作家中除陈莉莉的创作产量目前还不高之外，其他三位皆不低。限于时间，本人一时无法穷尽对他们创作的整体阅读，于是从篇幅角度选择，尽可能地取他们的两头，即长篇小说或篇幅较短的短篇小说作为研读的样本。选长篇之意图自不必多言，而选小短篇其实更是在检验他们讲故事的能力。我认为，在一个万余字的长度中能够将故事讲得精致通透本身就是一种本事，这种能力一点不亚于一部长篇小说的写作。经过这样一番检视，来处之江大地上"特别能讲故事"的四位青年作家其"特别能讲"之处大体表现为如下三个特征。

一、有宽度

这里所说的"宽度"是指他们笔下故事所涉及的面，这个面所指或者是题材、或者是时代、或者是场面。仅限于一点，或不能谓之为宽。

四位作家皆生于上世纪70年后。这个时代生人大抵经历了从新中国到新时期到新世纪的转折或进化。而无论是转折还是进化，一是不乏故事，二是更不乏好故事，特别是在历史厚重的这片吴越大地上。应该说，四位作家的创作没有辜负这片养育自己生长的这片土地和助力自己成熟的这个时代。哲贵的短篇《骄傲的人总是孤独的》和《图谱》皆立足于信河街，前者将这片土地上特有的传统技艺黄杨木雕赋予"艺术的灵魂"；后者则通过父亲与柯子阁之间微妙的兄弟关系，将民间技艺"传男不传女、传内不传外"的传统坚守与信用展现得淋漓尽致；其长篇《猛虎图》书写陈震东自主创业从成功到破产的整个过程，将商人群体的生活方式和精神裂变以及与他们所处时代的多重关系给勾勒得惟妙惟肖。海飞的短篇《我叫陈美丽》则通过女推销员陈美丽虽背负沉重的生活负担却不甘沉沦努力奋斗的经历，展现出一个时代的生机勃发和复杂多样。畀愚的短篇《罗曼史》以邢美玉个人的情感生活为经纬，名为一部罗曼史，实则一把辛酸泪，呈现的是底层生活曾经的艰难与不屈。陈莉莉的短篇《江葬》同样状写的是林妙云与老麦这对凡人夫妻的日常生活，透出的却是大时代下浓浓的凡人烟火。

如果说上述书写是这些作家从艺术的视角敏锐地捕捉到

当下的时代与生活的变化、地域风情和人间百态的话，那海飞的长篇《醒来》和畀愚的长篇《瑞香传》及中篇《丽人行》和《邮递员》则不约而同地将笔触伸向上世纪的民国时期，这就有点令人称奇了。两部作品所呈现的时代之远、场景之大，各种社会关系之复杂等当然都不会来自作家直接的生活体验，他们创作的来源及驱动力不是来自书本就是自己合理的想象与虚构。这样一种近乎准历史小说的写作对青年作家来说，更是一种综合能力的测试。《醒来》立足于抗战时期的上海，时空虽有限，但那时的上海，各种社会关系错综复杂，你中有我、我中有你，敌与我、我与友之间此一时彼一时，变幻莫测，如何把握殊为不易。而《瑞香传》所呈现的时空更长更宽，几乎横跨从辛亥前到新中国成立这半个世纪，风云翻滚、世事沧桑、经纬纵横如何编织当是颇费思量。这一切远不是"谍战""悬疑"之类所能涵盖。但两位青年作家都能将故事讲得既风生水起又不乏余味。

我所理解的故事宽度绝不仅仅只是指向那种面上的纵横捭阖，它既可以是瞄准某时某处"打一口深井"，也可以是放开眼来上下驰骋，更何况决定是否会讲故事、能否讲好故事的要素也不仅仅在于故事的宽度，它还需要其他要素的匹配。

二、有厚度

有宽度说的是故事的面，有厚度则是指故事的深。故事的宽度仅仅只是反映出一个作家体验生活、观察生活和表现生活的面，但有了故事的宽度并不意味着就一定能够讲出一个好故事。有些故事虽好听好看，但过目即忘，过耳即逝，留不下记忆，耐不住咀嚼。因此，一个能讲故事、会讲故事、讲好故事的人在注重故事宽度的同时，还必须讲究故事的厚度，没有一定厚度的支撑，最多也只是一个热闹的故事而不能成为有余温的故事。

那么，什么是故事的厚度？在我看来那就是深度、是味道，是好看好听之外，听完看完之余尚有余香余味，牵着你逼着你再咂摸咂摸、咀嚼咀嚼的那股味道，是顺着作者的故事讲述再往纵向走走的深度。如果将这番味道这种深度文气一点表达，那就是意味，这样的故事就可称之为一个有意味的故事。

哲贵的短篇《骄傲的人总是孤独》，题目就很哲学，篇幅短，故事还有点仙气。在梅巴丹与父亲和父亲徒弟葛毅的交往中，多的是生活琐事，看寡言的父亲这个中国工艺美术大师唱着《老酒汗》，每年一度到神农架原始森林的背阴山坡寻找黄杨木，默默地制作黄杨木雕……整个故事就是由这些平凡的日常生活组成，琐琐细细，平平淡淡，几乎没什么冲突，直到一个神话般的结束——梅巴丹骑着一只黄杨木做的大鸟绕信河街上空一圈，然后朝东飞去，再也没有回来……故事谈不上揪人，但读完后又不得不回味再三：艺术大师与匠人，差的不是手艺而是灵魂。海飞的短篇《干掉杜民》写的是少东家陈老爷与庶民懒汉杜民之间的较量，以当时双方经济、社会地位之悬殊，陈老爷干掉杜民应该完全不在话下，但陈老爷采用的是钝刀子割肉的方式，慢慢来，这样干掉的就不是杜民的肉体而是摧垮其精神，一个地痞无赖被活脱脱地耗成了懦夫。陈莉莉的短篇《游泳》也是在不长的篇幅内，通过儿童纯真无邪的视角将成人间的种种微妙给揭示得活色生香……

凡此种种，故事谈不上特别的惊心动魄，但也能抓住你读下去、读进去直至结束，然曲终思绪却一下子还散不去，那淡淡的情节推进和并不激烈的人物冲突居然还能推动看故事听故事的人再品品味道、缕缕思绪，一个故事听下来看下去，能有这样的效果，当可称有一定厚度了。

三、有纯度

一个讲故事的人即便他的故事有宽度有厚度，还依然不能百分之百地保证讲的就一定是好故事，也未必能称其为"特别能讲"。本文所言之故事，终归不是田间地头或坊间书场的民间之乐，而是立足于文学意义上的故事创作。因此，在故事的宽度与厚度之间，还需要一种必不可少的统筹，这里我姑且用纯度来表达这种统筹。

在小说意义上的这种统筹说白了就是它的文学性。既然是故事，当然少不了起承转合、少不了噱头包袱；既然是小说中的故事，对起承转合、噱头包袱等等的控制力当更显突出，换成文学的表述，那就是在情节的设置上，同时还要考虑穿行于情节间的节奏、情节中的人物、人物间的关系、人物间的对话以及整体架构、整体风格等。缺乏这样的统筹力就有可能出现情节设置不合理、人物形象立不住、语言表现苍白等属于文学故事的标准，而非一般故事的要求，人们常说的某部作品有故事但文学性不足，大抵指的就是这些缺失或不到位。

以这样的标准再来衡量四位作家的故事，应该说他们的故事纯度也还是比较高的，也就是说其统筹文学故事的能力比较强。

先看他们的短篇。在某种意义上讲，因其篇幅的限制，一部短篇小说的故事讲得如何，对统筹能力的要求或许比一部长篇来得更高，毕竟它不太允许有更多的闲笔进行铺陈与交代。在这个意义来看，哲贵的《图谱》就是一篇故事纯度很高的短篇。故事从父亲偕儿子柯一璀返乡探亲开始，引出故事的主角儿——父亲的弟弟、柯一璀的叔叔柯子阁，但全篇用于这个主角儿的笔墨十分有限，兄弟俩几十年鲜有联系，做哥哥的少小离家老大回，弟弟的表现却很寡淡；哥哥去世，弟弟也没什么反应，但过了一阵，叫侄儿柯一璀回乡一次，为的就是将148场京剧盔头图谱和360道制作工序图交付给他，并严肃地告诫自己的侄儿："你父亲已推卸了一次责任，你不能再推卸。"仅此一句就至少传递出三层信息：一是柯家戏剧盔头的制作受之于晚清御用戏剧盔头的制作工匠金三清的亲传，而这种制作工艺又素有"传男不传女、传内不传外"的传统；二是哥哥推掉了自己本该作为传承人的责任；三是弟弟几十年则严格恪守并完成了他这一代应该担起的责任及传承，表现出的是一种信的精神。仅就这三层信息来看，这个故事的宽度与厚度都足够，但如果结构上不讲究，篇幅上估计就会拉长许多，稍不留神则会显出冗赘。而现在经过哲贵这番结构上的统筹，整个故事在有限的篇幅中反而显得十分丰满，其味醇厚。因此，这样的故事显然就兼有了宽度、厚度与纯度。

再看昇愚的长篇《瑞香传》和海飞的长篇《醒来》。两部作品所呈现的时空不完全一样，但在事关抗战时期上海的这一段却是基本重叠。如前所述，这一时期的上海在经过"八一三淞沪抗战"而沦陷后，看上去硝烟散尽，但更是各种力量暗中角力的聚焦点，除去共蒋汪日四方外，还有西方列强及各种民间力量也不甘寂寞，彼此相互渗透、合纵连横。在这样一种极其复杂敏感的环境中，无论是人物关系还是情节设置，如果针脚编织得不够细密就很容易露出破绽。上述两部长篇在这方面显然做了不少功课，因此，尽管场面上乱云飞渡，但内里仍是十分从容、调度有方。这种总体的统筹能力同样展现出作者讲故事的纯度不低。

宽度、厚度和纯度，共同构成了四位浙籍青年作家"讲故事"而且是"特别能讲"故事的特点。说起来，这些都是小说写作的基本要素，但能够将这些基本要素把握好并加以得体地运用，其实并不是一件易事。说起来也怪，小说写作出问题、有瑕疵的根源往往恰在于对基本要素的把握上出了偏差，或过于用力，或太不经意。看看四位青年作家在这方面的实践应该是会有所得、有所悟的。

作为本文的结束，还想说的一点就是，四位作家讲的当然是地地道道的中国故事，但他们讲故事的方法似乎既不是地道的中国风,更不是简单的舶来品。在他们讲述的故事中,中国传统讲故事的痕迹自是挥之不去,不时也会出现一些西方现代叙事中的荒诞变形、象征反讽之类,但不生硬不造作,不注意不推敲也未必能感觉得到。这样一种现象是否可以说明:在经历了二十余年对西方现代小说的生硬借鉴与模仿之后,我们自身的消化吸收融合能力已大大加强,一种新的中国风已然形成。倘真如此,当是中国小说创作之幸事。

一段兑现近 40 年前承诺的佳话

看马识途的《夜谭续记》

2020 年 7 月 4 日，人民文学出版社推出了马识途先生的长篇小说新作《夜谭续记》，一时激起社会和媒体的广泛关注，而此时的关注大抵集中在以下三点：一是因"新冠"疫情影响而不得不停摆数月的出版业终于开始推出长篇小说新作；二是她的作者马识途先生此时已是 105 周岁高龄，早已过跨越耄耋而超过期颐；三是第二天，马老正式宣告"我年已 106 岁，老且朽矣，弄笔生涯早该封笔了，因此，拟趁我的新著《夜谭续记》出版并书赠文友之际……郑重告白：从此封笔"。这些固然都是新闻点，只是在此之外，殊不知在这部作品背后还有一段兑现近 40 年前承诺的佳话。

1982 年，时年 67 岁的"小老作家"马识途先生在人民文学出版社出版了他的长篇小说新作《夜谭十记》，初版就印了20万，随后还跟着加印，一时颇为红火。于是，时任人民文学出版社的韦君宜社长亲赴成都找到自己当年的老同学并对他说："《夜谭十记》出版后反响很好，你不如把自己脑子里还存有的那些千奇百怪的故事拿出来，就用意大利著名作家薄伽丘的《十日谈》那样的格式，搞一个'夜谭文学'系列。"马老当时就满口应允下来。但不幸的是，韦君宜随后突然中风，无力继续督促马老，加之马老自身的公务繁忙，这个计划就一直被搁置了下来。

能称之为"佳话"者自然有其可圈可点之处，此话怎讲，暂且按下不表。对文学创作来说，重要的当然还在于作品自身的特色与品质。

说《夜谭续记》就不得不从她的姊妹篇《夜谭十记》谈起。今天的读者对这部1982年出版的长篇小说或许已有陌生感，但说起姜文导演的电影《让子弹飞》则似乎又会唤起一些记忆，他们在电影中看到的那个神奇世界就源自于《夜谭十记》中的《盗官记》。在这部作品中，马识途通过土匪头子张麻子（张牧之）在与地主黄天棒的较量中最终双亡这段惊险曲折的叙述，对旧社会花钱买官、搜刮百姓的社会现实进行了辛辣的讽刺。而整部《夜谭十记》就是以旧中国官场中的十位穷科员为主人公，通过他们轮流讲故事的独特叙述方式，真实再现了上世纪三四十年代的社会百态，十个情节离奇的故事直指政治腐化、贪污成风、官匪勾结、弱肉强食、人世险恶等社会丑态，文字简洁活泼，充满了黑色幽默的讽刺意味。需要特别提请关注的是：马老创作这部作品的时间是上世纪80年代初，对文学来说，那还是一个乍暖还寒的时代，在那种时代氛围中，《夜潭十记》对长篇小说创作结构方式、叙述调性和整体美学风格的探索与创新无疑具有开拓性和特别的价值。

2020年，《夜谭续记》终于面世，承接起近40年前未竟之承诺。作品仍援旧例，所不同的只是讲述的背景转换到了解放后，被新政府录用的老科员加上部分老科员的后代，又组织了个"龙门阵茶会"。这十来个科员在公余之暇，相聚蜗居，饮茶闲谈，摆起了龙门阵，仍以四川人特有之方言土语，幽默诙谐之谈风，闲话四川之俚俗民风、千奇百怪之逸闻趣事。上卷"夜谭旧记"中《狐精记》、《树精记》、《造人记》、《借种记》和《天谴记》等五则继续讲述解放前的故事，虽有批判旧社会专制、愚昧等旧观念、旧习俗的作用，但总体上则偏于旧社会民间故事的套路，重复处也不少，更多是为了满足市井草民茶余饭后之娱乐需求。下卷"夜谭新记"五篇则将故事延伸到了解放后，风格与主题有承续也有变化。《逃亡记》、《玉兰记》、《方圆记》、《重逢记》和《重逢又记》五则故事的背景多为解放后不同的政治运动，故事的主旨则是这些大大小小的运动给人物命运带来的冲击与变化，没有了猎奇八卦，更没有宗教神秘的色彩，而是将人物置于社会变迁之中，在一些离奇巧合的情节架构中，呈现出个体命运的浮沉和人生的悲欢离合，充满了现实感。

从《夜谭十记》到《夜谭续记》，虽同是在摆"龙门阵"，依旧是一壶清茶、一灯如豆，讲述者看似有变，但背后的"操盘侠"依然还是马老，叙述风格却从幽默调侃转向质朴现实。这是否意味着马老对人生讲述方式的改变？这个会讲故事的百岁长者，何以少了俗世传奇，多了人生冷暖？对此，我们或许可以从马老"封笔告白"录出的两句诗作中得到解读："无愧无悔犹自在，我行我素幸识途。"

作为结束，该回到本文标题"一段兑现近40年前承诺的佳话"了。从《夜谭十记》到《夜谭续记》，这个由韦老太和马老当年约定的写作计划因为各种的阴错阳差一放就是近40年，时间虽久远了些，但一诺千金，马老今年终于"谨以此书献给首创'夜谭文学系列'并大力推出《夜谭十记》的韦君宜先生，以为纪念"。不难设想，如果没有韦老太当年的知人善任和慧眼识珠，如果没有马老的一诺千金，两者但凡缺一都不会有今天这部《夜谭续记》的面世,这段佳话在中国现代出版史上再次为出版家与作家共同创造一部文学佳作留下了浓墨重彩的一笔。遗憾的是这样的佳话、这样的优良传统似乎离我们渐行渐远,创与编正越来越成为一种单向的上下游关系,作者不愿改稿、编辑不会改稿不敢改稿的现象比比皆是。表面上看这似乎是因市场竞争激烈所导致,骨子里则是急功近利的念头在作祟,而最终受伤害的其实还是创与编双方。这样的感慨看似评价《夜谭续记》时的题外话,但一部优秀文学作品带给人们的启示往往就是多方面的,马老的封笔之作也是如此。

于人间烟火处透视时代风云

看《人世间》从小说到电视剧

农历牛年12月28日,央视一套黄金档:镜头中绿皮火车穿过皑皑白雪,旁白竟然是大名鼎鼎的陈道明那熟悉的声音,根据梁晓声同名长篇小说改编的58集年代大剧《人世间》帷幕缓缓拉开。除去除夕因"春晚"的播出而暂歇一天外,虎年首日竟也放弃了历年播出新春联欢晚会的传统而继续《人世间》的播出,如此这般横跨农历新年的播出安排在央视一套黄金时间段并不多见。

这种罕见的安排无非说明国家主流电视频道对这部大剧的重视,而重视的背后则意味着对其高度认可和嘉许的态度,亦即对作品主体价值的首肯以及对收视率的自信,说白了也就是对作品"双效"的高度认同。

评价一部长篇电视连续剧品质如何,当然得从它的剧本说起，尽管领衔《人世间》编剧的是大名鼎鼎的曾经主创过《牵手》、《中国式离婚》和《新结婚时代》的王海鸰，但此次她的编剧又终究不是完全的原创而是改编自著名作家梁晓声的同名长篇小说。理论上讲，从长篇小说到长篇电视连续剧，身为编剧自然是一次二度创作，但这种二度创作在某种意义上就是一次"戴着镣铐的跳舞"。两相比较下来，应该说作为《人世间》的剧本对原作的忠实度还是十分之高的，就连电视剧的主宣传语也与长篇小说封面及腰封上的主题词完全一致——"五十年中国百姓生活史""于人间烟火处彰显道义和担当，在悲欢离合中抒写情怀和热望"。因此，要评价这部电视剧还得从梁晓声的原作《人世间》说起。

梁晓声在夹于长篇小说《人世间》中的书签上留下了这样一段"夫子自道"："我从小生活在城市，更了解城市底层百姓生活。我有一个心愿：写一部反映城市平民子弟生活的有年代感的作品。我一直感到准备不足。到了六十七八岁，我觉得可以动笔，也必须动笔了。我想将从前的事讲给年轻人听，让他们知道从前的中国是什么样子，对他们将来的人生有所帮助。"卒读全书，完全可以理直气壮地说，这部洋洋115万字的三部曲妥妥地实现了作者的这种创作意图，诚如第十届茅盾文学奖在授予《人世间》的授奖词中所言："梁晓声讲述了一代人在伟大历史进程中的奋斗、成长和相濡以沫的温情，塑造了有情有义、坚韧担当、善良正直的中国人形象群体，具有时代的、生活的和心灵的史诗品质。他坚持和光大现实主义传统，重申理想主义价值，气象正大而情感深沉，显示了审美与历史的统一、艺术性与人民性的统一。"

三卷本《人世间》固然为我们提供了从不同角度解读的丰富可能性，但概括起来，以下三个突出的特点无论如何都是挥之不去的。首先，这是一部有着鲜明年代感的长篇小说。作品以北方某省会城市一个名为共乐区的平民区为背景，从新时代开启的21世纪10年代一直上溯到20世纪70年代（其背景当然还可前推），将一个周姓平民人家三子弟的生活轨迹嵌入中国社会50余年来相继发生的三线建设、上山下乡、推荐上大学、"四五"运动、恢复高考、知青返城、对外开放、出国潮、下海、走穴、国企改革、工人下岗、搞活经济、棚户区改造、反腐倡廉等社会发展变革的历史进程之中，由此构成了中国当代社会50余年来"光荣与梦想"的一幅历史长卷；其次，这也是一部有着强烈命运感的长篇小说。以周氏三子弟为轴心，十几位平民子弟潮起潮落的人生，既有他们生活的磨难与困苦，更有他们怀揣梦想艰苦奋斗的尊严与荣光，人生的悲欢离合、命运的跌宕起伏、人际的纠缠厮磨……在平民百姓的日常生活中透出命运的波谲云诡。最后，这又是一部有着浓郁冲突感的长篇小说。无论是周家父亲与自家孩子还是周家子女之间，无论是两代人还是同辈者之间，因各种因素诱发的冲突都不少。而整部作品正是在这种年代感、命运感和冲突感三重要素的互为表里与叠加的推动下造就了《人世间》那史诗般的品格，也为电视剧的成功提供了一个不可多得的母本。

年代感、命运感和冲突感固然是长篇小说《人世间》的鲜明特色，又恰是构成与推动一部长篇电视连续剧的重要要素，说白了这些也都是"戏眼"之所在。因此，作为长篇电视连续剧的《人世间》在这三个点上对原作的忠实度与还原度十分之高。尽管电视剧对原著中的故事与人物增删有度，对某些时空的安排也不无调整，但对年代感、命运感和冲突感这三个要素则不仅没有丝毫削弱，相反还充分调动了电视剧自身的艺术特性而使之更为强化、更加鲜明。在这一点上，我们似乎完全可以理直气壮地说：所谓剧本，实为一剧之本，这确是一部电视剧能否获得成功极为重要的因素。在这一点上，制片方无论是对梁晓声《人世间》这部原作还是对编剧王海鸰的选择都是十分有眼光的一种作为。小说由中国青年出版社 2017 年 12 月初版推出，电视剧项目的确立则是腾讯影业和导演李路在作品出版不久的2018年，而此时距离《人世间》斩获"茅盾文学奖"头筹并获得社会广泛关注的2020年尚有一年多时光，毫无疑问，这当然就是一种十分专业的有眼光有情怀的选择。

当然，电视剧作为一种独立的且具有某种综合性的艺术形式，它的成功，剧本的确立固然十分重要，但无疑还需要其他相关方面，诸如投资、制片、导演、表演、美术、音乐、置景等的共同发力。在这些既相对独立更需要共同协作的不同环节，电视剧《人世间》的不俗表现也是有目共睹。导演兼总制片人李路过往的成就毋庸赘言，对现实题材情有独钟的他直言不讳："我们要共同通过影视化后的《人世间》，向现实主义致敬，向40年来在中国改革开放中添砖加瓦的各类人物致敬，尤其要向底层的、坚韧的、普通的而又坚持做好人的人致敬。"比如置景，剧中主场景——那北方省会A城共乐区光字片小街的场景就完全是由当地棚户区改造拆下来的那些原材料搭建而成，且还征集了老海报、旧告示、破衣服等很多旧物件，作为上世纪50年代生人的笔者对这些的确毫不陌生。再比如表演，固然有雷佳音、辛柏青、宋佳和殷桃等四位"大牌"领衔，也有萨日娜、张凯丽、丁勇岱、宋春丽等实力派助阵，但他们在本剧中的表演又各有新表现。

比如雷佳音过往给人印象较深者是多有"喜感",但在本剧中扮演老周家的"老儿子"周秉昆,作为家中唯一留城者又是文化程度最低者的这种身份设定,使得他的表演不得不呈现出多层次的风采:既有作为幺儿子陪伴母亲生活的撒娇,也有家中唯一男性应有的担当与刚硬;成家后在个人情感上则要表现出百般呵护与珍爱有着心灵创伤妻子郑娟的温柔,又要有一家之主的担当与坚硬。而他哥哥周秉义的扮演者辛柏青、姐姐周蓉的扮演者宋佳和妻子郑娟的扮演者殷桃,也都是因其特定的角色设定而呈现出与他们过往在荧屏上形象的不同风采,其跨度之大其个性之鲜明莫不令观众为之叹服。

电视剧作为文化产业重要支柱之一,《人世间》的出品方由中央广播电视总台、腾讯影业、爱奇艺、新丽电视文化、弘道影业、上海阅文影视和北京一未文化传媒等六家构成,这种既有专业的影视投资与制作机构,也有强大的传播营销平台的组成结构也很有意思。在这样一种结构的背后,实际上聚合起投资、艺术、制作与传播等不同专业领域的力量,形成一支复合型的运作团队,而这种复合型专业运作团队的搭建或许恰是盘活与做优做强文化产业的一种基本运营模式。近年来,关于"IP"运营成为一个热门话题,但的确又是雷声大雨点小,神侃者多实操者少,忽悠者众识货者寡,如此这般，必然会有一些投资者，折戟沉沙于一批所谓"IP"实则垃圾之中。其实，长篇小说《人世间》才是一个名副其实的大"IP"，它面世不久，便有将其改编成话剧者，现在长篇电视连续剧的成功又一次证明了这个"IP"的价值之所在，而且，当小说《人世间》的经典性逐渐为人们所认识和确定之后，它被阐释的空间必然随之不断放大，也意味着这个"IP"被开发的空间会更大。然而，面对具有如此潜力的大"IP"的确不是谁都有识珠的见识与开发好的能力，而本次长篇电视剧的成功不仅为观众带来了愉悦的审美享受，也为我国文化产业的建设与发展提供了一个成功的案例。这当然是本人在观剧之外的一点闲话了。

潜在的跨界写作

看卜键的《库页岛往事》

可以肯定的是，卜键新作《库页岛往事》的创作绝对是受到俄罗斯大文豪契诃夫《萨哈林旅行记》的"刺激"与影响。这不是我的主观臆测而是卜键的"夫子自道"，他在该书开篇的"引子"中就直言，这次创作是"跟随契诃夫去触摸那片土地"，"曾经的我对库页岛几乎一无所知，正是读了契诃夫的《萨哈林旅行记》，才引发对那块土地的牵念"。"库页岛的丢失，原因是复杂的……而我更多反思的则是清廷的漠视，包括大多数国人的集体忽略。这也是阅读契诃夫带来的强烈感受，仅就书生情怀而言，为什么他能跨越两万里艰难途程带病前往，而相隔仅数千里的清朝文人从未见去岛上走走？"

那么，对卜键形成如此强烈刺激的《萨哈林旅行记》究竟又是一部什么样的作品呢？本人曾经作为中文系的学生，这样的名家经典自然是会依循先生们开出的必读书单阅读过。但说实话，现在回想起来，这部作品究竟写了什么，现在已模糊不清，而且，这部作品在契诃夫毕生的创作中有着什么特殊的价值当时也是浑然不觉，倒是对他的《第六病室》和《万尼亚舅舅》这样的小说或戏剧代表作更重视。为了更好地理解卜键的这部《库页岛往事》，我不得不买了一本最新版的《萨哈林旅行记》重读。对该书的评价当然不是本文的主旨所在，但关于它究竟归属于哪种门类倒是引发了我的一点好奇。在2022年元月上海人民出版社刚推出的《萨哈林旅行记》的版权页上，中国版本图书馆CIP数据中心给它的分类是"游记"。这当然也未尝不可，它毕竟是契诃夫1890年4月自莫斯科出发历时近三个月、行程万余公里，在萨哈林岛上连续生活游历了82天后才有了以这段经历为题材的《萨哈林旅行记》，而整部作品的创作又是耗费了三年时光才最后定稿。从整个创作过程及作品题材的外观看，称其为"游记"虽不为过，但再往深里细想，作为契诃夫毕生唯一的非虚构、且不惜冒着自己的生命危险、耗费了他最多的时间与精力的这次创作，难道仅仅只是为了写一部"游记"吗？这似乎又有点古怪。据研究者们考据，契诃夫在这次远行前一年的冬天就有了创作这部作品的念头,他想知道那片苦役地的模样,想了解俄罗斯刑罚体制的真实面貌。于是他像一个训练有素的社会调查专家,设计了一种简洁易用的人口调查卡片,用来采访全部苦役犯、流放犯和定居者,因而在后来的创作中才有了对数据的大量应用。也正因为此,无论是创作中的契诃夫还是出版时的编辑与出版商,一时皆不知究竟该给此书如何定位,这其实很正常,也就有了后来不同研究者的不同定位:有的将其视为某种人类学或民族志,有的将其称为专题调查新闻,有的将其当作科学报告。客观地说,这些概括都各有其理、各有其据。契诃夫此次远东之行还有一个特点便是当局不允许他接触岛上的政治犯,回过头来看,这当然是一种遗憾,但客观上又导致了《萨哈林旅行记》呈现出一种非政治化的特征。由于他接触的都是些刑事犯,而刑事犯在一般人的心目中的位置可想而知,但在契诃夫眼中,刑事犯也是人,因而,这部作品一个突出的特征便是充满了强烈的人文关怀,这就使得整部作品超越了一般的社会或田野调查而具有了强烈的人文色彩,"人"而非"岛"才是这部作品的主角儿。也正是由于这一点,《萨哈林旅行记》客观上形成了一种"潜在的跨界写作"。这个词当然是我的一种杜撰,即外观上虽为"游记",但骨子里则是一次特别而艰辛的人文创作之旅，也正是因为这样"潜在的跨"使得《萨哈林旅行记》成为契诃夫毕生创作中一部"特别特"的作品。

似乎扯远了，还是回到本文讨论的主体——卜键的《库页岛往事》上来。还真是无独有偶，中国版本图书馆CIP数据中心给它的分类是"萨哈林岛-介绍"，这有点像是将其归为地理知识一类。从作品表层看，这也没错。在作品第二章的开篇卜键就开宗明义地写道："库页岛南北延绵近两千里，东西最宽处逾三百里，面积大约七万六千公里，超过台湾与海南岛的总和，曾为我国第一大岛。岛上在高山大川，密林广甸，大量的湖泊沼泽，丰富的煤炭和石油矿藏，尤其是久有渔猎之利。又以东北临鄂霍次克海，南与日本的北海道隔海相邻，有着重要的战略地位。"这样的文字确是货真价实的地理知识介绍，但我以为，如果从整体内容看，将其归入"中国历史研究"一类比"地理"类或相对更妥帖。事实上，该书问世后，出版方和许多专家皆称其为"是目前为止有关库页岛的历史最全面深入的专著，填补学术空白，具有重要的学术价值"。

曾有过任职国家清史办主任、国家清史编撰委员会副主任经历的卜键从事历史研究很正常。在边疆研究史专家马大正先生眼中，《库页岛往事》"是填补研究空白的著作"，"是一部严谨的学术探研著作","以后只要研究库页岛,这本书就不可小觑"。同时,他还做了一个初步统计:"从附录参考文献类的书目来看,涉及到文献档案的汇编就有49种,一种可能对应一本,也可能对应几十本,上百本。卜键把有关史料记述基本上一网打尽,这很不容易。"的确,在《库页岛往事》中,有关库页岛历史的研究,卜键的贡献至少涉及三个十分关键的方面:一是通过对各种散见史料的细致爬梳,厘清了库页岛居民的构成及其与中原的关系;二是考据了库页岛究竟从何时起脱离了中国的怀抱?卜键认为"从法理上说,可追溯到整整160年前的《中俄北京条约》","然细检《中俄北京条约》文本,其中并没有出现库页岛的名字,再看两年前奕山所签《瑷珲条约》,也完全不提这个近海大岛";三是由此进一步追寻库页岛丢失的复杂原因,更多的反思"清廷的漠视,包括大多数国人的集体忽略"。

但是,上述这种严谨的历史考据与研究毕竟又只是《库页岛往事》的"半壁江山",顶多也就是"多半壁",而且它明显不同于我们过往所读到过的众多历史研究专著,那些作者的所为一般都只是在那里冷静地发掘考据陈列史料史实,追求的是言必有据,至于作者自己的立场则往往隐身于这种史料的挖掘与选择背后。而卜键在《库页岛往事》中则有太多的作为历史研究中所不常见的个人主观情感代入，这个作者一不小心就要自己蹦出来或痛心疾首、或撕心裂肺地抒发一下自己的情感，所谓"前事不忘后事之师"之急切溢于言表，个体情感的代入丝毫不加掩饰。也正因为此，也就无怪乎有学者称其为是一种"历史散文"的写作。而且，《库页岛往事》在叙述上也的确呈现出一种明显的双线结构，即一条是种种散见史料的钩沉爬梳，另一条则是契诃夫《萨哈林旅行记》中的库页岛。前者是史料中的所谓"客观"，后者则是一位大作家笔下貌似"客观"的主观，两相碰撞，就使得《库页岛往事》如同《萨哈林旅行记》那般也呈现出一种"潜在的跨界写作"状态，所不一样的只是"跨"的起点与落点不尽相同，前者从"游记"跨入"人性"，后者则是"史实"与"文学"的双跨，都跨出了一番别样的风景。

所谓"潜在的跨界写作"一说确是本人的一次杜撰，我也无能就此做出若干学理性的阐释，只不过是个人阅读直观感觉的一种描述。但我想无论是契诃夫笔下的《萨哈林旅行记》还是卜键的这部《库页岛往事》，从某种门类写作的客观要求与事实上的主观呈现之间存在的差异是明显的，而导致这种明显差异的一个重要缘由就在于他们那种潜在的"跨"，也就是超越了一些既定的常规。这种超越既没有造成知识的硬伤，读者阅读起来也不感到突兀，相反倒是作者的这种主观情感与意志的介入更容易让读者感受到一种新奇、产生了一些震动、引发出若干思考……如此这般，也就有理由为之点个赞、喝个彩吧！

在二十四节气中读懂中国

看徐立京著、徐冬冬绘《二十四节气七十二候》

对国人来说，无论你主观上是否情愿，二十四节气在某种意义上就是一种最大的自然，也是一门民俗文化的必修课，它总是要在某个具体的时刻与你不期而遇。中信出版社新近推出的由徐立京著、徐冬冬绘的《二十四节气七十二候》就是一本由80篇优美细腻的随笔和140幅气势磅礴的中国抽象画合体而成的向国人讲述二十四节气七十二候的专题著述。

中国版本图书馆在为本书核发的CIP数据时将其定位于"①二十四节气-普及读物②物候学-普及读物"，这当然没错，但似乎还不够完整。所谓"没错"，说的是该书的确具有图文并茂地普及这个相关专题知识的功能，80则精美随笔与140余幅画作分属二十四节气七十二候，如果说二十四节气人们或许虽未必能一一道来，但总归还是能大致知其然；而每个节气间隔15天，每15天又分成三候、每候5天且特征时有细微变化这些知识点则未必为更多国人所知晓。这就是普及———一项专业知识的普及。所谓"还不够完整"则指的是作者的这种知识普及的确不是一种纯知识的简单介绍，而是带着浓郁情感介入的一种主观性书写。在徐立京那则题为"灵魂飞翔的姿态"的自序中就坦言："忽然有那么一天，我顺应着心灵的声音，开始了感悟四季的写作。没有任何具体的目标，就是很想把自己放进大自然中，问天，问地，问春夏秋冬，更问自己的内心。"于是在介绍到立春初候时，作者便以"万物含新意"开题，"作为二十四节气之首，立春是从天文上来划分的，即太阳到达黄经31.5度时。"这显然是客观的视角，是抵达立春的一项硬标准，然紧接着作者便由此生发出感慨："新故相推，日生不滞。曾经笼罩四野盛极一时的阴气消退了，孕育着生命，饱含着温暖，勃发着生机的阳气昂扬着，舒展着，奔涌着，腾跃着，天地之气发出了由'冬藏'转向'春生'的嬗变，新的气韵充盈在天地之间，这便是立春的力量，这便是春天的本质。"这样的文字当是充满了主观的情感。至于画家徐冬冬为此配的"东风解冻"那幅中国抽象画则同样是充分调动起自己的主观意念，在一片以深色调为主的构图中,点染进红黄绿蓝四种色彩鲜明的小方点,由此整个画面顿显生机。这样的文字与这样的着色,显然都不是一般科普或知识普及,而是一种充盈着浓郁人文情怀和灌注着强烈主体意识的文化普及与传播,比之于一般的科普显然更具有一种强烈的代入感与美的享受。

当然,比之于上述特色,我更看重本书的另外一点则还在于如果将我们的视野放开阔,便应该承认它的更大价值还在于为世界、为读者提供了认识中国、读懂中国的另一个独特视角,亦即本文标题所示:在二十四节气中读懂中国。这绝非一番随意夸大之辞,不妨为此简要罗列些许依据。

一是在刚刚闭幕不久的第 24 届北京冬奥会的开幕式上,因当日恰逢中国农历立春,张艺谋导演遂特别设计了一个以二十四节气为倒计时的场景,这样的设计显然只可能出现在中国这片神奇的土地上;

二是 2016 年 11 月 30 日联合国教科文组织将二十四节气正式列入人类非物质文化遗产代表作名录,进入这个名录的还有阿根廷的探戈、巴西的桑巴、日本的歌舞伎……而与这些非物质文化相对应的只能是一个个具体的国度;

三是二十四节气七十二候的成型离不开中华传统文化的

滋育与涵养，在这看似一个个气候标识的背后，背后支撑着的是我们古代的天文学、气象学、地理学、生物学、中医学、占卜学、民俗学、哲学、宗教、道德、伦理等多个学科；它固然是基于农耕文明经验基础之上的产物，在那个时代发挥了引领人们生活与生产的重要作用，但流传到今天还依然潜移默化地影响着中国人的生活，成为我们血脉中最为人所熟知和喜闻乐见的一部分。

习近平总书记在中共中央政治局第三十次集体学习时指出要"努力塑造可信、可爱、可敬的中国形象"。二十四节气七十二候在某种意义上何尝又不是"可信"中国的一个重要代表。这其中凝聚着中华古代文明的发展进程，折射出自然、天地、人生与岁月这样的中国时空哲学，表现出天人合一、道法自然、耕躬劳作、天下太平的社会理想，体现出中华文化的系统认识观，从包罗万象的宇宙世界中寻找万物百事间的种种关系，滋养着形态多样、活色生香的民间文学……凡此种种，在二十四节气中读懂中国都是一种实实在在的客观存在。

最后还需要特别指出的是，本书开卷著名作家王蒙先生题为"令人向往的天地境界"的序文以及徐立京和著名天气与气候学家丁一汇、中国古典哲学研究专家陈来以及著名量子物理学家薛其坤三位的对话也是本书极有价值的一个组成部分，他们分别从中国文化、气候学、中国传统哲学以及现代物理学等角度对二十四节气七十二候进行解读，大大拓宽了对此认知的视野与空间，堪称人文与科技的一种深度融合。

"偶然"与"必然"

看丁晓平的《红船启航》

在纪念中国共产党建党百年的2021年前后，有关这一题材的主题性文学创作及出版格外活跃，仅就本人阅读所及，就前有刘统的《火种——寻找中国复兴之路》（上海人民出版社2020年12月版），后有徐剑的《天晓——1921》（辽宁万卷出版公司2021年12月版）等众多著述面世。丁晓平长达40万字的报告文学《红船启航》（浙江教育出版社2021年7月版）就是这主题性创作与出版系列中的一种。

我也注意到，在这一主题性文学创作与出版中，非虚构写作占有绝对的份额，这并不奇怪。宣告中国共产党诞生的中共一大召开，尽管当时参与者只有区区12位代表，而他们身后所代表的党员群体也不过只有50余人，但这无疑又绝对是永远镌刻在中国乃至世界现代史上一件不可磨灭的大事。

面对这个客观存在的重大历史事件,虚构的空间微乎其微,而即使是跻身于非虚构写作,创作者们腾挪的空间也着实有限。我能想象到的手段无非也就那几招:一是着力考证、挖掘尚处于休眠或半休眠状态的史料;二是运用这些史料合逻辑地进行延伸与拓展,以进一步研究阐释中国共产党建党的历史必然性、现实需求性及深远影响力;三是寻找独特而巧妙的切入视角。

丁晓平的长篇报告文学《红船启航》正是综合巧妙运用这几招的产物。作品选择以"红船"这个宣告中国共产党诞生的特定场景为轴心上下腾挪,而这艘小船之所以能够成为轴心诚如习近平总书记指出的那样"从上海石库门到嘉兴南湖,一艘小小红船承载着人民的重托、民族的希望,越过急流险滩,穿过惊涛骇浪,成为领航中国行稳致远的巍巍巨轮"。有了总书记这样的精神引领,《红船启航》上卷"红船劈波行"以"从红楼到红船"这条历史脉络为主线,翔实生动地回眸了陈独秀、李大钊等党的主要创始人开天辟地的建党历程和中共一大召开的曲折故事;下卷"精神聚人心"则从现在的"五色"嘉兴起笔,以倒叙的形式重现了红船的复制、南湖革命纪念馆的建设和发展、红船精神的提炼与弘扬。层层挖掘、翔实记录下了南湖儿女在新中国建立后如何保护、建设和用好红色资源，赓续红色血脉，弘扬红船精神，走向共同富裕新画卷的感人故事。最终落笔于"小小红船，诞生了世界上最大的政党；南湖不大，孕育了伟大的红船精神"，这就是习总书记精辟概括的"开天辟地、敢为人先的首创精神；坚定理想、百折不挠的奋斗精神和立党为公、忠诚为民的奉献精神"。

严格来说，从上海石库门到嘉兴南湖的建党历程很大程度上已然成为了一种公共资源，以此为题材成就一部文学作品在某种意义上比拼的就是作家呈现的个性如何。我注意到，在伟大的建党历程和南湖精神的形成过程中，"必然"与"偶然"这对哲学范畴被丁晓平在创作《红船启航》时敏感地捕捉住并巧妙地围绕于此做文章。比如，中国共产党的诞生是一种历史的必然，但最终选择在嘉兴南湖的一条小船上完成这一庄重的仪式则是一种偶然。关于"必然"已毋庸多加陈述，但"偶然"这个因素则往往容易忽略。试想，如果不是在原本7月30号晚8点左右举行的一大闭幕会刚开始不久，便闯进了一个穿着灰色竹布长衫的不速之客，如果不是共产国际代表马林的机警，决定立即终止会议，所有代表马上分途散去这一插曲，也就不会有后来的南湖船上的闭幕会。后来知道的事实是，这位不速之客虽确是法租界巡捕房的"包探"程子卿,但又的确是因"找错了人家"而误入。这些无疑都是一些偶然。再比如,被毛泽东同志誉为"理论界的鲁迅"、时任中共第一个机关理论刊物《共产党》主编的李达,作为上海地区参加一大的党代表在当时是一种"必然",但王会悟这位女性出现在一大并发挥某些重要作用则又是一种"偶然"。如果不是李达提出"我们要换一个地方开会,最好还是离开上海,躲开巡捕"的建议;如果不是马林要求"尽一日之长完成大会任务,以免再生枝节";如果王会悟不是李达的夫人并曾有过在嘉兴师范学校预科就读过一年的经历,也不会是她提出"要不我们就到嘉兴南湖开会,南湖僻静,游人少,好隐蔽,到南湖上租一个画舫,一边游湖,一边在湖中开会"这样的建议;还有博文女校成为中共一大部分代表的"招待所"和7月23日下午中共一大正式开幕的场所以及1959年对南湖那条游船样式的回忆等这些重要环节,王会悟所发挥的作用都十分关键,然而这一切又皆因其系李达夫人这一"偶然"性因素所造就。《红船启航》中这些看似不经意的偶然性因素在丁晓平笔下都成为他谋篇布局的重要抓手之一。比如写建党历程他就不是从习见的《新青年》杂志及"五四"新文化运动落笔,而是以"'小王老师'从嘉兴来到上海"开篇,笔墨虽不多,但一个知书达理、开朗美丽的知识新女性形象却跃然纸上。"小王老师"是谁，为什么选择"小王老师"首先登场？这些令读者好奇的问题就为后面将要发生的一系列重大事件埋下了伏笔。

当然，尽管"偶然性"有时的确会成为历史的重要节点甚至是拐点，但"必然性"依然还是推进历史进程的决定性因素。《红船启航》在注重捕捉偶然性因素的同时，抓住推动历史前行的必然性依然是丁晓平着力的重点。作品上卷着眼于历史，下卷落笔于现实，这种历史与现实的关联事实上呈现出的就是一种历史的必然，它所表达的是建党初期中国共产党人的初心与当代共产党人"红船精神"的血脉联系。顺着作者的笔触，我们可以清晰地看到：无论是新中国成立之初还是改革开放以来，我党历代领导人都非常重视红船对党建的重要作用。毛泽东、董必武两位一大代表对南湖的关心、邓小平同志亲笔题写"南湖革命纪念馆"，无不寄托了老一辈共产党人的深情与希望。习近平同志在浙江工作期间，多次到嘉兴南湖瞻仰红船，重温初心；2005年，他更是在《光明日报》发表署名文章《弘扬"红船精神"走在时代前列》，对"红船精神"作出了精准概括；2017年10月31日，党的十九大胜利闭幕刚一周时间，习近平总书记立即带领新一届中央政治局常委专程从北京前往上海和浙江嘉兴，瞻仰上海中共一大会址和嘉兴南湖红船，回顾建党历史，重温入党誓词，宣示新一届党中央领导集体的坚定政治信念。

游离于本文主题之外再说几句，作为一部报告文学，《红船启航》十分注重对细节的抓取，比如，1959年，为筹建南湖革命纪念馆，前往北京请教专家鉴定当年那船模样的是34岁的时任嘉兴县委宣传部副部长郭竹林和27岁的宣传部干事董熙楷，而接待他们的竟然是国家文物局局长王冶秋，王局长不仅就建馆提出了四条明确的意见，还为他们引荐了当年的"小王老师"；比如，1985年进京请小平同志为南湖革命纪念馆题词的竟然只是纪念馆的两位工作人员于金良和徐震德，他们也没任何人的引荐而只是在中办接待室两次的软磨硬泡就办成了这件大事；比如，1989年为建新馆而匿名将仅有的5元钱捐赠出来的中学生于群芳……诸如此类，这些细节其实都是十分令人玩味而富于重要意义的。

从上海兴业路到嘉兴南湖，从石库门到天安门，从1921年到2021年，丁晓平的《红船启航》不仅浓缩了这场开天辟地的百年伟业，而且对步入新时代的当下也不无启迪作用。这，便是它的价值之所在。

东方欲晓,莫道君行早

看徐剑的《天晓：1921》

在评说丁晓平的报告文学《红船启航》时，我曾表达过这样的意思：在纪念中国共产党诞辰百年这一主题性文学创作中，即使是非虚构写作，创作者们腾挪的空间也着实有限。我能想象到的手段无非也就那几招：一是着力考证、挖掘尚处于休眠或半休眠状态的史料；二是运用这些史料合逻辑地进行延伸与拓展，以进一步研究阐释中国共产党建党的历史必然性、现实需求性及深远影响力；三是寻找独特而巧妙的切入视角，这也是报告文学之为文学所赖以生存的立身之本。而徐剑同类题材的报告文学新作《天晓：1921》则是我读到的同类作品中能够在充分尊重史实史料的前提下，将文学手段调动用得极为充分、十分讲究的一部。

在报告文学领域，徐剑虽是"资深"的且涉足面甚宽的一位作家，他写过远逝的战争，跟踪过穿越世界屋脊的青藏铁路，表现过"像雷霆般沉默"却又有"天之骄子"之誉的战略导弹部队，也呈现过洪水、冻灾之下凡人的普通和顽强。但无论涉足的是哪一个领域，他都为自己的报告文学写作立下了一个"三不写"的"铁规"："走不到的地方不写，看不见的东西不写，听不到的故事不写。"那么，在《天晓：1921》中，他又"走"了哪些地方？"看"见了什么东西？"听"到了哪些故事呢？我曾听徐剑自己讲过，为了完成这部报告文学的创作，他对出版方只提了一个"小要求"，其实更是为自己立下的一个"大目标"，那就是一定要亲自去那13位参加过中共一大代表的出生地走一走、看一看、听一听。用他自己的话说，即"《天晓——1921》写的是建党元勋，是伟人、牺牲者、失败者与背叛者，但我瞄准的仍旧是人。是那些改变历史时刻，被称为民族脊梁的人，那些有理想信仰和建党初心的人，还有被历史尘埃掩埋的人"。而无论他们"是建党元勋，是伟人、牺牲者"还是"失败者与背叛者"，由于"瞄准的仍旧是人"，是这些人物的命运，而这个"人"以及他们的命运恰又是文学理应聚焦的第一目标，这就决定了《天晓：1921》创作的成败就是要在充分尊重客观史实的前提下，如何充分调动文学的手段将这些"人"的命运感淋漓尽致、栩栩如生地表现出来。

为了努力抵达这一目标，《天晓：1921》首先从整体结构的设计上开始做文章，颇具匠心。除去开篇的"路标"、"晨曲"和结束的"归程"这三篇近乎于一般作品的开篇和尾声外，其主体部分则是由从中共一大的"头天"到"第八天"构成，看起来这像是一个客观的序时性结构，但这个"序时"既不是第一次党代会的实际序时，也不是党的百年史序时，而完全是徐剑为其创作需要而走一走、看一看、听一听后而形成的一种主观序时。在这八天中，也并不完全局限于参加过中共一大的13位代表，或是聚焦一件事、或是突出一个人、或是归集同类项、或是形成某种比照。这样一种"碎片化"的"序时"，骨子里其实是作家创作主体性充分介入后的别一番聚焦与透视。于是，从公认的建党发起者"南陈北李"为什么双双缺席中共一大？一大开会的确切地点最后是如何确定？会议的代表到底是12人还是13人，最后又为何确定为12人？山东的王尽美、邓恩铭究竟是否到会？湖南的毛泽东与何叔衡出湘赴会，后者又是否中途返回……从这些存有疑惑或争议的重要问题一直到中共一大在嘉兴闭幕那天的天气情况到底如何之类的细节都在作品中得以认真地查证辨识并作出自己的判断。因此，这样一种充分贯注着作家主体意识的创作已然是将大量存在的客观史料和自己亲身的考察体验综合内化成自己独有的一套叙述方式。读者从中不仅能够强烈感受到作家的那种大历史观，在对大量细节准确、有力、敏锐捕捉的同时又不失一个讲述者自己鲜明的艺术个性，包括语调和视角，同时也为在这张历史舞台上正在上演着的那出大戏中的不同角色搭好了相应的场景。

接下来，就是《天晓：1921》的最为出彩之处：各色人等相继登场亮相。徐剑对这些重要历史人物的刻画与臧否渐次呈现，文字虽不多，分布也不均衡，但其性格分野、行为举止、历史地位皆在笑谈中："南陈北李"中的那个陈独秀从出场时的洞明勇猛到中晚年的衰退凄凉，虽命运多舛却始终桀骜不驯；李大钊那冷静理性、思想坚定和大义凛然、视死如归的从容；毛泽东的远见卓识和矢志追求；董必武的老成稳重；何叔衡这个"前清老秀才"又是如何为革命魂殒荒山、壮烈献身；王尽美、邓恩铭的英年早逝；陈潭秋的"托孤"等内容以及李达的青春气盛，李汉俊兄弟的热情仗义，刘仁静、包惠僧的另类人生和失色命运，陈公博、周佛海、张国焘的背叛与变节；还有王会悟，作为这段历史的见证者同时又是作品的叙述者之一……所有这一切莫不构成了《天晓：1921》这张巨大的历史拼图上一块块不可缺失的小板块。这张巨大的历史拼图就是20世纪之初的中国,就是那个积贫积弱的时代,就是那段"山雨欲来风满楼"的岁月;而那一块块不可缺失的小板块就是生活在此时此刻一个个真实鲜活的人和一段段跌宕起伏的人生命运。

天晓者,既是黑暗与黎明交替的自然时点,也是中国社会从长夜走向日出的历史起点,徐剑的《天晓:1921》正是这样文学地将现代中国的历史进程和其中重要参与者的人生命运巧妙细密地编织在一起,既有史的翔实,更有人的鲜活和思的深重,一个百年大党及其先行者们那坚定而先进的理想信念被生动形象而个性化地镌刻在这里。

不仅仅只是"前世今生"……

看徐锦庚的《望道：〈共产党宣言〉首部中文全译本的前世今生》

坦率地说，上世纪末本人开始"端坐"于大学课堂时，陈望道先生其名对我来说，完全是一片空白，没办法，像我这样"启蒙"于那个"疯狂十年"的一茬大都就是如此傻傻。当中共党史课老师充满自豪感地对我们说"《共产党宣言》中文全译本的首位译者陈望道先生就是我们建国后的首任校长"；当现代汉语课老师在开列课外阅读书目时同样也是不无自豪地介绍："建议大家课外阅读的这本《修辞学发凡》其作者就是我们建国后的首任校长陈望道先生。"于是，陈望道这鼎鼎大名才开始深深地烙入了我的脑海；于是，当拿到徐锦庚先生所著《望道：〈共产党宣言〉首部中文全译本的前世今生》一书时便立即饶有兴趣地一气读完并暗自大呼"过瘾"。

《望道》，这主书名起得好！不过我同时也"坏坏"地想，如果陈先生不是在1918年"擅自"将自己由"参一"更名为"望道"，那锦庚这部新作的主书名还会是"望道"二字吗？再说这部书的副题叫"《共产党宣言》首部中文全译本的前世今生"，小了，全书内容之涵盖可远不止于此！

《望道》这主书名起得好，不仅有望道先生其人，更有"望道们"其群。而无论是"望道"还是"望道们"，莫不皆是紧紧扣住"道"这个兼有道义、道路、方法、规律等多义性的关键字做文章。

先说"望道"。作品并非围绕陈先生之毕生经历面面俱到，而只是以他翻译《共产党宣言》这一既是他个人亦是影响整个中国历史进程的这一重大经历为轴心，选取望道先生一生中诸如"毁佛办学""赴日求学""就职浙一师""参与酝酿建党""分道扬镳""重归初心"等重大节点而上上下下、前后左右辗转腾挪，再现了先生毕生为追求真理上下求索的人生奋斗历程和鲜明的个性特征：执著的理想、不倦的求知、率真的个性，"一个党性＋人民性＋个性"的陈望道立体地呈现于读者面前，令人可亲可信、可敬可尊。

再说"望道们"。这个"们"则是以望道先生为支点，向国际与国内两个方向伸展：国际方向是锦庚用前两章的篇幅将视线向前向外移至19世纪的欧洲大陆，其中既有马克思与恩格斯这两位革命导师联袂创作《共产党宣言》、指导国际共产主义运动从空想走向科学的伟大历程，也有他们之间真挚的友谊与各自的奋斗人生。国内方向则是刻画了一群与望道先生同时期"同道们"群像，其中有两条人群链颇有意味：一是望道先生何以成为《共产党宣言》第一个中文全译本译者的引导链——从李大钊到陈独秀到戴季陶到邵力子到陈望道；一是作品第十一章"跌宕起伏"中先后写到的李汉俊、沈玄庐、戴季陶、陈望道、李达和邵力子等。置于这两条链条上的人物虽有异同，特别是各自的人生道路选择也不尽一致，曾经的一群共同"望道"者后来有的分道扬镳、有的迷途知返、有的殊途同归，究其缘由则无非是因其信仰、品德和个人性格各异而使然。而更有意味的还当是作为党的第一代领导集体核心的毛泽东同志对待这些人的不同态度，只要信仰不变，只是因为个人性格原因而一度脱党如李汉俊、李达和陈望道者，老人家的态度都是包容的。这样一种宽广、包容而民主的气度与作风或许也是中国共产党成功之道中的一个重要组成部分吧。

作为这则小文的结束还有必要讨论一下它的文体。将《望道》归入非虚构类纪实文学似乎也说得过去，但我注意到国家出版管理部门给它的分类定位则是"《共产党宣言》-

Ⅳ"。细思下来，这样的定位似乎更严谨、更准确。无论是《共产党宣言》的横空出世还是它第一个中文全译本的诞生，其当事人或见证者皆已不在人世，作为纪实文学创作所必要的采访，特别是对当事人或亲历者的采访都无从谈起。本书的创作的确也是作者在大量查阅、比对、挖掘和分析、研究了大量直接或间接文字材料的基础上用文学的笔墨而挥就。因此无论是将《望道》归入纪实文学还是研究类著述，都各有其道理与依据，这似乎也不是特别重要，重要的更在于作者在创作时所呈现出的那种基本态度。在我看来，这个过程中，至少有如下两点是十分难能可贵的：一是为了《望道》的写作，锦庚的确查阅了大量相关原始文献及其他专家学者的研究成果，且尽力在寻找第一手第一版的原始材料，对此，我虽不敢妄言"穷尽"二字，但称其下了大功夫、苦功夫当不为过；二是作者之用功不仅限于尽量穷尽现有能看到、能找到的相关材料，而且对它们还有进一步的比较与研究，进而坦言自己的看法与判断。比如国内史学界几成共识的关于1920年"南陈北李，相约建党"一说，徐锦庚则依据自己掌握的材料认真分析后明确直言"这是子虚乌有的事"；比如陈望道译本第一版的出版时间一直存有1920年4月、5月和8月这三种说法，而作者经过认真比对与推算后则明确自己选择支持8月一说。这些不仅需要勇气,更需要底气,而这种底气则来自作者扎实与诚实的学风。在这个意义上,无论对《望道》的文体如何定位,这种扎扎实实的学风与文风当更值得称道。

后 记

这本名为《直言》的小册子可视为本人于 2020 年在上海文艺出版社出版的那本名为《坦率》的同一系列,收录的主体均系我自 2016 年始在《文汇报》上开设的那个名为"第三只眼看文学"的不定期专栏中的小文,排序也完全是依照拙文刊出时间先后为准。截至今年 10 月,该专栏正好写足百篇,趁此吉祥数字赶紧收官。《坦率》收录的是那专栏的前 50 则另加些许相关"附录",余下的 50 则同样配以少数"附录"进入了这本《直言》,两本书名联接起来正好凑成"坦率直言"四个字,恰与在下开设这个个人专栏时的初衷大体吻合。

关于本人开设这个专栏的初衷及用心在该专栏的第一则和第一百则小文中已大体交代清楚,不再赘言。尽管如此,我现在依然保留了"后记"这个形式，无非是想借此机会表达一下本人如下由衷的谢意：

感谢《文汇报》社的领导和相关业务人员。在长达六年的时光中，他们不仅不吝宝贵的版面对拙专栏始终尽心尽力地予以支持、关心与鼓励，而且在一些具体的选题及写作中同样给予了具体的帮助与指点，令我十分感动；

感谢各方读者朋友，无论是专业的还是业余的、熟悉的还是素不相识的一直给予的关心与鼓励。没有他们的鼓励，拙专栏或许坚持不了六年这段也不算短的时光；

感谢众多出版单位和文学期刊给予的支持与帮助，是他们第一时间给我提供了许多新作信息，使我得以在第一时间能够阅读到那些最新的佳作。虽由于本人的时间与才学所限，许多作品我并未能"发声"，但他们的支持与帮助却始终如一；

最后还要诚挚地感谢愿意接纳这本小书的出版方。作为曾经的出版人，我当然明白拙作既不会给他们的社会效益增多少光，也未必能为他们带来必要的经济效益。尽管如此，他们还是慨然接纳本书的出版，从而使得本专栏百篇的写作在上一本《坦率》的基础上得以完整地集结。对我来说，这无论如何都是一件开心的事。

再次谢谢大家,非常感谢。

潘凯雄

2022 年 10 月